マルチの子

西尾潤
JUN NISHIO

A CHILD OF
MULTI-LEVEL
MARKETING

徳間書店

マルチの子

目　次

装画＝太田侑子
装丁＝川名 潤

プロローグ

泣き止んだか？

そないに目から水出してたら、顔がぱんぱんになるで。

こっちへおいで。

ほんまに真瑠子《まるこ》は、お父さんにそっくりやな。

真《まこと》も小さい頃は、よう泣いとったわ。

すぐに泣くくせに、涙を流した後は誰よりも元気になって。あの変わりようには我が息子ながら呆《あき》れるで。

三人ともミックスジュースやったね。

そこへお座り。今から作ったるから。

私のジュース飲んだら、泣くことなんか忘れるで。

おまじない、かけとくしな。

大人になったら、もっと泣きたいことが出てくるけど、ジュース飲んだら大丈夫。

いろいろかき混ぜたら、幸せも不幸せもわからんようになる。

え？　意味わからんてか。

そりゃそうやな。

大人になったらぼちぼちわかっていくやろ。
真莉《まり》とあっちゃんも手、洗っておいで。
そんなに落ち込まんとな。
あの事故はあんたらのせいちゃうよ。
元々、犬は人間より寿命が短いしな。　かわいそうやけどな。
出会ったら、必ず別れが来るし。
世の常、って言うんやけどな。　しゃあないことやねん。
避けられへん。
なんや真瑠子？　そしたら、ばあちゃんやみんなともいつか別れなあかんのか、って？
まあ、いつかはそうなるけどな。
あ、また涙ためて。
真瑠子はすぐに泣くんやから。
あかん。泣いたらあかん。
泣いたら。

第一章

家族を助けたいと思って
始めました

1

「私たちのテーマは予防医学なんです。それは大きい意味で考えると、国や自分たちの医療費の削減にも繋《つな》がります。社会貢献、そう言ってもいいでしょう」

スポンサリング前半の区切りがこのセリフだった。

ずっと握り締めていた水性ボールペンを置いた。捲《まく》ったシャツの袖を気にしながら、手をテーブルの上で祈るように組む。手の甲にある小さな傷痕を親指でなぞった。

JR大阪駅隣接のビル九階にあるカフェ。

目の前には二人の若い男性が座っている。

一人は、眼鏡をかけた小さな顔に細い首、くたびれたグレーのパーカーに身を泳がせているCさん。もう一人は茶髪にニキビを残した顔で、十字架のネックレスをぶら下げて、ネイビーのジャケットをぴっちりと着こなしたBさんである。

鹿水《しかみず》真瑠子は二人の顔を交互に見た。

赤いフレームの眼鏡を中指で押し上げる。目を細めて優しく微笑《ほほえ》み、浅く頷《うなず》いた。

ここまでの感触は上々だ。

左手首の腕時計に目をやると、話し始めてから一時間が経っていた。今日も予定通りに、前半をクリアしている。

すっかり薄くなったアイスコーヒーを一息に飲む。グラスの外側にだらしなくついた水滴が、目の前の書類に飛んだ。

テーブルの中央に置かれているのは商品のパンフレットだ。

高級感溢れるつるりとした紙に、健全さをイメージさせる青を基調としたデザインで作られている。

「健康増進協会」お墨付きの健康磁気マットレス「KAIMIN2《カイミンツー》」は、上質なポリエチレン素材の中に、フェライトと呼ばれる永久磁石が独自のN極S極交互配列で配置された、医療機器申請中の高級マットレスである。

「健康増進」「眠りで疲れをリセット」「これはビックリ！　腰痛をお持ちの方の救世主」「ワクワク快眠」など、決してセンスがあるとは思えないフレーズが紙面に躍る。

「これだけを見たら、年配者向けの商品だと思うかもしれませんが、違うんですよ」

真瑠子は指先で水滴を飛ばしながら、パンフレットを改めてCさんの前に置いた。

Cとは、Client《クライアント》の頭文字でお客様のこと。BはBridge《ブリッジ》の頭文字で紹介者のことである。

スポンサリングと呼ばれる新規顧客獲得のためのプレゼンテーションは、ABC方式という黄金システムに則《のっと》って行われることが基本だ。

AはAdviser《アドバイザー》の頭文字で、説明者の真瑠子を指している。つまりBさんに紹介してもらったCさんを顧客とすべく、真瑠子は商品説明をしているということになる。

ここからの後半戦が重要だ。このスポンサリングが成功するか否かの分かれ道である。

真瑠子は鼻から空気を吸い込んで、ゆっくりと深呼吸をした。

パンフレットの商品を指差しながら、タツヤという名のCさんに言葉をかけた。

「ただのマットレスなのに、高いなぁ、って思いますよね？」

「はい……。なんせ自分はニトリで買った七千九百円のやつ使ってますから」

タツヤの視線の先には、十五万円プラス税の金額が記載されたパンフレットがある。

「最初このマットレスの説明受けた時はほんまに驚いたんです。だって、マットレスで十五万円て考えられないでしょう。私も母親が楽天で買ってくれた一万円くらいのものを使ってますし」

大袈裟《おおげさ》に笑顔を作った。Bさんのケンジも「僕も、僕も」と言って大きく笑う。

「でもね」

少し間を置いて真顔になった。

「このマットレスの上で寝るだけで、病院に行く必要がなくなったとしたらすごいことやと思いませんか？〝寝る〟だけで、です」

タツヤの横でケンジが大きく頷く。

「例えば、身体が凝ってマッサージに行ったとしたら、お金を使いますよね。しかも〝時間〟も使ってます。このカイミン・ツーの上で寝たら、両方が節約できるんです。一石二鳥、って言葉がありますけど、まさにそれやと思います」

タツヤはぼんやりと頷いた。

「さっきお話ししたみたいに、HTF《エイチティーエフ》はいつまでも健康で、長生きすることをコンセプトにした商材だけを扱っている会社です。またそれを独自の方法で世の中に広めたいと思っています。それが国を苦しめている、膨らみきった医療費を少しでも減らすことに繋がるんじゃないかと、真剣に考えてるんです」

言葉を裏づけるように、真瑠子はタツヤにしっかりと目を合わせた。

「その独自の方法、というのが、代理店制度を個人レベルに落とし込んだ方法です」

「個人レベル？」

「はい。タツヤさん、一人暮らしされてる、っておっしゃってましたけど、テレビはどちらで買われましたか？」

「近所のジョーシン電機で買いました」

「でも、ジョーシンさんがテレビを作って売っているわけではないですよね」

「ええ。テレビ自体はシャープのやつです」

「ということは、メーカーであるシャープがジョーシン電機にテレビを卸《おろ》して、ジョーシンがタツヤさんに店頭でテレビを販売した。つまりジョーシンはシャープの代理店というわけです」

当たり前の話に不満げな表情のタツヤだが、真瑠子は構わず続ける。

「ジョーシン電機はもちろん、右から左に商品を動かしただけではありません。シャープの作ったテレビの機能をタツヤさんにきちんと説明した。それに納得されたからこそ、タツヤさんは購入した。だから代理店は、テレビ上代価格の何パーセントかをマージンとして頂くわけです」

一呼吸置いた。

「ＨＴＦでは個人が代理店になれます。つまり私たちがジョーシン電機になり、テレビを売ることにマージンをもらえるということなんです」

「はあ……」

タツヤの返事は鈍いが、真瑠子は説明を重ねる。

「タツヤさん、マルチ・レベル・マーケティング、って言葉聞いたことがありますか？　略してＭ《エム》Ｌ《エル》Ｍ《エム》、あるいはネットワークビジネスとも言いますけど、欧米諸国などで、昔から活用されている流通形態です」

　ケンジがちらりとタツヤの表情を窺《うかが》う。

　少し間があった。

「あの、洗剤のマイウェイみたいなやつですか？」

（そらきた）

　真瑠子は、ゆっくり頷きながら微笑んだ。

「そうですね。同じネットワークビジネスではありますけど、少し違います。というのは、ＨＴＦはビジネスをスタートさせるための権利金は、一切もらわないんです。マイウェイのようなスターターキットは存在しません」

　真瑠子は話しながら、推進会の申込書をパンフレットの上に置いた。

「カイミン・ツーを買った人は、ＨＴＦがやっているビジネスネットワーク〝ＨＴＦ推進会〟に入ることができます。こちらに必要事項を記入するだけでよく、入会金や年会費を支払う必要はありません」

　ここからはリズミカルに話を繋いでいく。

「例えば、タツヤさんがこのカイミン・ツーを購入して健康を手に入れたとしましょう。いえ、タツヤさんは健康で元気そうだからこの話はピンとこないと思うので、私のグループで実際に起こった話をしますね」

ケンジがBさんの役割をまっとうし、真瑠子のリズムに乗るように頷いた。

人が感情を揺さぶられるのは、商品やシステムの〝説明〟ではない。

その背景にある〝ストーリー〟だ。

「私のグループに、瞳《ひとみ》さん、っていうおばあちゃんがいるんですけど。ちなみに志村けんのコントのお話じゃないですよ」

ストーリーを語る前に一度硬くなった空気を和《やわ》らげる。タツヤが小さな笑みを浮かべた。

「瞳さんね、ずっと腰が悪くて、一回布団で横になると起き上がるのが大変やったんです。年寄りやから夜中に何度もトイレに起きるんやけど、それが辛《つら》かった。でもこのカイミン・ツーを使うようになってからは、楽に寝起きできるようになった。実際に快眠できているから、夜中に起きる回数も少なくなったそうです」

申込書の下の商品パンフレットを上に出す。

「朝もスッキリ目覚めてええことずくめや、ゆうてめちゃくちゃ喜んでたんです。それを聞いて驚いたのが同じく腰痛持ちの瞳さんの妹さん。マットレスを変えるだけで良くなるんなら、って、妹さんは旦那さんの分も合わせて二セット購入されました」

真瑠子は一度、言葉を切った。

水を一口飲んでから話を続ける。

「瞳さん、ゲートボールのチームに入っていて。腰が悪くなって長いこと休んでいたんですけど、マットを変えて体調が良くなったからチームに復帰したんです。それで、バリバリとボールを打っていたらみんなが不思議がってね。〝瞳さん、なんでそんなに急に調子良くなったん？　見違えるわ〜〟って声かけられて。瞳さんは〝布団のマットレスを変えただけやねんけどな〟って答えてたんです。そしたらそのマットレスはどこのなの？　とチーム内で話題になりました。その後、瞳さんの紹介で何人がカイミン・ツーを買ったと思いますか？」

「え……何人でしょう。わかんないな。僕にそれを聞くってことは、大人数なのかな」

真瑠子の顔に今度は自然に笑みが浮んだ。

「正解です。なんと、昨日までの時点で二十五人です」

「二十五人？」

「ええ。ゲートボールのチームって交流が盛んみたいで、あっという間に噂が広がって。最初、瞳さんは推進会の申込書を、めんどくさいし推進なんてせえへんから書けへん、って言ってたんです。私は一枚書くだけやよ、めんどくさがらんと、って書いてもらいました。だって入会金が必要なわけでもないし、推進しないからって罰金があるわけでもないですから。でね、三ヶ月後、瞳さんの口座に紹介料として、いくら入金があったかというと……」

ビジネスモデルを端的にイラスト化した紙をバッグの中から取り出し、テーブルの中央に置いた。

「四十六万五千円です」

何度も聞いているこのエピソードに、まるで初めて聞いたかのような驚きを込めて、ケンジが「すごい」と呟《つぶや》く。

タツヤの目が瞬間、大きく開いたのを真瑠子は見逃さなかった。

「これが、紹介、いわゆる推進の結果、販売が成立した場合の手数料のモデルです」

真瑠子は差し出した紙を使って説明を続ける。

「まず、一人目を勧誘した時点で、タツヤさんには二人目以降十パーセントの手数料をもらえる権利が生まれます。それからは、タツヤさん経由で販売された商品の上代価格の十パーセントがタツヤさんに入るということです。さっきのジョーシン電機と一緒ですね」

タツヤが頷く。

近づいてきたホールスタッフが、テーブルの上に置かれた紙を見て怪訝《けげん》な顔をしたのが視界に入った。真瑠子は無視して話を進める。

「直接勧誘して入会した人を〝フロント〟と呼びますが、このフロントが四人になった時点で、タツヤさんの権利は二十五パーセントに上がります。これがシルバーというランクです」

目の前の紙に書かれた数字を指差す。十五万円の十パーセントで一万五千円、シルバーになると二十五パーセントで三万七千五百円。

「例えば、タツヤさんが五人を誘ったとしましょう。一人目の時は手数料の権利はなし。二人目、三人目、四人目の三名からは十パーセントの合計四万五千円がバックされます。ここでシルバーに昇格しますから、五人目の方からは三万七千五百円。合計で八万二千五百円の収入となります」

真瑠子はタツヤの眉間のしわが緩んだのを確認した。

（これはいけるな）

赤い眼鏡を指で押し上げた。

間髪容れずに、その先の収入例を挙げる。

「誘った五人のフロントのうちの誰かがこのビジネスを始めるとします。そこには権利差が出ていますから、タツヤさんにも収入が入るんです。例えば――」

タツヤ自身がシルバーになった後、フロントの一人がシルバーに昇格する際に生まれる収入表を見せた。

「その人が一台販売したとします。最初なので権利は〇パーセントです。タツヤさんとの権利差は二十五パーセントあるので、十五万円の二十五パーセント、三万七千五百円がタツヤさんに入ります。たとえタツヤさんが何もしていなくても。その後、その人がシルバーになる過程で、タツヤさんの二十五パーセントからその人の権利十パーセントを引いた十五パーセントがタツヤさんの収入になります。そうして順調に推進を成功させていき、権利四十五パーセントのゴールドに昇格するためには――」

真瑠子が話しながらタツヤの顔を見た時、背後にいたホールスタッフと再び目が合った。

（やばい。追い出されへんうちに、話にキリつけんと。このカフェも出禁になってしまう）

真瑠子は少し早口になった。

カフェの中には「勧誘活動禁止」を標榜《ひょうぼう》するところが少なくない。長時間テーブルを占領されるのを避けるためだろう。これまでもパンフレットを広げて熱を入れて話し込んでいたばかりに出入り禁止となったカフェがいくつもあった。

ここは立地も雰囲気も良いので、そうなりたくない。

真瑠子は話のテンポを上げた。

タツヤは前のめりになって聞いている。もう大丈夫だろう。

結局タツヤはカイミン・ツーを一台契約することになった。

支払いは、月々八千円、二十回のローンだ。肩こりに悩む実家の母に使ってもらうという。

「親孝行ですね」

真瑠子が持ち上げると、タツヤははにかみながら「そんなことないですけど」と謙遜《けんそん》した。まんざらでもなさそうだ。

瞳おばあちゃんの話は効果絶大だった。

何度となく話してきたが、大抵の人がタツヤと同じ反応を示す。楽してお金を稼ぐ、というストーリーにみんな乗りたいのだ。

真瑠子はタツヤに微笑みかけた。

タツヤも真瑠子に目を合わせて微笑みを返す。

仕上げに、明日のスタートアップセミナーのアポイントを取りつけた。ローン契約用の印鑑を忘れないようにと伝えて、真瑠子はカフェを後にした。

2

スタートアップセミナーとは、HTFビジネスを始める時に最初に受けてもらう、初心者向け説明会である。

セミナーは真瑠子のアップライン、丹川谷勝信《にかわたにまさのぶ》が住む、南船場のマンションで行われる。心斎橋に程近い、大阪のソーホーとも称される人気エリアだ。

真瑠子はセミナーがスタートする一時間前、大理石が壁面に施されたゴージャスなエントランスに立っていた。部屋番号をインターホンに打ち込む。

丹川谷は三十歳、実家は造園業を営む資産家である。ここは彼の親が税金対策のために買ったマンションだが、ビジネスメンバーには「HTFで稼いだ金で、丹川谷が購入した」ということで通していた。

ネットワークビジネスでは、参加している人間に〝成功の証《あかし》〟を見せることが必要だからである。豪華な住居は、誰の目にもわかりやすい憧れの形だ。

エントランスが開錠され、十二階の丹川谷の部屋へと向かった。

「あれ？　真瑠ちゃん、今日は望月《もちづき》と一緒に来るんやなかったん？」

シャワーを浴びた直後と思《おぼ》しき上気した顔で、丹川谷は部屋の扉を開けた。

「望月くん、今夜も仕事を抜けられないらしくて」

真瑠子は言った。

「そうか」

丹川谷は濡れ髪をタオルで拭き上げながら素っ気なくそう言うと、すぐにリビングの奥に消えた。

やがてブォーとドライヤーの音が聞こえてきた。

望月豊《ゆたか》は妹の真亜紗《まあさ》の彼氏で、このビジネスで真瑠子が最初に声をかけた人物である。

母子家庭で育った望月がずっとお金に苦労してきたことを真瑠子は知っていた。副業になればと思い、このビジネスを勧めた。だが、勤務先の飲食店が忙しく、セミナーやミーティングにはなかなか参加できないでいる。

玄関を入り、廊下左手のリビングに入った。真瑠子は小さなホワイトボードをセッティングし、スタートアップセミナーの準備を始めた。

バッグから、赤い眼鏡を取り出してテーブルに置く。

高校卒業後は進学せずに就職をした。だが、わずか一年でやめてしまった。

その後に就《つ》いたのが音楽スタジオでのアルバイトだった。

そこで丹川谷と出会った。

丹川谷はネットワークビジネスを本格的に始める直前まで、プロとしてバンド活動をしていた。

スタジオの掲示板にあった「磁力と健康セミナー・無料開催」という小さな貼り紙を見ていた時、

たまたま練習に来ていた丹川谷に背後から声をかけられた。

――興味あったら、今度、話聞きに来ない？

「真瑠ちゃん、今日来るの誰やったかな？」

乾いた髪を触りながら、丹川谷がリビングにやってきて言った。

「今日は、ケンジくんと昨日スポンサリングした新規男性と、後は丹川谷さんのところの――」

「そう。神戸ラインで一人、受講したいっていう子が来るわ。よろしくな」

丹川谷は神戸に二百人規模の大きなグループをダウンに持っている。

「合計三名ですね。がんばります」

「しゃーけど真瑠ちゃん、四ヶ月でようここまでできるようになったな」

ホワイトボードに文字を書き込んでいる真瑠子に丹川谷が言った。

「いえ……。丹川谷さんのおかげです」

真瑠子の消極的な物言いを聞いて、丹川谷は笑った。

「真瑠ちゃんは勉強家やからな。だからすぐに身につくんやな。えらいわ」

丹川谷はセミナーやミーティングの度に、必ず真瑠子を褒《ほ》める。

――まだ始めたばかりなのに、すごいでしょう。彼女はネットワークビジネスのセンスがある。

――やる気がある子は、これだけ伸びるんですよ。

「ＨＴＦを始めるまでは、人前であんまり話したこともなかった、って言ってたもんな。信じられへんわ」

丹川谷は言った。

「本当ですよ。高校時代のあだ名は〝麗子像《れいこ》〟でしたから」

「麗子像？　あの美術の教科書に載ってたやつ？」

「そうです。岸田劉生《きしだりゅうせい》が娘を描いた、あれです」

「か、髪型が似てる、ってことかな」

「表情もそっくりやって言われて」

高校時代のことがフラッシュバックして、自嘲気味に言ってしまった。

真瑠子自身も、こんなにできるとは思っていなかった。

だが、何度も丹川谷のスポンサリングを聞いてメモを取り、少しずつ真似ていくうちに、いつの間にかABC方式のスポンサリングとスタートアップセミナーのやり方が身についていった。

いささか緊張することもあったが、赤い眼鏡をかけると別人に変身したような気になり、口も滑《なめ》らかになった。

話すことは面白かった。視線が自分に集まるのは快感だった。

幼い頃、母や祖母に「真瑠子はいちびりやな」と言われたことがある。祖母や姉の物真似をやっては家族の中で注目を浴びようとしていたからだ。その後、人の評価を気にするあまりすっかり臆病者になってしまったが、このビジネスを始めたことで、あの頃の自分に戻りつつあるのかもしれない。

「ところでさ、今から来る神戸ラインの子やねんけど、昨夜突然電話してきて〝HTFってねずみ講じゃないんですか〟って言いよって」

丹川谷は眉根を寄せた。

「まあ昨夜は俺が、きっちりみっちり説明しといたけどな」

「セミナーでも念押しで説明しておきますね」

「頼むわ真瑠ちゃん」

丹川谷の手が真瑠子の肩にポンと乗った。

「頼むわ」という言葉が真瑠子の胸の中で弾んだ。我ながらどれだけ単細胞なのかと思うが、頼られるとやる気が俄然《がぜん》湧《わ》いてくるのである。

奥からインターホンの音が聞こえ、さらさらの髪を揺らしながら丹川谷が応対に向かった。

真瑠子はふと「ビジネスについては、不用意に人に話さないように」と、タツヤにきちんと伝えたか不安になった。

スポンサリングの最後は、怪訝な顔をしたホールスタッフのことが気になり、駆け足で話を締めてしまったからだ。

タツヤも神戸ラインの新規同様、ねずみ講とネットワークビジネスの違いをきちんと説明できない知識レベルだ。その状態でビジネスのことを人に話すと、大抵相手に反対されてしまう。

しばらくしてリビングに入ってきたのは、ケンジとタツヤだった。

迎えた時、二人の醸《かも》し出す空気から、頭をよぎった不安が的中したことを察した。

(やっぱり私、言ってへんかったかな……。アホやなもう)

窺うようにケンジに目を合わせる。落ち着かない視線が返ってきた。

「こんばんは。掛けてお待ちくださいね」

真瑠子はその空気に釣られないように笑顔で言い、ガラステーブルの向こう側にある大きなソファに手を向け、タツヤに着席を促《うなが》した。

「ちょっとええかな?」

ケンジに声をかけた。

リビングから出て奥のダイニングに移動し、アイランドキッチンの横で声を潜《ひそ》める。

「タツヤくん、ひょっとして、やってしもた？」

真瑠子がそう言うと、ケンジがばつ悪そうに視線を下げた。

「ええ。家に帰った後、脱いだ服の下にパンフレットを置いてたらしいんですけど、嫁さんに見つかったらしくて。〝これ何なん？〟から始まって、いろいろ問い質《ただ》されて。内容をちょっと話してしもたらしいです。ほんなら案の定猛反対にあって……」

真瑠子は頷いた。

「でもなんとか嫁さんを説得したそうです。印鑑もちゃんと持ってきてます。ただ、反対されたことが効いてるんか、なんせテンションだだ下がりで」

待ち合わせ場所からここに来る途中も、タツヤが申し込みをキャンセルすると言いださないか、気が気ではなかったという。

「なんや」

腕を組んで横に立っていた丹川谷が、そう言って破顔した。

「え？」

ケンジは虚をつかれた表情で、丹川谷の顔を見返す。

「その子、全然大丈夫やん。ちゃんと嫁さんのこと説得したんやろ？」

「ええ、まあ……。昨日のところは」

「ほんなら大丈夫。ちゃんと戦えるやつや。見込みはある」

数秒の間があったが、ケンジは「そ、そうですよね」と呟いた。

気後れを取り戻すように自分自身に向けて何度も頷き、ケンジは顔を上げる。

「心配ない。契約する気やから彼はここに来たんや。大きい買いもんかもしれへんけど、ハンコついた後に彼はさらに自分で自分を納得させる。そんなもんや」

以前、真瑠子のフロントで同様の事態が起こった時も、丹川谷は真瑠子にそう言った。

ある程度の金を投資をした人間は、自分の買い物が失敗ではない、良い買い物をしたのだと、その行為を「正当化」し、擁護《ようご》しだす。

「一貫性の法則」だ。一旦決断したことにおいては、それを曲げることを避けたい心理が働くのだという。

再びインターホンの音が三人の背後で響いた。

アイランドキッチンの足元に積まれたサンペレグリノのペットボトルを掴《つか》む。二本をケンジに手渡し、リビングへ戻るよう促した。

メンバーが揃《そろ》ったところでスタートアップセミナーが始まった。

(よし)

真瑠子は赤い眼鏡をかけた。

にっこりと微笑み、重い空気を変えるために、いつも以上に声を張って自己紹介をする。続いて商品「カイミン・ツー」のおさらいと、推進会の規約について軽く話した。

「さて、ここからは〝ビジネス〟のお話に入っていきます」

真瑠子は、努めてゆっくりと話すように心がける。最近は慣れがたたって早口になりがちだ。

「その前に、テーマを決めたいと思います。ちなみにお二人は、このビジネスは副業で始めますよね?」

真瑠子はタツヤと、キムラと名乗った丹川谷のダウンの顔を見た。

「本業のお仕事があって、並行してこのビジネスに着手するわけです。それって、大変なことだと思いませんか?」

タツヤとキムラが頷いた。

「毎日毎日、一生懸命働いて、それ以外の時間をこのビジネスに割《さ》くわけです。体力的にも気力的にも本当に大変です。だから今、〝何のため〟にこのビジネスを始めるのか、つまり〝テーマ〟をクリアにしておくことが重要なんです」

ケンジがノートの上にペンを走らせている。

真瑠子は小さなホワイトボードに〝テーマ〟と書き込んだ。

「例えば、タツヤさんはなんでサイドビジネスをやろうと考えたんですか?」

タツヤは一瞬間を置いて答えた。

「そうですね。将来のことを考えて、ちょっとでも貯蓄したいかと」

「なるほど」

真瑠子はそう言いながら大きく頷いた。多少大袈裟でもいいから、相手を肯定してあげることが警戒心を解くことに繋がる。

「堅実ですよね。ではキムラさんはどうですか?」

もう一人の、小柄でつぶらな目をしたスーツ姿の若者に尋ねた。

「ぼ、僕はビジネスで、成り上がりたいんです!」

強い勢いで出された言葉に、ケンジもタツヤも彼の顔を見た。昨夜、ねずみ講かどうかを疑っていた人とは思えない。丹川谷の説明が効いているのだろう。

後ろで様子を窺っていた丹川谷が、笑いを堪《こら》えているのが視界に入った。

（ええ感じや。こうこなくちゃ盛り上がらない）

緩みかけた口元を引き締める。

真瑠子はホワイトボードに〝将来のために貯蓄〟〝成り上がりたい〟と書いた。

「いいテーマだと思います。タツヤさんは、自分とご家族の未来のために貯蓄をしたい。キムラさんはビジネスで成功したい。素晴らしいです」

眼鏡を指で押し上げる。

「実を言うと、私もそうなんです。最初は家族を助けたいと思って始めました」

二人の目を見て、いったん微笑む。

「でも今は、もっと具体的になって、祖母の店を再開させるのが夢なんです」

「おばあさん、お店をされてるんですか？」

タツヤが聞いた。

「ええ。長い間、喫茶店を営んでいたんですけど、一昨年に経営不振で畳《たた》んでしまいました」

真瑠子が答える。

「会社勤めやアルバイトなら難しいかもしれませんが、この仕事ならそれもできるんじゃないかと考えたんです」

視線を彼らの後ろにいる丹川谷に飛ばした。

「ちなみに、後ろに立っている丹川谷さんは、グループでひと月に百台近くを売り上げて、毎月の収入が七桁《けた》に乗ってるって、なんか腹が立ちますよね？　あんなにチャラついた格好をしてるのに」

一斉に三人が後ろを振り返った。

丹川谷は腕を組んだまま笑っている。

「七桁……」

キムラが小さく呟いた。

「お金が稼げるということのほかに、このビジネスにはもう一つ大きな魅力があります」

真瑠子は言いながら、ホワイトボードに、〝成功の方法〟と書いた。

「このビジネスの大きな特徴は、システム上、下の人が成功体験を積まないと自分も成功しない、という点にあると思います。私はだからこそ、〝大事な友人〟ほど誘いたいと思いました。本気でその人の成功を応援できるからです」

ケンジは何度も深く頷いて、タツヤの顔を見る。

「丹川谷さんのように、ゴールドになる人の下には、成功したいと願ってがんばる人がたくさんいます。もちろん私もその一人です。私の成功が丹川谷さんの成功に繋がります。だから丹川谷さんは私のことを褒めてくれるわけです。説明が上手、とか笑顔がいい、とか。そうすると単純な私はそれだけで張り切る。私の収入は増えるし、丹川谷さんの儲《もう》けも増える」

丹川谷が苦笑まじりに頭をかいている。その様子を見てケンジとタツヤが笑みを漏らした。

対照的にキムラは表情を曇《くも》らせている。

「それって、上の人に搾取されるってことですか?」

キムラが発言した。

「いえ、そうではありません。搾取とは直接生産者を必要労働時間以上に働かせ、そこから発生する剰余《じょうよ》労働の生産物を無償で取得すること、と辞書にもあります。まず、私は必要以上に働かされているわけではありません。自分がやりたいから、こうしてスポンサリングやセミナーを担当しています」

真瑠子はにっこり微笑んだ。

「そして丹川谷さんは無償で収入を得ているわけでもありません。ノウハウを提供し、サポートもしてくれます。結果的に私はお金を稼ぐことができ、丹川谷さんには権利収入が入る、というのが私たちの関係なのです。至って正当なビジネスのやりとりだと思いませんか？　誤解を招きやすいところなのでもう一度言いますが、ダウンの幸せが、自分の幸せに繋がるということを私はお伝えしたいのです。人を応援することが自分の利益に直結する。こんなに素晴らしいビジネスが他にあるでしょうか」

真瑠子はキムラとタツヤの顔をしっかり見た。このセリフを口にする時が一番気持ちいい。

「だからこそ、このビジネスの良さをわかってもらうために、気をつけなくてはいけないことがあります。それは〝伝え方〟です。そこを間違えてしまうと、〝ねずみ講〟などと誤った理解をされてしまいます」

腫《は》れぼったいまぶたを持った、キムラの目が見開かれた。「そうだそうだ」と言わんばかりに大きく頷いている。

「タツヤさんだって、キムラさんだって、最初は疑いませんでしたか？　これ、怪しいやつやろ？ヤバいんちゃうんか？　って」

二人とも口を結んでいる。

真瑠子はホワイトボードに〝ねずみ講〟〝マルチ〟と書いた。

「では、ねずみ講とマルチ・レベル・マーケティングの違い、って明確に説明できますか？」

二人の顔を見ながら、質問をする。

タツヤとキムラは視線を泳がせている。

タツヤへは真瑠子が昨日、説明をした。キムラだって丹川谷から電話で説明を受けているはずだ。

真瑠子が〝明確に〟とつけ加えたことで、話すことを躊躇《ちゅうちょ》しているのだろう。

ケンジが口を開いた。

「ねずみ講は〝無限連鎖講〟といって、商品などの流通がなく、お金だけが流通する仕組みで、違法です。一方、マルチ・レベル・マーケティングとは、〝連鎖販売取引〟。商品がきちんと流通する仕組みのことで合法です」

まるで録音された音声のように、淀《よど》みなく言葉にした。

この説明はとにかくまる覚えしろ、と先日ケンジにしつこく伝えていた。よくできました、と心の中で褒める。

「お二人のテーマは、言わば人生の〝夢〟ですが、法律を犯してまでは追いかけられないですよね？　でもどうでしょうか。正当なやり方でそれが叶《かな》うのならば、素晴らしいことだと思いませんか」

真瑠子は二人の目をしっかり見る。

「私もこの話を聞いた時に思いました。これが合法のビジネスなのであれば、ぜひ参加したい、って。一部の高給取りならともかく、普通の人は生活に必死で、夢を追いかけるなんてこと、なかなか難しいですよね」

今日のセミナーの要《かなめ》はここだ。

「例えば、タツヤさんがこのビジネスを始めて、半年後にＨＴＦから入金が百万円あったとします。現に丹川谷さんは六ヶ月でそれを達成していますし、決して不可能なことじゃありません。そうしたら、そのお金をどうしたいですか？　全部貯金しますか？」

自分の話として、具体的にイメージさせることが大切だ。

タツヤが首をかしげる。しばらくして、口を開いた。

「そう……ですね。僕の手元に百万円……。まずは、やっぱり嫁さんに現金で手渡したいですね」

「おお〜！　さすがタツヤや」

ケンジが感嘆の言葉を挟み、場を盛り上げる。

「その後、二人で使い道を考えたいですね。欲しいものを一つずつ買《こ》うて、後は貯金して、とか」

「その百万円が、次の月も入金されたらどうですか？」

「え？　次の月もですか？」

「ええ。そうですよ。今からタツヤさんが始めるのは、宝くじじゃないんです。ビジネスなんですよ。だから一回限りの臨時収入ということにはなりません」

ケンジが大きく頷く。隣のキムラも、自分の成功に思いを馳《は》せているようだ。心なしか目が潤《うる》んでいるように見える。

「……ほんなら、今の仕事、辞めてしまうかもしれません」

タツヤの仕事は宅配便会社のドライバーで、妻はテレフォンアポインターのパートをしている。昨日の話では、妻はその仕事が苦痛で仕方がないのだが、時給が良いので我慢して続けているといった。

「嫁さんにも、嫌なパートを辞めて家でゆっくりしてもらえるし……」

ケンジがタツヤの言葉を聞いて目を細めた。

「いいですね。それがタツヤさんの〝夢〟ですよ。HTFをやるにあたっての目標です。まずは百万円の現金を奥様に手渡して、安心してもらう。タツヤさんはドライバーの仕事を辞めることができる。奥様にもパートを辞めて家でゆっくりしてもらえる。お互い好きなものを買って二人で幸せになれる」

具体的に思い描けるように、タツヤの夢を改めてまとめた。

「では、テーマが決まったところで、今度はそれを実現させるための〝具体的な方法〟について考えていきましょう」

真瑠子はペンを持ち、ホワイトボードに新たな書き込みを始めた。

〝リストアップとは……〟

3

「え？　そっか。ケンジくんって真瑠ちゃんの下やないんか」

スタートアップセミナーを受講した三人が帰った後、広いダイニングで丹川谷が真瑠子に言った。

「はい……。実はそうなんです」

(やっぱり。丹川谷さん、気づいてなかったんか)

丹川谷がばつの悪そうな顔をした。

ケンジは真瑠子の下ではない。だが、丹川谷の下ではある。

以前、丹川谷が心斎橋の貸し会議室で実施したセミナーで、真瑠子はスポンサリングのスピーカーを務めた。その時に入会したのがケンジだった。

だから、ケンジは真瑠子を頼ってきたのだが、実のところ彼がいくらがんばったところで、真瑠子の実績にはならない。

だが、丹川谷の実績にはなる。

「ごめんな真瑠ちゃん。熱心に面倒見たってるから、てっきり真瑠ちゃんの下かと勘違いしてたわ」

吸い込まれそうな深いブルーの冷蔵庫を開け、丹川谷は真瑠子に缶ビールを手渡した。

緑の缶はハイネケンで、プルトップを引くと、クワッと澄ました音が響いた。こぼれ出た泡に慌ててロをつける。

「ちょっと整理しよか」

丹川谷はアイランドキッチンの横に立てかけられていた、白い大きめのポスターフレームを持ち出した。ポスターは入っておらず、丹川谷グループの全体像がポストイットを使って作成されている。

「このボード、何ヶ月も更新してなかったからな」

丹川谷はそう言って、大きさの違う二種類のポストイットとサインペンを出してきた。

一番上に丹川谷の名前があり、その下に丹川谷のフロントを意味する九個のポストイットが並列に貼られている。

右端にあるのが丹川谷グループの最大ラインのフロントだ。神戸に拠点を持っており、真瑠子もたまに会う人物だ。その下にあるポストイットの数で、グループが大きいのがよくわかる。長方形はシルバーランクで、その半分の大きさは普通会員の意味だろう。

ＨＴＦビジネスは、普通会員、シルバー、ゴールド、スーパーゴールド、シニアスーパーゴールドという五段階のランクづけがなされている。

普通会員はゼロから十パーセント、シルバーは二十五パーセント、ゴールドは四十五パーセント、スーパーゴールドは五十二パーセント、シニアスーパーゴールドは五十七パーセントの権利が与えられている。

昇格ルールは単純だ。

十五万円のマットレスを購入して、推進会の申込書にサインすればビジネスの権利が生まれる。ビジネスメンバーになり、一人勧誘すれば二人目からは十パーセントの権利が発生する。自分から直接四名がマットレスを購入すればシルバーに昇格する。次は、自分がシルバーに昇格した上でフロントにシルバーを三名作り、かつ傘下で一ヶ月目に七百万円、二ヶ月目に一千万円の売り上げを達成するとゴールドに昇格する。

スーパーゴールドは傘下にゴールドを三名、シニアスーパーゴールドは傘下にスーパーゴールドを三名作ることが条件となる。

丹川谷グループは神戸ライン以外にもたくさんのポストイットが貼られており、全体で見るとかなりの大きさだ。

一番左端にポツンと一つ貼られているポストイットがあった。〝鹿水真瑠子〟と書かれている。

「今日のケンジくんって、どこやっけ？」

真瑠子は丹川谷の、右から三人目のフロントの下を指差した。

「ああ。こいつか。先月末のセミナーに来とったもんな。ごめんな、真瑠ちゃん。下でもないのに面倒かけて」

「いえ。私も頼られたら、つい嬉しくなってしまって」

真瑠子は素直にそう言った。

「ここに真瑠ちゃんのフロントの名前書いて」

真瑠子はポストイットとサインペンを受け取った。望月、小野寺《おのでら》ともう二名、合計四名の名前を書いた。

小野寺は、真瑠子がたまにやっていたティッシュ配りの日払いバイトで数回一緒に働いたことのある中年男性である。

彼も最初はビジネスに興味を持っていた。だが、何人目かで声をかけた人にきつく断られ、すっかり意気消沈してしまった。

小野寺以外の三人は丹川谷がAさん役となり、スポンサリングをしてもらった。

「他に何台か出たんはユーザーだけやもんな。この四人のうち、生きてんの望月だけ?」

少し考えて「そうですね」と鈍《にぶ》い返事をした。

ユーザーとはカイミン・ツーを購入しただけでビジネスをしていない人を指す。

「他の三人はまったく?」

丹川谷の言葉に黙り込んでしまった。

「そしたらあれやな。まずは、近いうちに望月と俺と真瑠ちゃんの三人で一回ミーティングしよう。今週中」

丹川谷はペンを置いた。飲みかけのハイネケンに手を伸ばす。

「後はどっか繋がりそうなんないの?　一緒にリストアップしなおそか」

「そうですよね……」

言いながら、百も承知なんだよな、と思う。

自分が一番よくわかっている。

——リストアップとは、人脈の棚卸しをするものだよ。

丹川谷にそう教えられ、真瑠子もスタートアップセミナーではそう言っている。

しかし、友人や知り合いの少ない真瑠子には、その棚卸しが難しい。名前を書き出しても、ものの数分で終わってしまう。ノートは一ページも埋まらない。おまけに数少ない友人たちにはHTFについてほんのちょっと話しただけで、拒絶反応を示された。その後真瑠子は彼女たちに連絡を取ることすら怖くなっている始末だ。

一方、勉強を重ねた結果、プレゼン力はメキメキと上がっている。

調子よく喋《しゃべ》り、理想ばかりを並べて悦《えつ》に入《い》っていた。しかし、実のところは自分のグループがさっぱり伸びていない。棚卸しもできず、フロントがこれ以上増える可能性は低いだろう。嫌なことには目を瞑《つぶ》り先延ばしにする悪い癖が、如実に結果に影響を及ぼしていた。

携帯電話とシステム手帳をチェックするためにリビングへ戻った。バッグの中から携帯を取り出す。受信したメッセージのポップアップが目に入った。

珍しく、小野寺からだった。一人、紹介したい人がいるという。

真瑠子はすぐに、スポンサリングの日を決めましょうと返事を打った。

新規アポイントが入ったことで少し気持ちが軽くなる。携帯と手帳片手に、弾むようにダイニングへと戻った。

丹川谷は誰かと電話をしている。

真瑠子は飲みかけのハイネケンに口をつけた。

空腹で飲んだせいか、少し酔ってきたような気がした。丹川谷の話し声が、心地よく頭に響いてくる。

丹川谷は甘い、滑らかな声で話す。

初めて丹川谷のプレゼンを聞いたのは、バイト先のスタジオで声をかけられて参加したＨＴＦのセミナーだった。派手な外見と声質のギャップに気をとられ、内容がしばらく頭に入ってこなかった。

何より特徴的なのはリズムだ。

バンドを長くやっているせいだろう。長い話なのに、時間を一切感じさせなかった。

聞かせどころはゆっくりと。流すところは手際よく。緩急《かんきゅう》のつけ方が抜群にうまいのだと、今の真瑠子なら丹川谷の技術を説明できる。しかし当時はそんなことなどわからず、まるで魔法にかけられたかのように我を忘れて聞き入った。

ひと通り説明を終えた後、丹川谷が真瑠子に聞いた。

——鹿水さん、夢ってありますか？

すごくシンプルで、ストレートな質問だった。

夢——。

生まれてからこれまで幾度となく問われてきた、得体の知れないものだ。

——真瑠ちゃん、将来何になりたいの？

——やりたいことある？

——夢に向かって努力してる？

問われるたびに沈黙してきた。答えようにも「夢」が明確なイメージを持ったことがないからだ。

なんとなく生きてきた。

好きなことも得意なことも特に見つからない。周りの人たちはそんな真瑠子に危惧《きぐ》を覚え、夢を持つようにけしかけてきた。しかし真瑠子はそんな自分のままでいいと思っていた。

誰かに褒められたり、注目されたこともない。

四歳上の姉の真莉は幼い頃から賢かった。いつもみんなに褒められた。その結果彼女はアメリカに留学し、今もそのままロサンゼルスに住み、仕事を持って活躍している。

妹の真亜紗は、幼い頃から素直で愛らしかった。みんながそれを褒めた。その結果、彼女は早々に将来の夢を「いい人との結婚」と定め、日々未来の夫探しに邁進《まいしん》している。

姉と妹は、周囲の声があったおかげで自分が何者かを知ることができた。賢い自分。愛らしい自分。だからこそ進むべき道が開かれ、夢を見つけることができたのだ。

夢を持つにも資格が必要だ。

周囲に認められる、という資格が――。

――夢……ですか？

真瑠子は言った。

――漠然とした聞き方じゃ想像しにくいかな。十年後、自分はどうなっていたいですか？

丹川谷の問いに真瑠子は黙《うるお》った。

――僕はね、経済的に潤っていたいし、時間的にも潤っていたいと思ったんですよ。

――時間的な潤い？

真瑠子はそのまま聞き返した。

――はい。鹿水さん、お金、って欲しいですよね。でもお金だけあっても、人生は幸せではない気がしませんか？

　真瑠子は頷いた。

――そりゃあ、ほとんどの幸せはお金で買えるかもしれないですけど、それを有意義に使う時間がなかったら、幸せを深く感じられないですよね。僕は経済的な潤いと時間的な潤いの、この二つをどちらも欲しいと思っているんです。

　心地よい声で丹川谷は続けた。

――例えば僕がサラリーマンだとしたら、ある程度の収入できっと頭打ちです。もしかすると嫌な上司の下で、自分の可能性を見失ってしまうかもしれない。だけどこのＨＴＦビジネスは、自分の可能性を思う存分試すことができます。しかもシステム的には、自分が誘った大事な人が成功して、初めて自分も成功できるんですよ。

――一緒に、ということですか？

――ええ。自分だけが成功するということはありえないシステムなんです。だからね、これから僕がもっともっと成功したかったら、鹿水さんにも成功してもらわなければならないんです。人を応援することが自分の幸せにもなる。いい仕事だと思いませんか？

　丹川谷は優しい顔をして真瑠子の目を見た。

〝人を応援することが自分の幸せにもなる〟

　その言葉は、真瑠子の心に響いた。

　誰かの役に立つことが、自分の存在を確かなものにする気がした。

　その時、自分に足りていなかったピースがはまったのだ。

「ごめんね。どう？　望月に連絡してみた？」

（しまった）

あれこれ考えているうちに、望月への連絡がまだだったことに気がつく。

「すみません。今からです。でも、小野寺さんが一人紹介したいって言ってます」

真瑠子は丹川谷に報告した。

「よかった。いつ？」

「連絡待ちです。すぐに会いたいって連絡しました」

「オッケー。決まったら教えて。都合つけば俺も一緒に行くわ」

インターホンが鳴った。

丹川谷は壁のモニター画面を覗《のぞ》き込み、開錠ボタンを押した。

しばらくして玄関先で音がした。真瑠子が向かうと、そこに立っていたのは丹川谷の神戸系列のメンバーだった。

「こんばんは。真瑠さんお疲れさまです～」

「丹川谷さんの秘蔵っ子はさすがにいつもいますね」

彼らは軽口を叩《たた》きながら、リビングに入っていった。

ビールを飲み始めたので、てっきり今日の仕事は終わったのかと思っていたが、まだミーティングは続くようだった。

他グループのミーティングだが、真瑠子はそのまま残り、勉強のために聞くことにした。

ネットワークビジネスでは、勉強会やセミナーにできるだけ参加した方が理解が深まり、成功への近道となる。実際に、丹川谷の話にはいつも気づかされることが多い。

真瑠子が忘れられない言葉があった。

──真瑠ちゃん、ジャンプをする前には、一度屈《かが》まないと大きく飛べないんだよ。

しばらくミーティングを聞いていると、スーパーゴールド、滝瀬神《たきせじん》のことに話題が移った。近々大阪にやってくる予定だという。

ＨＴＦのカリスマに会えるかもしれないと、皆の声には興奮が滲《にじ》んでいる。

「滝瀬さんて、傘下人数は一万人超えてるんやろ」

「一万人？　まじですごいな」

「今月の『月刊マルチ・レベル・マーケティング』に載ってたわ」

「それ、これやろ」

メンバーの一人が鞄《かばん》から雑誌を取り出した。真瑠子は思わず身を乗り出す。

「見せてもらってもいいですか？」

緩いパーマヘアに通った鼻筋は、一見するとモデルか俳優のように華がある。こちらを見据える眼差《まなざ》しは真っすぐで、名前に違《たが》わず〝神〟のような雰囲気を湛《たた》えている。

（かっこいい）

何度も噂に聞いていた、あの滝瀬神が大阪にやってくるのだ。意図せず真瑠子の顔は綻《ほころ》んだ。

「真瑠さん、何笑ってるんすか」

メンバーの一人に突っ込まれた。

「え。あ。いえ……」

笑顔を引っ込めた。

（あかんあかん。まだビールの酔いが残ってるんやろか）

真瑠子は雑誌から顔を離して背筋を伸ばした。

「あれ？　真瑠ちゃん終電大丈夫？」

丹川谷の問いかけに、ハッと我に返った。

時計を見ると二十三時を過ぎている。

（やばい。パパに殺される）

真瑠子は追い立てられるように携帯と手帳をバッグに放り込むと、挨拶もそこそこに丹川谷のマンションを後にした。

4

吹き上げてくる風が前髪を勢いよく乱す。階段を駆け下りて地下鉄心斎橋駅のホームへと急いだ。

瞬《まばた》きを繰り返し、乾いた目をなだめながら改札口を抜ける。

（なんではよ気がつかんねん）

真瑠子は乗り込んだ地下鉄の中で、自分の不注意に呆れていた。

今日の午後、心斎橋駅に着いた時には、今夜は終電より三十分早い電車で帰ろうと決めていたのに、つい時間を忘れてしまった。終電だと、自宅の最寄駅である藤江に到着するのが午前零時を回ってしまう。

二十歳を越えて二十一時の門限からは解放されたが、さすがに深夜の帰宅が続くと父親に嫌味を言われる。

晩酌中に遭遇したら最悪だ。アルコールの勢いを借りた父の小言《こごと》を二十分は浴び続けることになる。また姉のことを持ち出されて、比べられるのだ。

姉の真莉はカリフォルニアの大学で環境学を学び、エコロジー関連の会社に就職した。素晴らしくできの良い姉は、中学の卒業式で海外の大学に進学したいと宣言した。高校に入学すると勉強とバイトを両立させ、遊びも我慢してお金を貯めた。両親自慢の娘だ。

だが真莉の強い意志は、鹿水家の経済状況を逼迫《ひっぱく》させた。当時のことは詳しく聞かされていないのでわからないが、父の事業の失敗も重なり、夜になるといつも食卓で家計簿とにらめっこしていた母の姿を覚えている。

それを見ていた真瑠子は、進学をあきらめた。いや、あきらめた、というと語弊がある。大学に行ってやりたいことがあったわけではないので、たとえお金があったとしても進学はしなかったかもしれない。

だから姉の留学を恨むことはなかった。妹の真亜紗は昔から勉強が嫌いだったので、はなから進学の意志はなかった。

卒業後は兵庫県内に数店舗を構えるスーパーに就職し、事務員の職を得た。だがわずか一年でやめてしまった。

原因は人間関係だった。愛想がない。その一点が理由で先輩社員にいじめられた。出社しても挨拶がない、お客様へのお茶出しの時に仏頂面だった、電話対応がぶっきらぼうすぎる。あることないことを上司や周りに吹聴《ふいちょう》され、ジメジメと陰湿にやられた。人づき合いが苦手なのは確かだが、仕事さえきっちりこなしていたら問題はないはず。そう思い続けたが、攻撃は一向に止む気配がなく、音《ね》を上げてしまった。

その後、自宅で何もせずにいた真瑠子を祖母は何度も鼓舞してくれた。

——真瑠子。いつまでもそんなことをしてたら、腐ってまうで。

勇気を出して、再び就いたのが音楽スタジオでの仕事だった。そのスタジオで丹川谷と出会ったのだ。

丹川谷にHTFに誘われ、ネットワークビジネスに参加することで真瑠子は変わった。

それまで、家族にさえ、自分を認めてもらえていないと感じていた。

だがHTFでは真瑠子の行い、一つ一つを見守り、褒めてくれる。

自分の居場所を、そこに見つけた。

HTFでなら、輝ける。

自分も、丹川谷のようにゴールドになりたい。

ゴールドになって、お金も欲しい。

そう思ってこの四ヶ月間がんばってきた、はずだった。しかし現実は真瑠子がスポンサリングで語る夢のようにはうまくいかない。

最初にアプローチした望月こそイエスをくれたものの、その後に声をかけた高校時代の友人からはことごとくノーを浴びせられた。丹川谷の助けもあり、なんとか四人のフロントを抱えシルバーに昇格したのが先月のこと。しかし売り上げはゴールドを目指すには程遠い。

昇格条件である一ヶ月目に七百万円、二ヶ月目に一千万円の売り上げをカイミン・ツーの台数に換算してみると、一ヶ月目は四十七台、二ヶ月目は六十七台となる。

先月の売り上げが五台だった真瑠子にとって、途方もない数字だ。

(自己満足で人のグループなんか手伝ってる場合か。自分のグループを動かさな、なんにも始まらんやん。アホか)

真瑠子は自分に毒づいた。

地下鉄御堂筋線梅田駅に到着した。

地上に出て、歩いてJR大阪駅の改札を抜ける。ここで走らないと明石駅まで約四十分間立ちっぱなしになる。真瑠子は母に借りているヴィトンのトートバッグを小脇に抱え、懸命に走った。

姫路行きの新快速にギリギリ滑り込んだ。かろうじて空《あ》いていた席を確保する。膝の上に置いたバッグから携帯電話を取り出した。

二件のメッセージが入っていた。

一人は小野寺だった。

〈鹿水さんお疲れさまです。明日、午後2時にホテル日航大阪1階のカフェでお願いします〉

もう一人は望月だ。

〈お疲れさまです。今週日曜の夜なら大丈夫です〉

最後に丹川谷から、

〈今日もバタバタでした。望月くんとのミーティング、日程候補でたら連絡ください。帰り道気をつけて！〉

その後に、丹川谷がよく使う犬がギターを弾いているスタンプが貼られていた。

丹川谷はいつもまめで、こういったフォローを欠かさない人物だ。

だからこそグループも大きくなって、別のグループのメンバーでさえ、彼の周りに集まるのだろう。

明日の予定と望月とのミーティング日程を丹川谷に連絡して、携帯をバッグの中に放り込んだ。

自宅に着いたのは、日付が変わって三十分以上も過ぎた時刻だった。

音を立てないように、鍵穴にそっと鍵を差し込む。どれだけ慎重に回しても、ガチャリという金属音が響いてしまう。

ゆっくり鍵を抜くと、ドアノブをさらに慎重に回して手前に引く。

(よかった。チェーンはかかってない)

自分の体が通るくらいの隙間《すきま》を作った。

二十四時を過ぎると、チェーンをかけられてしまうことが時々あった。父の虫の居所が悪いとそんな憂《う》き目にあう。仕方なく、妹に電話をかけてチェーンを外してもらうことになる。

真瑠子は玄関にそっと体を滑り込ませた。音を殺して握ったままのドアノブをゆっくりと元に戻し、扉を閉めた。内側から施錠をし、チェーンをかける。

(オッケー)

靴を脱ぎ、リビングに通じる扉を開ける。すり足で通り過ぎようとした時、キッチンに突然明かりがついた。

「なんや、真瑠子」

一番聞きたくなかった父親の声だった。

起きたばかりで掠《かす》れた、機嫌の悪い声。

「今、帰ったんか」

真瑠子は口を尖《とが》らせて、「うん」と頷いた。

「遅いやないか。何してんねん、毎日毎日」

「ちょっと仕事のミーティングが長引いて……」

父は胸元をパジャマごしに掻《か》きながら冷蔵庫に向かう。扉を開けてウォーターポットの水をコップに注いだ。

眉間に深いしわを寄せている。

「こんな時間まで女の子を拘束するなんて非常識やろ。そこの紙に上司の名前と電話番号書きなさい。パパが明日、電話して言うたるから」

「い、いや。大丈夫」

前にも一度、仕事場の連絡先を書け、いや書かないの騒ぎになった。

「何が大丈夫やねん！　何回も何回もおかしいやろ！」

太い声に、真瑠子はびくりと体を縮めた。

父の背後にパジャマ姿の母が見えた。横に回って父の肩に手を置く。

「パパ、明日にしときいな。あんまり大きい声出したら、真亜紗が起きるわ。あの子は明日も早いのに。パパもはよ寝な、早いの一緒やろ。真瑠子には私が言うとくから」

父は眉間に刻んだ深い線を解くことなく、母の方を向いて「ああ」と言った。

寝室へと体を向けた時に、

「真莉は絶対にこんなことなかったのに」

と父が呟いた。

真瑠子は、思わず刺すような視線で父を見てしまった。一番言われたくない言葉だ。

「パパ！」

咎《とが》めるような口調で、母が言う。

父は肩をすくめながら寝室へと戻っていった。

母が小さなため息をついた後、真瑠子を振り返る。

「ほんで真瑠子、晩ご飯食べたん？　ハンバーグ残してあるで」

「ミーティングしながらちょっとつまんだけど、ちゃんとは食べてない」

肩に掛けたままのトートバッグをテーブルの上に置き、母の横から冷蔵庫の中を覗いた。ラップがかけられた楕円形の白い皿の上には、ブロッコリーの鮮やかな緑色と、ハンバーグのデミグラスソースの茶色が見えた。

「パパも心配して言うてるんやからな。あんたも、もうちょっとはよ帰ってき」

ハンバーグの皿を持ちながら「うん」と殊勝に答える。

母がコンロに火をつけ鍋を温める。蓋を開けた途端、味噌汁の匂いがした。

真瑠子はその間にご飯を装《よそ》い、レンジでハンバーグを温めた。トレーの上にハンバーグの皿とご飯と箸、母から手渡された味噌汁の椀を載せた。

「ほんなら、食べたらはよ寝や」

あくびを嚙み殺して、母は寝室へと戻っていった。

(真莉姉《ねえ》、真莉姉……。一生、比べられんのかな)

真瑠子は両親の寝室の方をじっと見つめた。

肩にバッグを掛け直し、注意深くトレーを持つと、二階への階段を上がっていった。

5

金曜日の心斎橋を歩く人たちは、どこか浮《うわ》ついた雰囲気を出している。

真瑠子は約束の時間より早めに、ホテル日航大阪一階のティーラウンジに着いた。話しやすい席を確保するためだ。

手元の携帯を見ると、妹の真亜紗からメッセージが入っていた。

真亜紗は淀屋橋の食品会社で事務員をしている。今は仕事中のはずだが、休憩時間なのだろう。

真亜紗〈昨日、パパまたオコやった？〉

真瑠子は指を素早く動かして返事を打つ。

真瑠子〈また鉢合わせてしもた〉
真亜紗〈昨日、阪神負けて機嫌悪かったからな〉
真瑠子〈とばっちりかいな〉
真亜紗〈それはちゃう。ねーちゃんが毎日遅いからや〉
真瑠子〈うん。ちょっと忙しなってもうてな〉
真亜紗〈でもマジで、最近遅すぎひん？　からだ壊すで〉
真瑠子〈せやな。がんばってはよ帰るわ〉
真亜紗〈ばあちゃん昨日の夜、家に来てんで。真瑠ねーちゃんのこと心配しとったで〉
真瑠子〈まじかー（泣）ばあちゃんに会いたかった〉

携帯をバッグに放り込んだ。ラウンジの入り口にある細いミラーで自分の全身を確認する。

案内にきたホールスタッフに窓際の奥の席を指定した。

空いていてよかった。あの席なら気兼ねなく話せるだろう。大切な新規アポイントの日に店員の白い目を浴びたくなかった。

丹川谷からは、今日は神戸に行かねばならず、来られないと連絡をもらっていた。

席に着いてホットカフェオレをオーダーした。

携帯電話を取り出し、小野寺に奥の席へついたとメッセージを送った。

すぐに小野寺から、メッセージではなく電話がかかってきた。真瑠子は立ち上がり、店の入り口の方へ向かいながら通話ボタンに指をスライドさせた。

「お疲れさまです」

口の前に手を当てて、小声で話した。

——もしもし鹿水さん、ほんまごめん。突然なんやけど、わし、今日行かれへんようになってしもて。

「え？　どうゆうことですか？」

——すんません。別の仕事でトラブルが起きてちょっと抜けられへんようになって。それでさっき、今日紹介するつもりの竹田《たけだ》くんに連絡してんけど。

（キャンセルか……）

やっぱりなと真瑠子は口惜しい気持ちでいっぱいになった。

突然入ったアポは、突然キャンセルされる。何度も経験してきたことだ。

——そしたらもう心斎橋におるって言うし。竹田くんはわしが同席せんでも、話が聞きたい、って。

「一人でですか？」

——うん。そうやねん。竹田くんは大丈夫の一点張りで。マイウェイやってる子やから話も早いと思いますわ。

(ABC方式も何もあったもんじゃないな)

真瑠子はため息をついた。

「わかりました。じゃあ、その竹田くんの連絡先聞いていいですか?」

——電話切ったらすぐにメッセージで送るわ。ほんまごめんやで。

真瑠子は電話を切り、突っ立ったまま考え込んだ。

マイウェイとはアメリカ発祥の、ネットワークビジネス業界最大手の企業だ。洗剤を始め、鍋や浄水器、化粧品など、ありとあらゆる日用品を扱っている。

マイウェイをやっている人。これは考えようによっては千載一遇のチャンスかもしれない。その竹田くんがどれだけの規模でビジネスをやっているのかわからないが、グループごとこちらに来てくれたとしたら……。

一気にグループメンバーを増やせるかもしれないのだ。しかも経験者なら呑《の》み込みも早いだろう。真瑠子が手取り足取り教えなくても、自らグループを伸ばしてくれる可能性もある。そうなれば夢のゴールドも見えてくる。

(でも、そんなおいしい話、あるわけないか)

真瑠子は緩みかけた頬を引き締める。

ネットワークビジネス同士の引き抜きはよく聞く話だ。傘下を伸ばしている人に「こちらの方がずっと稼げる」と甘い言葉をかけるのだ。グループ拡大で自信をつけている誘われた側は、新天地での更なる収入増を夢見て移籍する。

ミイラとりがミイラにならないよう、用心しなければならない。

(ま、私は傘下が少ないからその心配はないかもしれへんけど)

自分への突っ込みが虚《むな》しい。

真瑠子は席に戻る途中、先ほどテーブルに来たホールスタッフに声をかけ、三人ではなく二人になったと伝えた。

席につくと、程なく小野寺からのメッセージが届いた。

〈名前と連絡先です。天パで細身の子です。鹿水さんの特徴も話してあります。

竹田昌治《まさはる》くん、25歳。TEL/080―××××―××××

日航ホテルに着いたら、鹿水さんに電話するそうです〉

携帯電話を見つめて考える。

(私の特徴って……。何を伝えたんやろか)

液晶の右上に表示された時刻は13:46。後十分もすれば、竹田から電話がかかってくるはずだ。

マナーモードにしている携帯電話を、カフェオレのカップの横に置いた。

小さく深呼吸する。

御堂筋を行き交《か》う人たちを眺めながら、持ち手まで丁寧に温められている大きめの白いカップを持ち上げた。

こぼれそうなほど盛られたキメの細かい泡を唇で受け止める。少し気持ちが落ち着いた。

一人でも話を聞きに来るくらいだから、やる気に満ちた人に違いない。いつも通りスポンサリングできれば興味を持ってくれるはずだ。

もし、逆勧誘を受けるような局面になったら、適当に話を切り上げて撤退しよう。

視線を液晶画面に落として、電話の有無を確認していると、左手に影を感じた。顔を上げると目の前に、ブルーグレーの作業着姿の、巻き毛の青年が立っていた。

汚れてくすんだ作業着は、このスタイリッシュなカフェに不釣り合いだった。

上着の胸ポケットにはボールペンが何本も挿さっている。そのポケットの下部分には、ペンのインクが漏れたのであろう、不揃いなシミが柄のように広がっている。

「あの、鹿水さんですよね」

掠れてはいるが、芯のある聞きやすい声だった。

「竹田です」

真瑠子は椅子を引いて立ち上がろうとした。

「いやいや。そのままで大丈夫です。すんません、電話鳴らそうと思たんですけど、黒髪のおかっぱで、はと胸Dカップの人、って聞いてたんで」

(なんじゃそれは)

真瑠子は小野寺の自分評に憤《いきどお》りを覚えた。

(おかっぱやなくてショートボブや。ほんで胸の話はいらんねん。デリカシーなさすぎやぞ、小野寺)

不満げな真瑠子をよそに、竹田はぎこちない笑顔で、こちらをしげしげと見ている。

(小野寺のあほ)

バストが大きいことは体が成長してきた時からのコンプレックスだ。そんなところに注目されていたのかと思うと恥ずかしさで帰りたくなる。

「奥に座ってるとも聞いたし、多分ここにいはるんが鹿水さんやと思て。びっくりさせてすいません。今日はお世話になります」

「初めまして。鹿水です」

気を落ち着かせて真瑠子も名乗る。竹田はペコリと頭を下げて、向かいの席に腰を下ろした。

改めて竹田を観察する。立っている時はわからなかったが、正面から見ると、右のまぶたが膨らんで腫れている。

目の横の傷が生々しい。

「あの、傷……どうしはったんですか」

思わず聞いてしまった。

真瑠子は自分の右目の横を、指でなぞった。

「え？　あ、すいません。昨日ちょっといざこざがあって」

「いざこざ……ですか？」

喧嘩だろうか。竹田が一瞬にして不穏な人物に見えてくる。

おとなしそうな雰囲気だが、キレたら手がつけられないほど怖いとか。こう見えて女にめっぽうだらしなくて、痴話喧嘩で物でもぶつけられたとか……。

「今日はわざわざ、ありがとうございます」

真瑠子の思惑をよそに、竹田が丁寧に言った。

聞けば、竹田は小野寺が最近入社した、金属加工会社の社員なのだという。

「ところで、会社は副業オッケーなんですか？　小野寺さんからマイウェイもやっていると聞きましたけど」

真瑠子はストレートに質問をぶつけてみた。

同じネットワークビジネスに身を置く人間同士なら、あれこれ画策するよりも、ストレートに話した方が手っ取り早いと考えたからだ。

竹田は「はい」と言って頷いた。

「推奨されてるわけじゃないんですけど、社長は会社の仕事さえちゃんとやってくれたら何も言わん、って考え方ですね。給料がそんなに高いわけでもないし、ボーナスは雀《すずめ》の涙ほどしか出ませんから」

竹田の言葉に真瑠子は頷く。

「マイウェイは正直、すごいビジネスやと思っています。俺らみたいなもんでもチャンスをもらえる。でも、やり始めて三年経ちました。今は自分のグループが大きくなって、いろいろと考えている時期でもあります」

自分のグループが大きくなって？

竹田の顔を期待を込めてまじまじと見る。この人が本当にそんなに大きなグループを持っているのか？ そしてその傘下ごと、HTFに移籍することを考えているというのか？

真瑠子は浮き足立つ心を宥《なだ》めながら質問を重ねた。

「HTFの話を聞きたいって、小野寺さんに言ったとか」

「そうなんですよ。小野寺さんをマイウェイに誘おうとしたら、逆にもっといいのがある、と言わはって」

竹田はまたもぎこちない笑顔を見せた。

「名前だけは知ってたんですけど、内容は知らんかったから、聞かせてもらえたらと思って。ぶっちゃけ言うと、ここんとこ、何社かマルチの話を聞かせてもらってます」

あんまりあけすけに話をするので、真瑠子の気持ちはかえって楽になった。

なるほど。竹田は傘下を引き連れて新天地で一旗あげようとしている。彼を射止められるかどうかは、自分のスポンサリング次第――。

（こっちも真っ向から勝負していかなあかんな）

真瑠子はいつものように左手首の腕時計で時間を確認する。トートバッグから赤い眼鏡、パンフレットとノート、水性ボールペンのスポンサリングセットを取り出した。

よし。いったろ。

「ではまず商品から――」

6

空を見上げると、小さな雨粒が風と一緒に舞っていた。

家から藤江駅までのわずかな距離を歩く間に、傘をさしていたにもかかわらず、服はしっとりと濡れてしまった。

いつものルートで電車を乗り換える。心斎橋駅に到着した。

改札を抜けて大丸百貨店の化粧品売り場を通ると、華やかな香りが鼻をついた。

昨日の竹田の反応はよくわからないものだった。最初はお互い本音をぶつけていい雰囲気だと思ったが――。

真瑠子が話している間中、竹田の大きな目は商品パンフレットやビジネスシミュレーションの表から動かなかった。

頷くわけでも、質問するわけでもなく、ほとんど反応をしない。

真瑠子が会話の中でしたわずかな質問に限り、最低限の応答をしただけだった。

なんとか最後までテンションを保ち説明し切った。

竹田の反応を量りかねたので、とにかく次に繋げることだけを考えて、スタートアップセミナーへの参加を勧めた。連絡先を交換して丹川谷のマンションの場所と時間を伝えた。

——わかりました。ありがとうございました。少し考えさせてください。明日のセミナーは参加できると思います。じゃあ、時間なんでお先に失礼します。すいません。

竹田は一方的にそう告げると、尻ポケットから財布を取り出し、自分のコーヒー代をテーブルの上に置いた。

雨粒が頬を濡らした。

心斎橋のアーケードから五分程歩き、丹川谷のマンションに到着した。

今日は丹川谷が夕方まで不在だ。ポストから部屋の鍵をピックアップした。

いつも人がいる場所が、しんと静まり返っている。

リビングに入って電気をつけ、いつものようにスタートアップセミナーのセッティングを始める。

竹田が参加する……はず。

——参加できると、思います。

「参加します」ではなく、「思います」と竹田は言った。

携帯を確認するが、竹田からの連絡は入っていない。

バッグからローン用紙や推進会申込書などの書類を取り出した。

商品パンフレットが後二冊しかなかった。そういえば、来月からパンフレットは買い取りになるらしい。今までは大阪駅前第3ビルにあるHTF大阪支社で、何冊でも無料でもらえたのに、もうそれはできなくなる。

(また出費か……)

ため息が出そうになる。

真瑠子の場合、交通費だけで毎回相当な金額になる。最寄駅の山陽電鉄藤江駅を利用すると心斎橋までは片道で千四百十円。往復で二千八百二十円だ。

回数券を利用してわずかながら節約を試みているが、微々たるものである。

山陽電鉄を使わず、JRの最寄りである西明石駅まで歩くと片道千百七十円。往復で四百八十円の節約にはなるが、自宅から西明石駅までは二キロ以上の距離だ。

現に今日、歩こうと思い立つも、雨の中を五十メートルほど進んだだけで心が折れてしまった。

インターホンの音が聞こえた。真瑠子は気を取り直して、応答に向かう。

暗いダイニングの中で、光を放っているインターホンのモニター画面を覗いた。

(よかった)

真瑠子の顔が思わず綻んだ。

そこには竹田の顔があった。背後に数名の見知らぬ男の姿が見える。

「どうぞ。十二階です」

鍵のマークが描かれた〈開錠〉のボタンを押した。

しばらくして、ドアホンが鳴った。真瑠子は玄関に足を向ける。扉を開けると、そこには竹田と、さっきインターホンに映っていた男たちが立っていた。

「こんにちは、鹿水さん。こいつらも聞きたい、って言うんで連れてきました。一緒にセミナー受けてもいいですよね？」

竹田は、昨日とは打って変わって明るい表情だ。同時に、突然やってきた人数にも驚かされた。彼の背後には六人の男が立っていた。

（もうこんなに新規を連れてきたんや。さすがマイウェイやわ）

浮かれそうになる心を抑える。

竹田も含め、彼らはまだ参加するとは言っていないのだ。真瑠子は気を引き締めた。

「それではセミナーを始めさせていただきます」

全員がソファや椅子に腰を下ろしたところで真瑠子は口火を切った。

「今日はこんなにいらっしゃるとは予想していなかったので、商品パンフレットが足りません。申しわけありませんが隣の人と一緒に――」

「鹿水さん」

出鼻を挫《くじ》くように竹田が口を開いた。

「はい……？」

「説明は大丈夫です」

説明は不要……？　ということだろうか。真瑠子の脳内でアラートが鳴った。話を聞かないというのであればセミナーにわざわざ来る必要はない。なのに竹田はここに来た。しかも仲間を六人も連れて。

まさか――。

（ここで乱暴されて、私をマイウェイに入れようとしているとか？）

男七人に、女一人。

(いやいやいや)

思わず目を瞑って小さく首を振る。

予想外の事態だったとはいえ、あまりに警戒心が薄すぎたかもしれない。

竹田の目の横の傷がチンピラの証のように見えてきた。

丹川谷に同席を頼むべきだった。やはり、おいしい話には裏があるのだ。真瑠子は己《おのれ》の迂闊《うかつ》さを呪った。

「鹿水さん……?」

竹田に声をかけられて、自分の肩を手で抱いていた真瑠子は我に返った。

「はい」

警戒を怠《おこた》らず、真瑠子は答えた。

「大丈夫ですか?」

「何がですか?」

「いや、さっきから黙り込んではるんで」

「場合によっては大丈夫やないです」

「場合?」

竹田が怪訝そうな表情を浮かべている。

(とぼけようったって、そうはいかんからな)

騙《だま》されるわけにはいかない。HTFでゴールドになる夢を叶えるまでは。これまで応援してくれた丹川谷に恩返しするためにも。

「説明が要《い》らないということは勧誘ですよね?」

真瑠子は腹に力を込めて問いかけた。

「力ずくで、私をマイウェイに引き込もうとしてるんですよね」

竹田の表情が曇る。

（ほらやっぱり。お見通しやねん）

真瑠子はポーチの中からいつもの赤い眼鏡を取り出して装着した。七人の男たちを横目で睨《にら》みつける。

「だからこんなに大人数で乗り込んできたんですね」

リビングを沈黙が支配する。

男たちは顔を見合わせている。これで確定した。この男たちはマイウェイが放った刺客だ。

真瑠子はどうやってこの難局を乗り切ればいいのかを考えた。

丹川谷が帰宅するまでは後一時間あまり。果たして自分一人で持ち堪《こた》えられるだろうか。

自信は……ない。とにかく丹川谷に現状を伝えなければ。携帯はパンツのポケットの中だ。手を滑らせて取り出そうとしたその時、笑い声がリビングに響いた。

竹田だった。

「違うんです」

腹を抱えて笑いながら竹田が言う。

「誤解させてもうたみたいですいません。いきなり大人数でこられて説明要らんなんて言われたら、そら怪しいですよね。説明が要らんのは、もう入会を決めてるからなんです」

「え？」

真瑠子は取り出した携帯をポケットに戻した。

「昨日の鹿水さんのスポンサリング、めちゃくちゃ良かったです。説明が簡潔にして的確だし、何より熱があった」

真瑠子の肩から力が抜けていく。

「こいつら、仕事の同僚でマイウェイの仲間でもあるんですけど。昨日の夜、ＨＴＦの話したら、みんな乗り気で」

竹田が周りに視線を送った。男たちは頷いている。

「俺ら、鹿水さんと一緒にビジネスしたいと思ってます」

真瑠子は思わずごくりと唾を飲み込んだ。

鹿水さん。

一緒に。

ビジネス。

したい。

竹田の一言一句が真瑠子の細胞に染み込んでくる。

真瑠子の顔は一気に緩んだ。

彼らは刺客じゃなくて仲間だった。

嬉しさのあまり、膝が震える。七人の男たちの真剣な視線が真瑠子に注がれていた。

竹田が笑みを浮かべながら言った。

「ローン用紙ください。七枚」

真瑠子は書類に記入する男たちの会話を聞きながらキッチンでコーヒーの用意をしていた。

紹介された六人のうち、伊地知紀人《いじちのりと》という面長の角刈りの男は、大阪弁ではないどこかの方言で話した。真瑠子がその言葉にぽかりと口を開けていると、鹿児島出身なのだと言った。

「鹿水さん、すんもはん。竹やんの顔ん傷、びっくりさせてしもうて。一昨日、僕が駅で変なやつらに絡まちょったんを竹やんが間に入って助けてくれて、あげん傷になっしもて」

伊地知がキッチンに顔を覗かせて真瑠子に言った。

「そうなんですね。大変でしたね」

よく見ると、伊地知も顔に軽い擦《す》り傷を作っている。

「竹やんな決してけんかっ早か人間じゃなか。これから竹やんをよろしゅたのんます」

伊地知は竹田と一番近い間柄のようで、まるで保護者のように真瑠子にそう言うと部屋に戻っていった。

「印鑑ちゃんと持ってきてるんやろな、お前ら」

竹田が皆に確認しているのが聞こえてくる。

「持ってきてるわ」

一人がすかさずその言葉に反応した。

「まさか忘れたちゆたぎな怒っど」

伊地知が言った。

「あ。忘れた。……なーんて、嘘うそ」

竹田がボケる。

「竹やんが一番忘れっぽいからな」

「なんでやねん」

「しゃーけど、急に昨日の夜、この話するから」

「そうそう、竹やんのいつものパターン」

「奇襲攻撃！」

「うるさいな、お前ら。早よ書けや」

竹田が皆を窘《たしな》める。

「マイウェイの時と、昨夜は全然ちゃうかったもんな」

「わかる！」

「なんか、嬉しそうに話しちょったよな～」

伊地知がからかうように言った。

「出会いは偶然ちゃうねん、必然やねん、とか言うて」

「言うてた言うてた」

「めちゃくちゃ鹿水さんのこと褒めてたやん」

「ほんまや。あの人についていけば間違いないって」

「もうええやろ」

「竹やん、柄にもなく照れんなや」

「でも人見知りやから、そっけなく帰ってきたんやろな」

「はははははは」

コーヒーを淹《い》れながら真瑠子の頬は綻びっぱなしだ。なんて甘美な響きだろう。

――あの人についていけば間違いない。

人生で受けた最大の賛辞に真瑠子は自分の顔が上気するのを感じた。

「決め手は何やったん？」

誰かが疑問を挟んだ。

それは真瑠子も気になるところだ。竹田とは昨日二時間ほど話したにすぎない。確かに、私の何が彼の心を捉えたのだろう。

「お前ら、わからんか？」

「……わからんなあ」

「おかっぱ？」

「はと胸Dカップ？」

誰かが言った。カップをトレーに置く手に思わず力が入る。

「ちょっと――」

皆に注意する伊地知の声が聞こえる。音が聞こえたのだろう。

トレーにコーヒーが少しこぼれた。

（小野寺のあほ。あんたが伝えた特徴のせいではと胸Dカップ呼ばわりや）

布巾で拭きながら毒づく。

「俺はわりかし好きやけど」

竹田が言った。

「まあまあ、そげん話はレディに失礼やが」

伊地知が戒《いまし》める。

真瑠子はトレーを持ってリビングに入った。

「あ。お気遣いいいただいてすいません」

竹田が頭を下げる。真瑠子は黙ってコーヒーを配った。伊地知が手伝ってくれる。

真瑠子は空になったトレーから顔を上げて皆を見た。

「お言葉ですけど、おかっぱじゃなくて、ショートボブです。後、Dカップじゃなくて Eカップ」

「おお」

数人が声をあげた。

(いらんこと言うてもた。胸の話はせんでええねん)

息を深く吸って心を落ちつけた。

「聞こえてました……?」

竹田が恐る恐る問うてくる。

「筒抜けでしょ。声も大きいし」

「すんません。小野寺のおっちゃんの言うてた通りやったもんで、ついみんなにそのまま話してもうて」

竹田が言いわけのように言う。

真瑠子は皆に向かって目を細め、とび切りの笑顔を作った。

懐《ふところ》の深いところを見せなければ。

「温かいうちにどうぞ」

コーヒーをすすめた。

「いただきます」

竹田の言葉を合図に一同がカップに口をつけた。気まずい静けさの中、皆がコーヒーを啜《すす》る音が響く。

「ほいで竹やん、話ん決め手はないやったと?」

場を取り繕《つくろ》うように伊地知が聞いた。

「そうそう、決め手な」

竹田が慌てて助け舟に乗る。

「声や」

意外な答えに真瑠子は身を乗り出した。

「声?」

怒りを忘れて質問する。

「そうなんです。鹿水さんの声は、女性にしては低めです。加えてちょっとだけ掠れています。美声とは言えないかもしれへんけど、その塩梅《あんばい》が妙に心に残るんです」

初めての指摘に真瑠子は戸惑った。自分の声が嫌いだったからだ。なんせ可愛さがない。どうしてもっと妹の真亜紗みたいに愛らしい声に生まれなかったのかと、何度思ったかわからない。

「人は焦りや緊張を感じると声が上擦《うわず》って高くなります。それを経験値で知っているので低い声に信頼を感じやすい傾向にあるんやそうです。落ち着いた印象ですからね。もちろん低いだけなら他にもいます。鹿水さんの声には、それにハスキーというアクセントが加わっている。僕にはそれが武器やと思えました」

可愛くはないけど印象には残る。そう言われたような気がして心中複雑だ。真瑠子は無言で先を促した。

「コミュニケーションスキルに関する研究で、メラビアンの法則というのがあります。聞いたことありますか?」

竹田に問われ、真瑠子は首を横に振った。

「コミュニケーションを取る際、受け手が重視する情報が何かを調べたものです。それによると、会話の内容が占める割合は、わずか七パーセントやそうです」

「七パー？　話の中身は重視されん、っちゅこつ？」

伊地知が聞いた。

「そやねん」

竹田が答える。

「じゃあ、何が重視されるんですか？」

真瑠子が尋ねた。

「まず第一に仕草です。影響度という指標を使いますけど、仕草、つまり視覚情報が与える影響度は五十五パーセントを占めます。視覚情報には表情や視線なども含みます。続けて重要なのが声です。影響度は三十八パーセント。声質、大きさ、速度など聴覚情報もコミュニケーションでは重視されるんです」

竹田は淀みなく話す。

思いがけない知識に真瑠子は驚いた。

「竹やん、よう知っちょるねえ。どこで勉強したとね？」

伊地知も感心しながら竹田に聞いた。

「本や。このビジネスはコミュニケーションが命やからな」

竹田の答えに一同が沸く。「さすが竹やん」「いつの間に」「えらいカッコええな」と、賛辞が飛び交った。

「――でな」

竹田が場を静めるように言葉を発した。

「大きさとか速さとか、口調はどうにでもなる。自分で気をつければええねん。でもな、声質だけはどうにもならん。持って生まれたもんやからな。後で変えることはできひん」

竹田は一度言葉を切ると、真瑠子に視線を合わせた。

真瑠子はそれを正面から受け止めた。

「鹿水さんの声を聞いた時、これやと思いました。落ち着きがあって印象に残る。その上、速度や大きさも的確やった。僕の中の三十八パーセントは、声だけで説得されたと言っても過言やないと思います」

そんなに落ち着きのある声だろうか。そんなに印象に残る声だろうか。自分の声のことは自分ではわからない。

「鹿水さんは誰も真似できない天性の才能を持っているということです。落ち着いた声であれだけの熱意を伝えられるなんて、なかなかできないことやと思います。僕はそれをこのビジネスにおける最強の武器やと思いました。ここに、訓練された最良の仕草が加わったら？」

「完璧ちゅうこつじゃ」

伊地知が答えた。

「そやねん。内容にかかわらず、九十三パーセントの影響度を与えることができるねん」

そう言うと、竹田が立ち上がった。

「だから俺ら、鹿水さんについていきます」

竹田は九十度に腰を折る。残りの六人も慌てて立ち上がり、「よろしくお願いします」と声を揃えて竹田に倣《なら》った。

急な展開に頭がついていかない。しかし体は熱くなっていた。背中に汗が滲んでいる。

自分には天性の才能がある——。

改めて竹田の言葉を反芻《はんすう》した。「あるわけない」と「あるかもしれない」。二つの思いが胸の内で戦っている。

「とりあえず——」

真瑠子の声に、一同が姿勢を元に戻す。

「コーヒー、もう一杯淹れてくるわ」

動揺を隠すようにそそくさとキッチンに向かった。

「いやー、竹やん、痺《しび》れたが」

背後で伊地知の声が聞こえる。それをきっかけに一同がやる気をみなぎらせて言葉を交わし始めた。

真瑠子はコーヒーメーカーに水を注いで、スイッチを入れた。

——才能。

痺れる脳みそを持て余しながら、コーヒーができるのを待っていると、玄関のドアが開く音が聞こえた。

キッチンから顔を覗かせる。

帰宅した丹川谷が、脱ぎ捨てられた靴の多さに目を丸くしていた。

第　二　章

次期ゴールド、鹿水真瑠子

1

湿気を含んだスニーカーを摘《つま》んで避《よ》けた。

靴が玄関に溢れている。

リビングで行われているセミナーには、息苦しくなるほどの人が集まっていた。

真瑠子はそこには入らず、奥のダイニングに直接足を運んだ。丹川谷が耳に当てていた携帯電話を置いたところだった。

「真瑠ちゃん、もううちでやるのは限界やな」

携帯を電子タバコに持ちかえて、丹川谷は言った。

「管理会社もちょっと困ってる。人の出入りが激しすぎて、コンシェルジュに苦情来てるらしいわ。身内でパーティやっててすいません、ってごまかしといたけど」

「確かに、ちょっと多すぎますもんね……。しかも外見だけで目立つ人多いし」

竹田のグループには髪を派手な色に染めていたり、個性的なファッションの人が多い。

真瑠子は内心の、嬉しい気持ちを抑えて困惑した声を出した。

（困るくらい人が増えるなんて、考えられへんかったことや）

わざと眉尻を下げてみせた。

竹田が入会してから約一ヶ月。瞬《また》く間にメンバーが増えていった。

「今夜のセミナーは何名予定？」

丹川谷が聞いた。

「えっと、十一名です。土曜日だから多くなってしまって」

真瑠子は答える。

「紹介者あわせたら、単純に倍か……」

リビングを覗き見ると、椅子に腰掛けているのは数名で、後は床に直接座り込んでいる。

以前は来た人にミネラルウォーターを渡していたが、もはや追いつかないのでお構いなしの状態だ。

竹田は、マイウェイで百人規模のグループを持っていた。そのうち二十数名をＨＴＦに引き入れた。ＡＢＣ方式は無視して、スポンサリングは彼自身がどんどん実施した。

その後、スタートアップセミナーは真瑠子にバトンを渡す。この方法で、あっという間に組織を大きくしていった。

最初に会った時に竹田が真瑠子に見せた、人見知りの側面はまったく影を潜めていた。

伊地知曰《いわ》く、自分のグループ内では〝竹やんスイッチ〟が入って人見知りを忘れ、誰とでもすぐにうちとけるのだという。

ネットワークビジネスには〝ティーアップ〟と呼ばれるノウハウがある。

アップラインやＡさん役、セミナーのスピーカーなどをあらかじめ持ち上げておくことをいう。

ゴルフの一打目に行われるティーアップからきているそうだ。ティーでボールを持ち上げるのと同様に、言葉を使って人を持ち上げる。

──なかなか時間が取れない人なので、今日の時間は貴重だよ。

それだけで、面会のキャンセル率がぐっと減る。

グループを形成する上で重要な手法だ。

竹田はこれが実に上手かった。

──今日のセミナーは、絶対に他の場では聞かれへん内容や。厳選したメンバーにしか案内してへん。しかも講師はあの鹿水真瑠子さんや。君はラッキーやな。

参加者が目の色を変えて、勉強に勤《いそ》しむのは言うまでもない。

おかげで真瑠子は竹田の傘下から過剰とも思える敬意を払われた。グループ内での真瑠子の発言は急速に重みを増していった。これはティーアップ効果の現れだけではないのかもしれない。真瑠子はそう考えていた。

竹田が言うところの、真瑠子の才能。

本当にあるかどうかは確信が持てないが、みんなが自分の言葉を熱心に聞いてくれているのは確かだ。その結果、自信がついてきて、今は堂々と話すことができている。だからみんなが信じてくれる。

そんな手応えがあった。

「丹川谷さん、支社の人に聞いてもらってる件は大丈夫そうですか？」

真瑠子は、電子タバコをうまそうに吸っている丹川谷に聞いた。

「うん。大阪支社の隣の会議室、借りられたらしい。うちのグループで火・木・土、仙石《せんごく》系列が月・水・金に使う」

仙石系列とは、「HTF関西の女帝」と呼ばれている仙石美枝子《みえこ》のグループのことだ。丹川谷と仙石は、ともに滝瀬神のフロントである。

大阪では唯一の女性ゴールド。年齢は不詳だが、五十歳前後ではないかと噂されている。夫が数店舗の美容室を経営している関係で人脈も広い。

トレードマークは鮮やかな赤い口紅と大きめのアクセサリーだ。よく通る声はイベントや商品説明会などで、その存在感を際立たせるのに寄与している。

丹川谷が蒸気を口からふわりと出した。電子タバコといえどアイコスは意外と本物に近い匂いがする。

「そういえば、滝瀬さんが来られるの明日ですよね。丹川谷さん、新大阪に迎えに行きますか？」

「いや。今回は滝瀬くん、新幹線じゃなくて車らしい」

「東京からですか？」

「どうしても車で来たいらしくて」

なぜか丹川谷の顔がニヤつく。勿体《もったい》ぶって、間をためる。

真瑠子の目を見て、また蒸気を口から吐いた。

「ポルシェ、911《ナインワンワン》カレラがやっと納車になったからさ」

「911カレラっすか！」

真瑠子の背後で急に竹田が大きな声を出した。いつからいたのだろう。

「4S《フォーエス》ね」

「しかも4S！」

丹川谷のダメ押しに竹田がさらに大きな声を出した。

すごい車なのだろうが。

(そんなに大きい声出さんでも)

真瑠子は竹田の嬉々とした顔を見返した。

「いやー。俺の憧れの車なんすよね。夢、あるわあ〜。滝瀬さん、スーパーゴールドですよね。二十九歳でしたっけ？　下に三人ゴールドかあ。いやー、すごい。あの……俺、拝むことできますかね？　911カレラ4S」

竹田が手に持っていた、誰かの推進会申込書をギュッと握りしめた。

「竹やん、あかん、それ」

真瑠子は注意する。

「あ。すいません。つい力んでもうた」

竹田が手の力を抜いた。

真瑠子は竹田の手から申込書を取り上げた。

「大丈夫やと思うで。明日、竹やんは真瑠ちゃんと一緒に日航ホテルのランチに来たらええわ」

「やった」

竹田が小さくガッツポーズをする。

真瑠子がHTFにサインアップしてから、五ヶ月目。ついに明日、滝瀬神と会うことが叶う。

「今日の夜、京都に寄ってから大阪入りの予定らしいけど、さすがに今夜は誰とも会わんと寝る、って言うてたわ。そらそうやな。五百キロはたとえポルシェでも遠いわ」

丹川谷はそう話すと、アイコスをケースにしまった。

「鹿水さん、そろそろ」

メンバーが呼びにきた。

(もうそんな時間か)

胸元に引っ掛けていた赤い眼鏡をかけた。

今日のセミナーも真瑠子が講師だ。

「姉御、お願いします」

竹田が手を向けてセミナールームに真瑠子を送り出す。

真瑠子は飾り棚の鏡をチラリと覗いた。前髪の具合いを確かめると、リビングへと向かった。

2

日差し溢れる吹き抜けの館内で、眩《まぶ》しさにふと視線を下げた。

巻き毛をご機嫌に揺らして歩く竹田が、昇りのエスカレーターに乗ったところだった。

ホテル日航大阪のフロントがある二階に、真瑠子は一張羅《いっちょうら》の紺のワンピースを着て立っていた。

姿勢が悪いと、よく祖母に注意されたことを思い出して、背筋を伸ばす。

これからはフォーマルな服装を求められる機会が増えてくるかもしれない。出がけに、玄関の全身鏡に映った代わりばえしない自分を見て、つくづくもっと服が欲しいと思った。

「姉御、お疲れっす」

気恥ずかしそうに挨拶した竹田は、見違えるようなスタイルになっていた。

ブルーのジャケットにシャツ、細身のスラックスできめている。

「竹やん、すごいな今日は。そんなん持ってたんや。モデルみたいやで」

真瑠子は言った。

「実はさっき、来月にお金入るの見越して、大丸でカードで買《こ》うてしもた。ははは」

「気合い入ってるな」

「昨日ポルシェの話聞いて、ほんまにスイッチ入ったわ。俺もチマチマやってる場合やないな、って」

「チマチマやなくて、めっちゃがんばってるやん。私、追い抜かされそうやし」

「姉御は大丈夫っしょ。望月くんとこも結構調子いいんでしょ」

幸い、望月も丹川谷とのミーティング効果で、ようやく結果が出てきている。竹田のがんばりに触発されている部分も大きい。

「望月くんも、竹やんに刺激受けてると思うわ」

「ほんまに？」

「うん。前より、すごいやる気になってるし」

「ええこっちゃ」

竹田は幼い頃に両親が離婚。母に引き取られたが、その母も九歳の時に病死した。祖父母との縁も切れており、その後は施設で育ったという。

そんな境遇をものともせず、たくましく生き抜いてきたパワフルな人間だ。それを知って、母を支えている望月も元気づけられているに違いない。

「ところで姉御、俺のズボンの裾《すそ》、短かない？」

竹田が自分の足をさして言う。

「そんなもんやないかな。知らんけど」

真瑠子は答える。

「ならええけど。これでもか、ってカットされてめっちゃ恥ずかしかったし。えらい小さなったから、思わず〝まけてーな〟って言いそうになった」

「アホなこと言うてんと、もう丹川谷さんも滝瀬さんも来るよ」

「いくよ」

「しょーもない返しは今いらんねん」

客室に繋がるエレベーターホールから、膝上丈のフレアスカートを穿《は》いた女性が歩いてきた。パンプスから伸びる、程よい肉づきのふくらはぎと膝下の長さに思わず目を奪われる。黒髪のロングヘアで、肩から下がったショルダーバッグのストラップを左手の指で引っ掛けている。女優のような華やかな雰囲気だ。竹田と真瑠子の横を通った時にはふわりといい匂いがした。

「うわ。なんかめっちゃきれいな人やなあ。さすが日航ホテル！　住道《すみのどう》ではあんな人見かけへんわ」

住道とは竹田と伊地知が勤めている工場と、彼らの寮がある場所だ。

「住道のお姉様方に失礼やろ」

真瑠子の注意など意に介さず、竹田は彼女の後ろ姿を目で追っている。

トートバッグから着信音が聞こえた。携帯を取り出して液晶を見ると、丹川谷からのメッセージだった。

〈滝瀬くんが三階の鉄板焼の店を予約したらしいからそこで。僕もすぐに追いかけます〉

真瑠子は竹田と一緒に向かうと返信し、三階へと続くエスカレーターに乗った。

「今日って、誰が来るんやろか……」

真瑠子は呟いた。

「丹川谷傘下では、姉御と俺だけかな？」

竹田が言う。

「わかれへんな。神戸ラインの人は来るかも」

「そっか。神戸のグループは結構大きいんすもんね」

丹川谷が他に誰を連れて来るのか気になる。自分と神戸ラインの人以外の「推《お》し」の人物について聞いたことがないからだ。

「他のグループやと、仙石さんは絶対来るやろな」

「あの、噂の人っすか？」

「竹やん」

真瑠子は竹田を窘める。

「いつも赤い口紅つけてるパワフルなご婦人や、としか私は言ってへんよ。変な妄想つけ加えて〝噂の人〟にせんといて」

（声が大きいねん。近くにおったらどうすんの）

竹田の肩を軽くつついた。

「はい。気ぃつけます」

あまり気をつけているとも思えない口調で竹田が答えた。

仙石とは、ほぼ初対面だ。遠目に見かけたことはあるが、実際に話したことはない。

もし彼女が来るとしたら、緊張するに違いない。なんせ大阪で唯一の女性ゴールドだ。年も随分離れている。

鉄板焼の店へと足を進めた。黒を貴重にしたシックな内装で、店員の対応も上品だった。

（高そうだ――）

真瑠子は少し背筋を伸ばした。

入り口で滝瀬の名前を告げると、奥の個室へ案内された。

ガーリックの香ばしい匂いが鼻腔《びこう》をくすぐる。高級店できちんと食事をするなんて滅多にない機会だ。先ほどまでの緊張はなりを潜め、真瑠子のお腹がぐるると鳴った。

個室には、すでに先客が着席していた。

仙石美恵子だ。その隣には、日に焼けたスーツ姿の男性が座っている。

「あなたが鹿水さんね。初めまして、仙石です」

真っ赤な口紅の仙石が真瑠子を見るなり、親しげな口調で言った。見た目の押しの強さとは裏腹な優しい雰囲気に、真瑠子はほっと胸をなでおろす。

「初めまして。鹿水真瑠子です」

後ろの男性は？　と言わんばかりに仙石の視線が背後の竹田に移った。真瑠子は慌てて竹田を紹介した。竹田は仙石に向かって大きく頭を下げた。

仙石は隣の男性に手を向けた。

「こちらは八塚一朗《はちづかいちろう》くん。うちのエースね。一朗くんってみんなに呼ばれてます。よろしく」

一朗と呼ばれた男性メンバーは、腰を浮かせて丁寧に「よろしくお願いします」と頭を下げた。

スリーピースのスーツでネクタイをきちんと締めている。前髪をかきあげた左手の薬指にはリングが光っていた。

「座るとこやねんけど」

仙石は早速、真瑠子の席を指示した。

席は鉄板を囲むL字カウンターだ。

L字の横線にあたる場所に、滝瀬と丹川谷。コーナーを経たL字の縦線に仙石、一朗、真瑠子、竹田の順で座ることになった。さすがだ。抜け目なく滝瀬の横を確保し、自分の傘下もしっかり優先させている。

格上ゴールドである女帝の言葉に、真瑠子が反論する余地はない。指示された席に腰をおろした。しかしながら仙石の説明からすると、この後やってくるのは滝瀬と丹川谷だけだ。丹川谷傘下で最大の、神戸ラインからは誰一人呼ばれていないようだ。

(やっぱり私、期待されてる?)

真瑠子はほくそ笑んだ。

「おはようございます」

丹川谷が店に入ってきた。竹田を見てにやりとする。

「竹やん、きまってんな」

竹田が「はい。きめてきました」と声を張った。

「仙石さん、ご無沙汰してます。今日もおきれいですね」

丹川谷がそう言うと、仙石は八重歯を思いっきり見せて笑った。

「相変わらず上手いなぁ」

「真実ですよ」

丹川谷が真顔でそう返すと、仙石の顔からさらに笑みが溢れた。彼女の耳にぶら下がっているイヤリングの大きい石に、照明の光が反射した。

「丹川谷くんはそこに座って。ここに滝瀬くんが座ったらいいと思うから」

仙石がすかさず席を指示した。赤い口紅が調子よく動く。

「わかりました」

丹川谷はそう言いながら、真瑠子にアイコンタクトを寄越した。真瑠子は苦笑いを返す。

(完全に仙石さんのペースやん)

やはり女性でゴールドになるには、これくらいの押しの強さが必要なのかもしれない。自分には欠けている部分だ。

鉄板の向こうのシェフは誰と目を合わせるでもなく微笑んでいる。後ろから女性スタッフがおしぼりとグラスの水を運んできた。

ざわめいていた空気が一旦沈んだ時だった。見計らったかのようなタイミングで明るい色のウェービーヘアの男性が入ってきた。

「滝瀬くん!」

真っ先に声をかけたのは仙石だ。

部屋の入り口に立った滝瀬神は、薄いグレーのサマーニットに真っ白のハーフパンツ。まるでメンズファッション誌の表紙に出てくるモデルのようなスタイルだった。

(実物もめっちゃかっこええな)

真瑠子は滝瀬から目が離せなくなった。

「お疲れさまです」

バリトンの落ち着いた声が真瑠子の耳に響いた。

「滝瀬くんはここね」

仙石が自分の隣に手招きをする。滝瀬は丹川谷の肩に手を置き、コミュニケーションを取りながらその席に座った。カウンターに携帯電話とサングラス、車のキーを置く。

それぞれがドリンクをオーダーすると、早速、仙石がメンバーの紹介を始めた。まずは自分の傘下である八塚一朗からだ。

「君が一朗くんですね。仙石さんからよく聞いていますよ。先月の数字もよかったようですね」

滝瀬は丁寧に一朗を労《ねぎら》った。

続いて、真瑠子のことをなぜか仙石が紹介した。

「彼女が鹿水さん、鹿水……えっと……」

「真瑠子です。滝瀬くん、彼女が鹿水真瑠子ちゃん」

丹川谷が補足した。

滝瀬が優しく微笑んで頷く。

「ああ。鹿水さん。真瑠子ちゃんですね。みんなから君の名前を聞いてますよ。丹川谷くんのところからすごい女の子が出てきた、って。大阪のホープですね」

(う、嬉しい)

顔が一瞬にして緩みかけたが、口元に力を入れて堪えた。

テーブルに両肘《ひじ》をつき、前のめりになりながら滝瀬は真瑠子を見つめてきた。

その視線が真瑠子の体中の細胞を掻き回す。

(あかん。やばい)

恥ずかしくて滝瀬に目を合わせられず、伏し目がちに頭を下げた。

「それで滝瀬くん、真瑠子ちゃんの向こうに座っているのが竹田くん。彼の勢いは今すごくて、大阪のパワーパーソンになると思うんで、今日は連れてきちゃいました」

丹川谷が続けた。

「竹田昌治です。よろしくお願いします」

竹田は滝瀬の方に向いて体を乗り出し、しっかりと挨拶をした。

それぞれにドリンクと前菜が運ばれてきた。

シェフが食材を焼く準備を始めた。その横には、見たこともないような大きな帆立貝と分厚い肉が待機している。

(肉、分厚さがえげつない。いくらするんやろうか。後でばあちゃんに自慢しよ)

真瑠子は写真を撮ろうと携帯を握った、がやめた。ここでは下品な振る舞いだろう。窘める祖母の顔が浮かんだ。

「じゃあまずは食事を美味しくいただきましょう」

滝瀬は言った。

「滝瀬くんは、ながらミーティングが嫌いなんですよ。仕事の話はその後にゆっくりね」

仙石がまるで母親のように、滝瀬の後に続けた。

3

「さあ。ではやっと仕事の話ですね」

ランチのコースが一通り終わり、デザートとソフトドリンクが運ばれてきたところで、滝瀬が切り出した。

「先日、守本《もりもと》さんとも話したのですが、今、大阪は過渡期に入っています」

守本とはＨＴＦのトップで発起人であり、滝瀬のアップ、守本寛治郎《かんじろう》のことである。

「ＨＴＦ大阪支社の隣の部屋を会議室として借り上げてもらい、推進会で使用できるようになりました。月・水・金を仙石さんのグループ、火・木・土を丹川谷グループに使用してもらう予定です」

仙石と丹川谷が大きく頷く。

「それでご相談なのですが、残りの日曜日に、合同で何か開催していただけないでしょうか？」

「合同で？」

仙石が食事後の乱れた赤い唇で聞き返す。

「ええ。持ち回りでも構いません。実は大阪エリアには、僕以外の系列メンバーや、直接ウェブやＭＬＭ雑誌を見てアクセスしてきたビジネスメンバーも数名います。その方々へのフォローも会社としては実施したいんです」

「でも、それって私たちの数字には関係ないよね」

仙石が言いにくいことを、ずばりと口にした。

「はい。おっしゃる通り、皆さんの数字には関係ありません。ですから日曜セミナーに関しては会社から講師代を支給する、ということで話がついています」

「なるほど」

丹川谷が相槌《あいづち》をうつ。

「しかし、これは考えようによっては、いい化学反応がでると思います。ダウンメンバーが自分たちのアップライン以外の話を聞くことができますからね。すごく刺激になるのではないでしょうか」

全員が黙って頷いた。

「今、ＨＴＦで注目の場所はこの大阪です。現にここ数ヶ月のメンバー増加はめざましく、本社でも話題です」

東京の本社がそういう風に捉えているというのは、嬉しい情報だ。

自分のことも、噂されているのだろうか。勝手な妄想をして真瑠子は心でにやついた。

「そこでね、一つ提案なんですが、その勢いをさらに盛り上げるために、コンベンションを大阪でやってみませんか？」

「東京ではなくて？」

丹川谷が驚いた表情で聞き返した。

「ええ。大阪で。二ヶ月後の九月中旬はどうでしょうか」

「いいアイデア！」

仙石が声を上げる。

「しかし、コンベンションとなると、集客の読みが難しそうですね。滝瀬くん、現在のＨＴＦ登録者数って？」

丹川谷が聞いた。

「先月末の時点で三万人を突破しました。会員数の割合は東京を含めた東日本の方が高いですけどね。守本さん含め、本社が課題としているのは若いビジネスメンバーの強化です。今、本社はＨＴＦの第三成長期だと考えているようです」

「さしずめ、ＨＴＦの第三世代がうちらやな」

丹川谷がそう言うと、全員が笑った。

「お笑いちゃうねんし」

竹田が横で、真瑠子にだけ聞こえるように呟いた。

「第一期が守本さんが商品開発をして最初に売り出した時期。その一年後にシニア層への普及で数字を伸ばしたのが第二期。そして三年後、僕が参加してネットワークビジネスの波に乗り、売り上げを伸ばしている現在が第三期、というところですね」

ＨＴＦは元々「予防医学」や「国民総健康」をテーマに掲げ、年配者にターゲットを絞って販売を展開していた。

組織のトップ、守本寛治郎は長年に亘《わた》って頭痛や肩こり、不眠に苦しんでいる母親の姿を見てきた。医者に診せたり、様々な健康器具やサプリメントを試すも、一向によくなる気配がなかった。

だがある日、磁気を使った枕を試してみたところ、母は安眠でき、頭痛もなくなったという。磁力の素晴らしさを痛感した守本は、それを枕だけでなく、全身に応用すれば、より効果的な健康法になるとマットレスの開発に勤しんだ。

入会した時に真瑠子が観たＤＶＤで守本が語っていたことだ。

「寝るだけ」のこのマットレスの効用は、薬と違って副作用がなく、万人に通用する画期的なものだという。

体に効くのはわかるのだが……。パンフレットを見ても、商品のキャッチコピー、デザインなど、渋すぎるものであることは確かだ。

おしゃれな感じがどこにもない。

丹川谷がよく話している「ひと昔前のマルチ商法」の感じが滲み出ているのである。これでは若者に敬遠されて当然だろう。

「ＨＴＦ本社は、僕や大阪メンバーに期待してくれています。大阪のように、台数を出すのはもちろん、若いアクティブメンバーの割合を増やしたいのですよ」

滝瀬の言葉に全員が大きく頷く。

「コンベンションの集客目標は、ずばり三千人」

（三千人？）

真瑠子は思わず心の中で繰り返す。

（さすがに無茶やないんかな）

滝瀬の表情を窺うと、その目は真剣そのものだ。

「あながち、無理な数字じゃないと思っています」

真瑠子の心中を察したかのように、滝瀬は落ち着き払って続ける。

「コンベンションには全国からメンバーが集まります。正直言うと、ＨＴＦの現在のアクティブメンバーの数は寂しい数字だと思います」

仙石も頷いた。

「ですが、関西圏の成長率を踏まえた僕の試算を言いますと、向こう数ヶ月で、丹川谷くん、仙石さんの二人はスーパーゴールドに昇格すると踏んでいます。すなわち、一朗くんや真瑠子ちゃんがゴールドに昇格するということです」

全員がその話に前のめりになる。

「その過程で関西圏における僕のグループだけでも会員数は単純に千人の増加を意味します。そこに新規顧客、休眠メンバーが加われば、三千人も夢ではありません」

滝瀬は各人の目をしっかり見ながら、自信たっぷりにそう言った。

カウンターの上で組んだ自分の手を見つめて、間を取る。

「ここにいるメンバーなら、できます。運命は、自分がそれを決断した瞬間に形になるんですよ」

滝瀬が静かに言った。

真瑠子は拳《こぶし》をぎゅっと握り締めた。

(自分がゴールドに昇格……)

確かに、今のペースで数字を上げていけば、今月はゴールドへのワンステップ、七百万円を達成できそうな兆しが見えている。竹田グループの盛り上がりをこのまま継続できれば。

不可能ではない。

「三千人を前に、ステージに立って喋ってくださいよ、皆さん」

滝瀬がそれぞれの顔を窺うように見た。

「ところで三千人のハコ、どっか取れるかな?」

丹川谷が言った。

「守本さんと本社に相談していたら、皆さんにお話しするのが少し遅くなってしまいました。でも、会場については僕も少しはコネクションがありますので、なんとかなると思います」

「HTFとしてはこの規模のコンベンション、初めてでしょ」

仙石が聞く。

「ええ。一日強化合宿のようなセミナーは守本さんが東京でやっていましたけど、コンベンションというスタイルは初めてですね。今までのHTFにはそういう発想自体がなかった」

(三千人のコンベンション……)

真瑠子は思わず想像してしまう。

(三千人の目が私を見ている。目が開けられないほどの眩しいスポットライトの中、ステージ中央に一歩ずつ足を進める私……)

「姉御?」

竹田に横から肘で突かれた。

目を上げると、滝瀬と丹川谷がこっちを見ていた。

「この企画の実行委員を一朗くんと真瑠子ちゃんにお願いしたいんですが、どうでしょうか」

滝瀬が言った。

(私に?)

隣の一朗に視線を送ると、向こうも同じようにこちらを窺っており、二人の視線がぶつかった。

「今、成長している新しいリーダーが活躍することがダウンへの一番の刺激になると思います。二人は実力もある次期ゴールドです。もちろんそれぞれのアップである丹川谷くんと仙石さんに協力を仰《あお》ぐ形でやっていただけたらと思います。最終的な判断をする実行委員長は僕、ということになります」

——次期ゴールド。

ゴールドの鹿水真瑠子。なんという響きだ。

その言葉だけが、頭の中を旋回し始める。

脳内のステージで、マイクを持ってオスカー受賞女優のようにみんなへの感謝と喜びを語っている自分がいる。

(丹川谷さんの名前は一番初めに出そう、それからばあちゃんとママ、そして……)

「いいですね」

丹川谷が言った。真瑠子は我に返る。仙石が同意するように頷いた。

「じゃあ、後で皆さんに僕が以前やっていたマイウェイのコンベンション映像をメールで送ります。それを一度見て参考にしてください」

滝瀬が、マイウェイのランク保持者だったことは丹川谷から聞いたことがあった。いろいろな資料やノウハウを持っているのだろう。

それぞれが滝瀬の言葉に頷いた。

「ステージの細かい演出に関しては、丹川谷くんに相談したいです。もちろんイベント会社のコーディネーターも入ります。ですが丹川谷くんはミュージシャンとして長年ライブ活動されてますから、面白い演出アイデアがあったらお伺いしたいですね」

滝瀬が腕時計に目を落とした。

「ここはもう時間ですね。では、そろそろリクエストの場所に移動しましょうか」

滝瀬は側に立っていた店員に会計を頼むと、ポルシェのキーを摑んだ。

丹川谷が真瑠子と竹田の方を見て、ニヤついた笑みを浮かべた。

(丹川谷さんが、なんか企《たくら》んでる)

真瑠子は丹川谷の笑顔を訝《いぶか》しげに見た。

4

「やった！」

竹田が地下駐車場に向かうエレベーターの中で、何度も歓喜の声を上げる。

「竹やん喜びすぎ」

真瑠子は竹田に向かって咎めるように言った。

「だって、911カレラ4Sっすよ」

エレベーターには、六名全員が乗り込んでいた。

今朝、丹川谷が滝瀬にポルシェを見せてやって欲しいとリクエストをしていたらしい。

店を出ると仙石が自分たちも行くと言い、ぞろぞろと連れ立って地下に下りることになったのである。

「なんかワクワクするわ〜」

仙石は楽しげだ。化粧直しをしたのか、両側の八重歯に口紅がついている。

「滝瀬くん、ボディカラーは何色にしたん？」

仙石が聞いた。

「ブルーです」

「ブ、ブルーって今年のスペシャルカラーじゃないっすか！」

竹田が声を上げた。

（うるさいやっちゃな）

真瑠子は子供のようにはしゃぐ竹田の顔を見つめた。男は、いや、竹田は車でモチベーションが上がるのか。単純なやつだ。

地下階でエレベーターの扉が開くと、ガラスドアの向こうにうす暗い駐車場が見えた。

コンクリートの湿り気と微《かす》かな排気ガスの臭いの中、滝瀬の後を追って歩く。

皆の目の前に現れたのは、目の覚めるような鮮やかなブルーの車体。竹田が足早に近寄っていき、そのフォルムをしげしげと眺める。

今にもくっつきそうな距離にまで顔を近づけ、車体を撫《な》で回すかのように手を動かした。

「カッコええ！」

滝瀬がドアに近づいただけでアンロックされ、取手が自動的に出てきた。

「おお〜」

声を上げたのは一朗だった。

「すごいですね。今回の新型、タイプ992はここが違うんですよね。しかしながら過去モデルをリスペクトしたタイムレスなマシーンデザイン。うん、いいなあ」

それまでほとんど発言のなかった一朗が急に饒舌《じょうぜつ》になった。

丹川谷が振り返った。

「詳しいね、一朗くん」

「一朗くんは車屋さんの営業やってたこと、あるんやもんね」

仙石が横から言葉を添えた。

「友人の外車ディーラーの会社を手伝っていました。ドイツ車が大好きなんです」

一朗が無邪気な口調で返す。

ネイビーブルーのスリーピーススーツで腕を組みながら車を覗き込む姿は、現役ディーラーのようだ。

「へー。そうなんや。じゃあ今、何乗ってるの？」

丹川谷が聞いた。

「ベンツです」

「おお」

丹川谷と竹田の声が重なった。

「でもEクラスの九〇年代、ステーションワゴンのオンボロ中古なんで、その辺の日本車よりずっと安いです。メンテナンス代だけは超一流価格なんですけど」

苦笑いを浮かべながら一朗が謙遜した。

真瑠子は、テンションの上がる男たちをぼんやり眺めている自分にはたと気づいた。

(あかん。つまらなそうな顔をしていては)

興味のないことにも、もっと反応しなきゃ失礼だろう。

真瑠子はそっと仙石に目をやった。同じ女性の仙石はこんな時、どう振る舞っているのだろうか。

「すごいわね」「へえ」と大仰に感心しながら、仙石はしきりに頷いている。

(さすが女帝。あの方が絶対感じいいやん)

ぼやっとしている場合ではないと、真瑠子は慌てて車を覗き込んだ。

「へえ、すごいですね」

追いかけるように言った。わざとらしさは否めないが、まあいいだろう。

「竹田くん、乗る?」

滝瀬が、茶色い革シートに乗り込み、エンジンをかけた。

「いいんですか?」

竹田は滝瀬と入れ替わりに運転席に乗り込んだ。

嬉しそうにアクセルをふかす。

「ウィングも車高も、タッチパネルで操作できるんですよね」

一朗がエンジン音に負けないように、声を張って言った。

その時真瑠子は、脇に抱えたバッグの中から振動を感じた。携帯電話を取り出す。見ると最近活動し始めた望月グループの一人の名前が表示されていた。二十代の可愛い女性メンバーだ。ポルシェから少し離れて、通話ボタンをタップする。

それにしても直接真瑠子に電話をかけてくるとは何事だろう。

「もしもし。もしもーし」

エンジン音と重なり、相手の声がよく聞こえない。足早にガラスの自動ドアをくぐり、エレベーターホールに入った。

「もしもーし。ごめんね。よく聞こえなくて」

——おい。

真瑠子の言葉に被《かぶ》せるように、威圧的な太い声が耳に飛び込んできた。明らかに電話の持ち主の女性メンバーではない。

——お前か、鹿水ちゅうんは？

「は、はい」

ドスを利かせた男の物言いに、きゅっと身がすくむ。

鼓動の早まる心臓を落ち着かせ、大きく息を吸った。

「失礼ですけど、どちら様でしょうか？」

ゆっくりと問い返す。

——うちの娘にねずみ講なんかすすめやがって、どういう了見や。警察突き出すぞ。

どうやらメンバーの父親が、娘の電話でかけてきたようだ。

——おのれら、偉そうに合法やゆうてても、人騙して物売りつけとるんやから、ねずみ講と変わらんやろ。わかってんのか？

「いえ……」

（――怖い）

言葉を返そうと思っても、喉がつかえて声が出ない。

――どう落とし前つけるつもりか知らんけどな。

脅《おど》すような言い方だ。

――とりあえず、お前の親の名前言えや。住所もな。俺がこれからそこに行ったるから。お前の親から金、返してもらうわ。

「お、親は関係ありませんし」

なんとか言い返した。電話を持つ手に力が入る。

――黙れ。なめとんのか。こっちゃ家族で生きとんねん。お前がそれを脅《おびや》かしたんや。お前みたいな小娘をのさばらしてる親に責任とってもらうんが筋や。

「す、筋て……」

声が震えた。

（だ、だめだ。住所なんか絶対言うたらあかん）

視線が泳ぐ。

――おのれの親の名前と住所や。知らんのか？　はよ言えや！

大きい声に思わず電話を耳から離した。

心音がピンポン球のように跳ねているのを感じる。

――おいっ！　聞いてんのか、コラ。

目を瞑って、唾を飲み込んだ。

次の瞬間、

——お父さん！

と電話越しに女の声が聞こえた。ガサガサと雑音が続いた後、音声は突然途絶えた。

（切られた？）

そう思った瞬間に体の力が抜けた。

真瑠子はゆっくりと携帯電話を耳から外し、手の中の液晶画面を確認した。自分が切ってしまったのだろうか？　いや。電話は向こうから切られたのだ。

真瑠子の胸の動悸《どうき》だけが、大きく弾んだまま収まらない。

（心臓が破れそうや……）

目頭にじわりと熱さを覚えて、視界が滲んだ。

目の前に影を感じた。

顔を上げると、立っていたのは一朗だった。

「真瑠子さん、大丈夫ですか？　真っ青ですよ」

優しい声とともに一朗の手が真瑠子の肩に乗った。

その温かさに、救われたという安心感が真瑠子の体に一気に満ちてきた。涙が溢れ出る。止めようとするが、涙腺の働きと脳の指令がイコールにならない。

「は、はい。大丈夫です」

真瑠子は無理に平静を装いそう言った。

「まったく、大丈夫そうに見えませんけど。涙で顔がグショグショですよ」

一朗が困ったような顔で言った。

背後から丹川谷が顔を出した。

「真瑠ちゃん、どないした？　なんかトラブルか？」

真瑠子は、丹川谷にすがりついた。


「でも真瑠子ちゃん、心配いりませんよ」

雑多な音が天井に響くホテルのロビーで、滝瀬が言った。車の見学を終えた一行は、二階に戻っていた。

「まず一つ。僕たちは法律に触れることなんて何もしていません。警察に行かれたところで、彼は追い返されるだけです」

真瑠子は顔を上げた。

「二つ目。彼女が契約したのはローンですよね。さっさとクーリングオフでキャンセルしてもらってください。彼女にも紹介者の方にも申しわけないですが、入会は諦めてもらいましょう。僕たちのビジネスに支障をきたします。そういう冷静に話ができない人が身内にいらっしゃる方は危険です。本人が十分に独立していない状態では、ビジネス参加はご遠慮いただかざるをえません」

滝瀬の言葉に、皆が耳を傾けている。

「三つ目。電話であれこれ言ってくる人はクレーマーの中でも雑魚《ザコ》です。僕も今まで、何度かそういった類いの電話を受けています。関西弁で、〝殺すぞコラ〟などと怒鳴られたこともありますが、彼らは見えない相手に電話で吠《ほ》えているだけです。実際に行動に移すことはまずありません。その行動の損得を彼らもよくわかっているんです」

言い終わって、滝瀬は微笑んだ。

「大丈夫です。心配いりません」

真瑠子は滝瀬の顔を見て頷いた。

「望月グループの女の子やんな。後で彼に連絡をして、キャンセルの手続きしよう」

丹川谷が真瑠子の肩に優しく手をかけて言った。

真瑠子は「はい」と短く答える。

「ありがとうございました。お騒がせしました」

真瑠子は丁寧に礼を言い、頭を下げた。

「あるある。うちもそんなんいっぱいかかってくるで。気にせんと、はよ忘れな」

仙石もそうつけ加え、真瑠子の背中をさすってくれた。

しかし真瑠子の脳裏では、親のところに行くぞと言われた、あの太い脅しの声が何度も繰り返されていた。

一同はそこで解散した。コンベンションに関しては後日改めて、一朗と真瑠子でミーティングをすることになった。

夕方のスポンサリングの時間が迫っていた。

5

「姉御、突然やけど今晩、緊急招集かけてミーティングしような」

心斎橋から丹川谷のマンションまで歩く道すがら、竹田が真瑠子に言った。

「ミーティング?」

「俺、今のこのテンションを、ちゃんとダウンのやつらに伝えておかなあかんと思うねん。望月んとこも、姉御の他のラインも含めて、全員集合かけようや」

「決起集会する、ってこと?」

「うん」

「せやな。いいアイデアやし、確かに必要やと思う。でも……丹川谷さんのマンション、大丈夫かな」

真瑠子は管理会社にクレームが入っていることを心配した。

丹川谷はアメリカ村のレコードショップに寄ってから戻るという。マンションのキーを真瑠子に預けて行ってしまった。

「明後日は? HTFの会議室、使えるでしょ」

火曜日は自分たちが使用する番だ。

竹田の歩調が遅くなる。

「明後日じゃ遅い気がすんねん。できたら今夜がいいと思う。こうゆうのってスピードが大切やし」

前を見つめる目つきは真剣だ。

「オッケー。じゃあそうしよ。集まりが悪かったら、二回目は明後日以降にHTFで。今夜は集まれる人だけでやろか。丹川谷さんには今から連絡入れるわ」

竹田が真瑠子を見返した。

「おおきに姉御。さすが決断が早いわ」

「こちらこそありがと、竹やん」

急にメンバーを招集するなんて発想は、真瑠子にはまるでなかった。これは今までネットワークビジネスをやってきた竹田の、機を見る力だ。〞熱〟を伝えるのは、やはり熱いうちがいい。

真瑠子は竹田を頼もしく思った。

しばらく歩くと竹田が振り返った。

「ほんで姉御、決起集会の時、赤眼鏡かけときや」

思い出したように言った。

「眼鏡かけてる時の方が喋りのキレがええもん。ずっとかけとけばいいのに」

「でも普段は歩きにくいしな」

「おばあちゃんの形見やっけ?」

「形見ちゃう。ばあちゃん元気や。勝手に死なせんといて」

「ごめんごめん」

竹田が苦笑いして謝った。

祖母からもらった……という話がどうも「形見」に間違えられる。

丹川谷にメッセージを送り承諾を得た。望月を始め、ダウンメンバーに片っぱしから連絡をした。

丹川谷のマンションでスポンサリングを一本終え、十八時を過ぎたあたりから、徐々にメンバーが集まり始めた。その頃には丹川谷も戻っていた。

あらかじめ、大人数で連れ立ってやってこないように伝えていたので、昨日ほどの混乱もなかった。これならクレームも来ないだろう。

しばらくして望月がやってきた。丸い目を犬のように潤ませて、真瑠子を見つけるなり人をかき分けて近寄ってくる。

「真瑠姉ちゃん、ごめんね。なんかめっちゃ怖い思いさせたみたいで」

望月は妹と同じように真瑠子のことを「真瑠姉ちゃん」と呼ぶ。

不安そうに何度も謝る望月に、

「そんなに心配せんでも大丈夫」

と力強く返した。あの弾んだ心臓の感触が胸に蘇《よみがえ》ってきそうになったが、それを「大丈夫」と声にすることで抑え込んだ。

キャンセルの手続きなど、事務的な段取りを伝えた。

望月が今夜来られてよかった。彼にはもっとがんばって欲しいいし、もっと応援したいし、何よりもっと成功して欲しい。真瑠子にとっては一番、熱を伝えたい人だ。最初に望月がイエスと言ってくれたからこそ、真瑠子はビジネスをスタートすることができたのだ。

竹田の一番の側近である伊地知も到着して「姉御、こんばんは」と望月の後ろから顔を出した。

緊急招集だというのに、二十人ほどのメンバーが集まった。真瑠子も、発案者の竹田も驚いていた。

今ではすっかり〝セミナールーム〟という呼称になっているリビングには入りきれず、リビングと玄関を繋ぐ廊下にも人がひしめいている。

それを見た丹川谷は「昨日が限界じゃなかったな」と笑った。

十九時前、決起集会は始まった。

丹川谷は「竹やんと真瑠ちゃんに任せる。俺が必要やったら呼んでくれ」と言って、メンバーの後方に控えた。

竹田と真瑠子は、入り口付近に置かれた二脚の椅子に腰掛けた。

真瑠子は赤い眼鏡を中指で押し上げて、メンバーを見る。

ぎゅうぎゅうに座ったメンバーの様子はまるで学生のサークル活動のようだ。楽しそうに談笑している者、携帯をひたすら触り続けている者、手帳やノートを広げて思案を巡らせている者。みんな思い思いのことをしている。

真瑠子はこの中から、竹田のようなリーダーが現れてくれることを祈った。

「ごめんな。急に集まってもろて」

竹田が口火を切った。

「今日、俺はどうしてもみんなに聞いて欲しいことがあった」

すでにメモを取っている熱心な者もいる。

「みんなも名前は聞いたことがあると思うけど、丹川谷さんのアップであるスーパーゴールドの滝瀬さんと、今日の昼に会うことが叶った。もちろん姉御も一緒や」

ざわついていた空気が、竹田の言葉で完全に静まった。

「そこで滝瀬さんから聞いたこと、それから俺が感じたこと、考えたことを話そうと思う」

竹田が真瑠子に視線を送った。真瑠子は軽く頷いた。

「滝瀬さんはずっと先を見てはった。俺は、目先のことしか考えてなかったけど、やっぱりすごい人やった。滝瀬さん曰く、大阪は今、ブレイクを迎えようとしているらしい。どんな世界でもビジネスには〝機運〟みたいなものがあって、そこに乗っかれたものだけが得をするんや。今、うちらはその機を摑みつつある、ってことやな」

何人かは大きく頷いている。

「滝瀬さんの読みでは、ここから数ヶ月がHTFの第三成長期らしい。今までで一番大きな波が来る、って。その原動力になるのが、数ヶ月後に大阪で生まれる新たなスーパーゴールドや。すなわちそれは、その下で新たなゴールドが生まれる、ってことでもある。じゃあそれは誰か？」

竹田は一人一人の顔を見まわした。

「スーパーゴールドは丹川谷さんであり、その下で新しくゴールドになるのは、姉御であり、俺であり、伊地知であり望月くんや。それだけにとどまらず、ここにいる他の誰かもゴールドになる可能性がある、ってことやねん」

その言葉に真瑠子も思わず熱くなった。

「ネットワークビジネスではこの波、勢いがすごい大切。そもそも人間って人気のあるものが好きやし、人が集まって盛り上がっていることに興味を持つ。だから波が起きている時は、人を誘いやすいし、人も集まる。つまり安心して商品の話も聞くし、ビジネスの話も聞く。もっと言えば、誰もがＨＴＦビジネスの話を聞きたがる、ってことや」

竹田はそこから、ずばり、今月と来月の二ヶ月で真瑠子を絶対にゴールドに昇格させたいと宣言した。

「今月と来月？」

真瑠子は思わずその言葉に反応した。

昨日、これを聞いたら無理だと即座に思っただろう。しかし、今はこの竹田の言葉に乗りたい、いや乗っている自分がいる。

――次期ゴールド。

滝瀬の言葉が蘇った。次期ゴールド、鹿水真瑠子。

「そう。今月がワンステップや姉御」

竹田は口を片方だけ歪《ゆが》めてニヤリとした。

「姉御に最年少ゴールドになってもらい、その後、俺らがどんどん続いていく。丹川谷さんはスーパーゴールドに、姉御も最年少のスーパーゴールドに。そして俺らに繋がる。言っとくけど、ゴールドが目標ちゃうで。目標はその先のスーパーゴールドであり、さらにその上のシニアスーパーゴールドや」

メンバーの顔つきが明らかに変わった。

「だから今日、ちゃんと夢を見るために、ちゃんと夢を実現させるために、このビジネスで成功して何をしたいと思ってるか、それをもう一度明確にしよう。それから、目の前の明日、今週、今月を、どう行動して、どんな結果を残したらいいかを、一緒に考えよう」

竹田は自分の夢の車である、ポルシェの話を始めた。滝瀬の二千万円は下らないポルシェ911カレラ4Sのことも。

そして真瑠子に、スピーカーの役目が繋がれた。

「竹やん、ありがとう」

真瑠子は竹田の顔を見て、本心でそう言った。

竹田がいつになく真剣な顔で頷いた。

首を伸ばして数秒間、真瑠子は全員の顔を見渡した。

「私が今、みんなに言いたいことは――」

真瑠子は赤眼鏡のつるを指で触る。

「今、全部竹やんが話してしもた」

竹田が破顔した。メンバーからも笑いが起きた。

「竹やんの話を聞きながら、〝人を応援することが自分の幸せにもなる仕事〟という丹川谷さんの言葉を思い出していました」

真瑠子は続けた。

「この仕事をするまでは、自分のためにしか働いたことがなかった。人の応援なんてとんでもない。自分のことだけでいっぱいいっぱい。でも、丹川谷さんと出会ってHTFに入り、人を応援すること、仲間と助け合うことを知りました」

真瑠子は奥に座っているメンバーにも視線を送る。

「今私たちは、HTFという旗の下で一緒に夢を叶えようとがんばっています。丹川谷さんから私、そして私から望月くんや、竹やん。どんどん縁が繋がって、みんなと出会えた。一緒に夢を叶えようと話し合える仲間がいる。今夜は、これが本当に素晴らしいことなんだと、改めて気づかされています」

目の前にいた望月と目が合った。

「今日は新しい夢ができました。それは、いつかなりたいと思っていたゴールドに、再来月、私がなるということ。そして、その次の月には竹やんがゴールドに昇格するということ。そして、その次の月も、その次の月も、ここにいるみんなが順番にステップを踏むということ」

真瑠子は大きく息を吸った。全員の顔に視線を走らせた。

「今まで見たことのない景色を、一緒に見にいきましょう」

そう言ってにっこり微笑み、

「だって、ポルシェも一人で乗ったらつまらんでしょ。知らんけど」

とつけ加える。

「姉御、ポルシェは一人でも楽しいけどな」

竹田がにやりと笑いそう言うと、伊地知を筆頭に皆が笑った。

「そりゃそーや」

真瑠子も笑った。

続いて、滝瀬の計画しているコンベンションの話を聞かせた。これまで東京中心に行われてきたHTFビジネスで、初めての大きなコンベンションが大阪で開催されること。スピーカーにはスペシャルなゲストがやってきて、表彰式なども行われること。

「もちろん、新規の人も呼べる。休眠メンバーの掘り起こしもできる」

この中では、僅かながらキャリアが古い望月が大きく頷いた。

「一人じゃ伝えきれない、〝空気感〟や〝勢い〟はそこで伝えられるからね」

真瑠子は続ける。

「滝瀬さんや丹川谷さんは、みんなが戦うための武器をたくさん用意してくれてる、ってことやな」

竹田が補足した。

真瑠子は丹川谷からの言葉が欲しいと頼み、スピーチのバトンを渡した。

丹川谷は第一声、

「じゃあ聞こう。ゴールドになりたいやつ！」

と言うと、自分の右手を挙げて全員に視線を回した。

真瑠子と竹田が間髪容れずに「はい！」と答えて挙手した。

続いて口々に「はい！」とほぼ全員が手を挙げた。

「じゃあさ、スーパーゴールドになりたいやつ！」

「はい！」

同じく真瑠子と竹田を筆頭に、みんなが手を挙げた。

「シニアスーパーゴールド！」

「はい！」

同じことが繰り返された。

今までずっと聞くだけだったミーティングの中に、〝動き〟が加わって、メンバーの気持ちが高まっているのがわかる。

「じゃあさ、俺から宣言していくから、みんなも続いて」

丹川谷がそう言うと、竹田がこれでもかというくらいに弾けた笑顔になった。

「丹川谷勝信！　シニアスーパーゴールドになります！」

丹川谷が、しっかりと迫力ある宣言をした。

言い終わって丹川谷はすぐに真瑠子に視線を送った。

「鹿水真瑠子！　シニアスーパーゴールドになります！」

声を張った途端、真瑠子はこれまでに経験したことのない高揚感を覚えた。全身の血が一瞬にして沸騰し、体中に熱が充満していくかのようだ。

ああ。絶対に達成する。

叶えられないことなんてない。

夢は、夢なんかじゃないんだ。

真瑠子はすぐさま竹田に視線を送った。

「竹田昌治！　シニアスーパーゴールドになります！」

竹田は立ち上がった。声も大きい。

その動作と宣言は伊地知と望月へと繋がれ、その場にいるメンバー全員に引き継がれていった。

中には、はにかんだ様子で黙っている者もいたが、ほぼ全員が自分の名前を言い、宣言をした。

最後に「よっしゃ、やるぞ!」と、丹川谷が気合の一声を出すと、皆が一気に「おーーー!」と喚声を上げた。

部屋の空気の隅々にまで、エネルギーが満ちていた。

世界に、自分たちにできないことは何もないと思えた。

「あかん。また絶対コンシェルジュから苦情来るわ」

丹川谷が苦笑いしてそう言うと、みんなも笑った。

その後は、一人一人が目標設定をして、今月、来月の行動を話し合った。

熱い話は終電前まで繰り広げられ、真瑠子はまた足早に駅に向かうことになった。

6

大阪駅前第3ビルの高層階に、HTF大阪支社はあった。

朝からのアポイントで疲れきった真瑠子が会議室のドアを開けると、竹田と伊地知が言い争いをしていた。

「竹やんな言いすぎじゃっとよ」

「どこが言いすぎやねん。いっちゃんやったらわかるやろ?」

竹田の言葉に、伊地知がふと動きを止める。

「まあな。俺やったらわかっけど」

「な！　せやろ？」

「いや、じゃっどんわからん子ん方が多か、ってことじゃ。そんこっを竹やんはわかっちょらんとだめ。あんまりツメるで、最後ん方はあん男ん子泣いちょったやろ」

真瑠子は手に持っていたドトールの茶色い紙袋を二人の前に置いた。アイスコーヒーを取り出す。

「どしたん？」

汗をかいたプラスティックカップで、手が大袈裟に濡れた。

「いや、わかってもないやつが勝手にスポンサリングしにいくから」

竹田が言った。

「本人の判断やし、行かせたらあかんの？」

真瑠子は手をペーパーナプキンで拭きながら言う。

「あかんねん。説明がほんまにあかん。多少おぼつかなくても自分の言葉やったらええとは思う。けどあの子の話はそれ以前に間違ってるし、なんなら嘘に近い」

「どんな嘘？」

真瑠子は聞いた。

「商品買ったら、一生お金が入り続けるとか」

「ああ……」

真瑠子は思わず声を出した。

（一番、あかんやつ）

ネットワークビジネスの説明でもっとも避けたい表現だ。ダウンメンバーからお金が入り続けるという説明に間違いはない。ただしそこには、ダウンが売り上げを立て続けてくれたら、という条件がつく。

そのためにはアップのこまめな指導とサポートが不可欠だが、実際には、そこまでダウンに気を配れる人間は多くない。仮に気を配ったとしても、ダウンの売り上げには浮き沈みがあるのが普通だ。こうした現実を無視して一生お金が入り続けると説明してしまっては、騙していると取られても仕方がない。

勧誘する上で大袈裟に表現するのは許されても、嘘をついたら詐欺《さぎ》になる。

それだけは避けなくてはならなかった。

「そもそも、商品の良さを本人が実感してへんからそこもまるで伝わらんし」

「まあまあ」

伊地知が竹田を宥める。

「別にかめへんよ。自分が損するだけやからな。でも、せっかくのアポをもったいないやろ。ええかっこせんと、ここでやってる新規セミナーに連れてきたらそれでええねん。頭悪いんか」

竹田は巻き毛に指を突っ込んで、緩んでいたネクタイをさらに乱暴に緩めた。

ここのところ、竹田はきちんとスーツを着込んでいる。今日は白いワイシャツに細いチェック柄のネクタイを締めていた。

「ひとまず落ち着かんね、竹やん」

伊地知が竹田の肩に手を置いた。

「まあね。自分で説明したくなって突っ走る気持ちもわかるけどな。私もそうやったし」

真瑠子は言った。

「竹やん、失敗せなわからん子もおるねん。人から教えてもらったことは、結局あんまり身につかへんってこと」

「俺もわかるよ。でも、もったいないと思えへん？」

竹田の言葉に真瑠子は苦笑いする。

「長い目で見たらその子が気づくのを待つことも必要なんやない？　その代わりそれで残った子は強いで。痛い思いを自らの失敗で経験してるから、下の子に教える時もうまい。竹やんかって、実はそのタイプちゃうん？　知らんけど」

横で伊地知が吹いた。

「はははは。竹やん、がっつい見抜かれちょいが。自分と似ちょいで腹けちょるんじゃが」

竹田は大袈裟に目を剝《む》いて、両手で伊地知の頰をつねった。

「あいたたた」

真瑠子は笑いながら、アイスコーヒーを竹田と伊地知にすすめた。

「おおきに、姉御」

竹田は一息ついて、カップにストローを挿すと、ブラックのまま勢いよく飲み干した。

真瑠子には、なぜ竹田が下の子に厳しく説教したのかわかっていた。

決起集会で竹田が宣言した、真瑠子のゴールド昇格だ。

それを達成するためには新規アポイントを一本も無駄にできない。それなのに、自分の思いを優先して突っ走り、未熟なスポンサリングをした傘下が許せないのだ。

（おおきに、竹やん）

真瑠子は自分のために懸命に走ってくれている竹田に心の中で感謝した。

滝瀬の来阪から二週間が経過していた。

七月は竹田グループで三十二台、望月グループで九台、他のラインで三台の合計四十四台が昨夜までの数字となっていた。

ゴールドへの一ヶ月目のステップには、四十七台分、七百万円の売り上げが必要なので、後三台足りない。今日の午前中のアポイントは残念な結果に終わった。

結果が伴わないスポンサリングは疲れる。

「ローン審査のことを考えたら、今晩がリミットやもんな。いっちゃん、今日の新規って、誰が来るんやっけ?」

竹田の質問を受けて伊地知が携帯画面に指を滑らせる。

「おいのグループから二名、竹やんのグループからも二名かな。後、望月くんとっからも一人おっよね」

伊地知は自分のライン以外のアポイントまで把握している。まるで秘書のようなマメさで竹田を支えていた。

二人は、現在働いている大東市《だいとう》の住道《すみのどう》にある金属加工会社の同期だ。社員寮であるアパートでも隣同士なので、とにかく四六時中一緒にいる。そんな生活がもう五年以上になるという。

伊地知は鹿児島出身だ。大阪弁を話す気はないのか、鹿児島なまりはほとんど消えていない。

「ほんならとにかく、今夜が勝負やな。がんばろ。今日だけは嘘ついて、会社早引きしてきてんから」

竹田が言った。

真瑠子は今夜の新規のうち、最低三人から、何がなんでもイエスをもらわなければならなかった。

会議室の壁にかけられた時計は十六時半になろうとしていた。

七月の最後の木曜で、新規セミナーが十七時と十九時からの二回。初心者メンバー向けのスタートアップセミナーが二十一時から一回。タフなメニューである。

十七時と十九時の回は伊地知と竹田が担当して、二十一時の回は真瑠子が担当することになっている。

参加する人数はある程度把握しているが、突然の参加やキャンセルが入ることもあるので、あらかじめ予測している数と変わることも少なくない。

今日は十九時から一人、自分の傘下ではないメンバーがやって来る予定があった。

滝瀬から真瑠子に、直々に連絡が来て頼まれた一件だ。滝瀬のフロントをセミナーに参加させて欲しいという。

今月の丹川谷は、神戸ラインのフォローで大阪にいないことが多い。そのために真瑠子にお鉢が回ってきたのだ。

そのメンバーの名前は牧枝亜希菜《まきえだあきな》。大阪在住だという。

(ほんまは人の仕事手伝ってる場合やないんやけど……)

真瑠子は小さくため息をついた。

(でも他ならぬ滝瀬さんのお願いやし)

滝瀬に頼られたことが嬉しくないと言えば嘘になる。

真瑠子はポーチから赤い眼鏡を取り出して、レンズを丁寧に拭いた。

(深呼吸だ。できないことなんてない。できないことなんてない)

できる。できる。

自分で自分に言い聞かせる。

部屋が騒がしくなってきた。連れ立ってタバコを吸いにいっていた竹田と伊地知も戻ってきた。

人が少しずつ集まり出し、十七時の回が始まろうとしていた。

7

十七時の回は、二名、すなわち二台のサインアップが完了した。

今日も伊地知は見事にスピーカーを務めた。彼の最大の特徴は鹿児島なまりの朴訥《ぼくとつ》な語り口だ。決してスムーズとは言えない、言葉につまりながらの説明だが、彼の誠実な人柄がストレートに伝わってくる。

そんな口調で繰り出される鉄板ネタ、「鹿児島で一人暮らしをする祖父にマットレスを送ろうとしたらオレオレ詐欺に間違われそうになったけど、最終的に喜んでくれた話」は、何度聞いても笑えて泣ける名作だ。

サインアップをした一人は、伊地知の話を大笑いして聞いていた年配の男性だった。定年退職後、現在は無職なので、現金振り込みで購入することになった。

もう一人は勤務二年目の看護師だ。収入的には堅い仕事なので、ローンの審査はまず通るだろうと思われた。

真っ白な壁に掛けられた時計の針は、十八時半を過ぎていた。

「さっきの二名が審査大丈夫やったら、後一名で達成やんな」

竹田が真瑠子のそばに来て言った。

「うん」

真瑠子は力強く頷く。

とにかく後一名だ。

会議室には数名のメンバーがいて、ざわついていた。

開けっぱなしになっていたドアから、すらっと背の高い、ロングヘアの女性が入ってきた。後ろに真瑠子の父親ほどの年齢の男性を従えている。

「あっ」

と、声を上げてすぐに口を閉じたのは横に立っていた竹田だった。

「姉御、あの女の人」

真瑠子の耳元に顔を近づける。

「滝瀬さんとのランチの時、日航ホテルのロビーで見かけた女の人ですやん、ほら」

竹田にそう言われて、もう一度見ようとする。受付を務めている伊地知に話しかけていて顔がよくわからない。

「ここに、鹿水さんがいらっしゃると聞いているのですが」

自分の名前が聞こえたので、真瑠子はその女性が滝瀬のフロントの牧枝亜希菜だと気づいた。受付テーブルに近づく。

「こんばんは。鹿水です」

振り返った女性の顔を見て息を呑《の》んだ。定規で引いたようにすっと通った鼻筋。奥二重の真瑠子とは大違いの、広い幅のきれいな二重。女でも見惚《みと》れてしまうような顔立ちである。

「牧枝亜希菜です。滝瀬さんから鹿水さんを訪ねるように言われました。今日はお世話になります」

亜希菜は丁寧に挨拶をし、真瑠子の顔をじっと見つめて微笑んだ。

後ろにいる男性に真瑠子を紹介し、次にその男性を真瑠子に紹介した。

男性は曾根崎新地で、四軒の飲食店を経営している実業家なのだという。真夏だというのに、きっちりとジャケットを着込んでいる。〝紳士〟と呼ぶにふさわしい壮年男性だった。

もらった名刺には、真紅のつるりとした紙に金の文字で〝バー&ラウンジ 冨永《とみなが》〟とあった。店の名前だろう。

「こんばんは。竹田昌治です。本日のスピーカーです。よろしくお願いします」

竹田が急にしゃしゃり出てきて亜希菜と男性に挨拶をした。

「こんばんは。牧枝です。こちらこそ、よろしくお願いいたします」

真瑠子は竹田を一瞥《いちべつ》する。

(鼻の下を伸ばして、調子のいいやつめ——)

並べられたパイプ椅子の後方の列に、亜希菜と連れの男性は着席した。亜希菜は受付で配布されたカイミン・ツーのパンフレットを手に、男性に説明しているようだ。

「もしよかったら現物が隣のショールームにありますので、後でご覧いただくこともできますよ」

真瑠子は近づいて言葉を掛けた。

「ありがとうございます」

座っていた亜希菜が真瑠子を見返した。

「その赤い眼鏡、素敵ですね」

亜希菜が真瑠子の胸元を見て言った。

「これですか?」

真瑠子は襟元に引っ掛けていた眼鏡を触る。

「実は祖母にもらったもので、大事にしています」

真瑠子のラッキーアイテムである。

祖母は四人の子供を抱え、女手ひとつで早世した祖父の喫茶店を継いだ。慣れぬ経営に苦しむ中、「大阪の美人喫茶店主」と週刊誌で紹介されたことがきっかけで話題になり、店が繁盛したという。

その記事に掲載された写真の中で、祖母がかけていたのが赤い眼鏡なのだ。以来、それは幸運を呼ぶアイテムとなり、祖母は数々の赤い眼鏡をコレクションすることになった。

真瑠子の胸元にかかっているのもその一つだ。

亜希菜は真瑠子の顔を見て微笑むと、連れの男性に向き直った。

十九時になり、竹田による新規セミナーが始まった。

よく通る、しっかりとした口調でHTFの会社説明と、カイミン・ツーの磁気の効用と健康の問題を話し始める。何回も聞いているこの話も、竹田が語るとまた新しい気持ちで聞くことができるのが不思議だ。

途中でボケたり自分に突っ込んだり、かたや間を巧みに利用して真剣な顔を見せたりと、緩急をつけた、実に聞かせるスポンサリングだ。

亜希菜たちに目をやると、笑みを浮かべて頷きながら聞いている。亜希菜は時々、手元の小さなノートに何かを書き込んでいる。熱心だ。

時間の長さを感じさせることもなく、一時間強で竹田の説明は終わった。締めの挨拶とともにパラパラと拍手が起こる。

亜希菜たちがちょうど立ち上がったところだった。

真瑠子は二人に駆け寄った。

「もう行かれますか?」

「鹿水さん、今ちょうどご挨拶しようと思っていました。今日はありがとうございました。わかりやすい説明でした。話も面白かったし」

ね、と同意を求める笑顔で隣の男性に視線を送る亜希菜。二人の距離が近い。

男性は柔らかな表情を返した。日に焼けた、少し脂っぽい肌。白髪がミックスされたグレーの頭髪。シャツの袖口からロレックスが覗いている。

「では、次の予定がありますので、これで失礼します」

亜希菜は丁寧に一礼をすると、男性とともに去っていった。

真瑠子はその後ろ姿を見送る。何歩か進んだところで、男性の手が亜希菜の腰に回った。

距離が近い、どころかデキている雰囲気だ。ただの知人ではなさそうだった。恋人同士だろうか。

それにしては歳の差がある。愛人……?

「真瑠姉ちゃん」

望月の呼ぶ声がした。

我に返って、振り向いた。

(そんなことより、後一名だ)

すでにそれぞれの組がAさん役となるアップとともに、クロージングと呼ばれる、契約を締結させるための時間に入っていた。

竹田グループのこの回の新規は一名で、Aさん役の竹田とBさん役のメンバーがクロージングをしているのが目に入った。しかし、竹田に頼ってばかりもいられない。真瑠子は望月の新規を契約に持ち込まなければならない。

望月が真瑠子に顔を近づけた。

「ちょっと空気悪なって。マットの金額が引っかかってるみたいで、帰りかけてんねん、助けて」

真瑠子は聞きながら、数メートル向こうに座る望月グループの女性と、その新規の男性に目をやる。

十七時の回の新規は三名で、うち二名がサインアップ。

今回は新規が二名。一名は竹田のグループで、もう一名が今、目の前にいる望月の新規の男性だ。

(よし、絶対に決めたる)

真瑠子は望月に案内された席に近づいた。

「うん。話はわかったけど、これを買わなあかんってことやろ?」

男性が望月グループの女性に話しているところだった。年齢は三十前後だろうか。

「鹿水さんです。僕のアップで、さっきセミナーで話されていた竹田さんも鹿水さんグループなんです。僕なんかより、ずっとこのビジネスのことに精通している、すごい方です」

望月が真瑠子をティーアップした。

「初めまして。鹿水です」

真瑠子はすっと右手を出して、男性とゆっくり握手をする。

この欧米のような握手が、まずはAさん役のお決まりのパターンだ。ここで第一段階のコミュニケーションを取る。そして相手に自分との共通項がないかを探す。真瑠子は視線を素早く男性の頭から足元へと走らせた。

(――見つけた。靴だ)

すぐにその話題を口にした。

「シルバーのコンバース、いいですね。私も欲しかったやつです」

そう言って真瑠子はにっこりと微笑んだ。

男性の顔が、少し緩んだ。

「私もコンバース好きで、何足も持ってます。どんな服装にも合わせやすいのがいいんですよね。シルバーのは前々から欲しいと思ってましたけど、なかなか見つからなくて」

真瑠子は柔らかい口調を心がけて言った。

「そうなんです。僕もこの色が欲しくて、店頭では全然見つからんかったんで、やっとネットで見つけて買ったんです」

男性の口調が、少しトーンアップした。

(よし。打ち解けてきている証拠や)

着席を促して話題を重ねていく。

「ですよね。やっぱり店頭には出回ってないですよね」

今度は少し困ったような声で続ける。

「そうなんですよ。僕も何軒かで聞きましたけど、レギュラーデザインじゃないから、店頭には在庫がないらしくて。だからネットで探しました」

「わかります」

真瑠子は男性の「そうなんですよ」という同調を引き出し、連帯感を作り出そうとしていた。

これは「Ｍｅ《ミー》・Ｗｅ《ウィー》・Ｎｏｗ《ナウ》理論」という説得テクニックの一つだ。

「Ｍｅ」は、自分のことを話して相手との距離を縮めること。コンバースが好きであることを話題にしたのがこれに当たる。「Ｗｅ」は共通点を見つけ出して小さな連帯感を作ること。これらの段階を踏んだ後に、「Ｎｏｗ」自分たちのやりたいことを説明すると相手を説得しやすくなる。

「ここで探すと見つかりますよ」

男性が、自分の携帯電話を見せて真瑠子に教えてくれた。

「ありがとうございます」

真瑠子はすぐさま自分の携帯電話を取り出して、その画面をカメラで撮った。望月と紹介者である女性メンバーが一緒に画面を覗き込んでいる。

「あ。ごめんなさい。話が逸《そ》れました。つい――」

真瑠子は小さく舌を出して謝った。

男性も「ほんまや」と小さく言う。

(連帯感もゲット)

真瑠子は男性に向き直った。

ここからが「Ｎｏｗ」、本題だ。

「それで、ＨＴＦのお話はどうでしたか？」

はっきりノーと言えない質問を投げかける。

「権利収入に興味があるかないかと言えば、どうでしょうか」

ここからは、小さいイエスを積み重ねていくのだ。

「ええ。あるといえば、そうですね。ありますね」

男性は少し躊躇しながらもそう言った。

「私もそうでした。最初聞いた時、面白そうな話だと思ったんですけど、マットの金額に驚いてしまって」

真瑠子は、男性が二の足を踏んでいる金額にあえて触れ、同調を促した。

男性が「そうなんですよ」と言う。

「でも、ビジネスとして考えたら、とても安いと思ったんです。なぜって……」

真瑠子はビジネスの大きな可能性の話を続けた。

目の前の男性の気持ちが、どんどん動いていくのがわかった。

さらに鉄板ネタの瞳おばあちゃんの話を畳みかけていく。

マットは最長ローンだと一ヶ月五千円ほどの支払いで購入できます。

イエス。

その五千円で夢を、可能性を買うことができるんですよ。

イエス。

しかも、大切な仲間と夢を見ることができる素晴らしい仕事なんです。

イエス。

今はちょうど大きな波が来ようとしています。あなたは幸運な人です。だってこれはまたとないチャンスなんですから。

イエス。

イエスが増えるごとに声にやや熱を持たせて、会話のテンポを上げていく。

そして最後にたっぷりの間をとってから、赤い眼鏡を中指で押し上げた。

真瑠子は微笑んで、男性に聞いた。

「私たちと一緒に、波に乗ってみませんか?」

8

「お姉ちゃん、僕がなんかドキドキするわ」

ズズッとアイスカフェオレの最後の一口をすすりながら、デニムにTシャツ姿の望月が言った。歳は二つしか違わないが、顔立ちが幼い望月はまるで高校生のように見える。妹の彼ということも手伝って、本当の弟のように感じる。

真瑠子の手の中には、大阪駅の地下にあるジューススタンドで買ったミックスジュースのカップがあった。祖母の赤い眼鏡同様、ミックスジュースは真瑠子にとって体に力がわくラッキー飲料である。今日は大事な日なので、縁起をかつぐ意味で足を延ばして買ってきた。

七月の最終日。時刻は十五時を回っていた。

真瑠子はHTF大阪支社の小さなショールームで、ローン審査の結果と、昨日の年配入会者の現金入金の知らせを、望月とともに待っていた。

昨夜、十九時回のコンバースの男性も無事に入会となった。現在、審査通過の知らせを待っている。

真瑠子グループは、昨日、ゴールド一ヶ月目に必要な三名の申し込みを取りつけた。

しかし、この三名すべての契約が成立しなければならない。

ローン審査で不可、もしくは今日中に入金確認の取れない者がいれば、アウト。

ここまで積み上げてきたものがご破産になる。

一番不安視しているのが、昨日現金で支払うと言った年配入会者の未入金だ。本人に支払う気があっても、奥さんや家族の反対にあって心変わりする可能性もある。

キャンセルされないように、丁寧に話をしたつもりだ。だが、彼らが家に帰ってからの出来事は、自分たちにはどうしようもない。

真瑠子は不安だったので、今朝、自分のクレジットカードのキャッシングでいくら出金できるのかを計算した。

所持しているカードは二枚。

高校卒業後に作ったファッションビル発行のカードと、家族カードで作ってもらった百貨店系のカードだ。両方を合わせて二十万円のキャッシングができることを確認した。

もし誰か一人でも飛んでしまった場合は、この二十万円を投入するつもりだった。

自分のお金を使うことに抵抗はあったが、ここまできた皆の努力を無駄にすることなど絶対にできない。

何がなんでも、今月にワンステップを踏むのだ。

(後で、いくらでも取り戻せる)

ゴールドになってしまえば、それくらいの借金はなんでもないはずだ。

ローン通過待ちの二名のうち、看護師はすでに確認が取れて審査に通っていた。ローンに関してはもう一名の通過を待つのみである。

カウンター越しに数名の事務員が、机を並べて仕事をしている姿が見える。

女性の事務員の一人が電話を置いて、真瑠子の方を振り返った。

「鹿水さん、さっきお聞きになっていた方、審査オッケーですよ」

「やった!」

望月がそう言って、真瑠子に小さく拳を握って見せた。

「お姉ちゃんが手伝ってくれたおかげや。ありがとう。ほんま昨日はかっこよかった」

「やろ？　自分でもそう思うわ」

真瑠子は軽口を叩いて余裕を見せながら、コンバースに着目した自分の頭を撫でてあげたい気持ちでいっぱいになった。

（よっしゃ、後一人）

握った拳に思わず力が入った。

その時、ショールームの扉が開いて仙石グループの一朗が入ってきた。今日もスリーピースのスーツ姿である。

セミナーでやってきたのだろう。

一朗とは、コンベンションの企画の打ち合わせで一緒になった時に連絡先を交換していた。互いの状況などを報告して、励まし合っている。

今日の午後、真瑠子がここにいることも知っているので様子を見にきてくれたのだろう。

「お疲れ様です。どうですか？」

真瑠子の顔を見るなり、いきなり聞いてきた。

「今、一台ローン審査が通って、残り一台の入金待ちです。一朗さんの方はどうでしたか？」

一朗は焼けた肌から白い歯を見せた。

「おかげさまで、無事にクリアです」

「よかった。おめでとうございます！」

真瑠子は祝福した。

何がなんでも一緒にステップを踏みたいと思った。

ここで置いていかれるわけにはいかない。

その時、テーブルの上の携帯電話が光った。液晶画面に点滅しているのは、伊地知の名前だ。その場で電話に出てもよかったのだが、悪い予感が真瑠子の頭をかすめた。

もし、スムーズにことが運んでいるならば、年配者の入金はたいてい午前中だ。

銀行の窓口が閉まって一時間近く経つ。この時間にかかってくる電話の意味を推し量った。

「ちょっと失礼します」

一朗と望月に断って、外に出た。液晶画面に指を滑らせる。

「もしもし」

耳に入ってきた伊地知の「もしもし」はすでにトーンダウンしていた。

案の定、昨日の年配男性が家族に止められて、今日の入金は難しいとの知らせだった。娘さんと同居しているというので警戒していたが、やはり反対されたらしい。

自分は悪くないのに謝ってくる伊地知に、真瑠子はメンバーをフォローする段取りを伝えて電話を切った。

ショールームに戻った。一朗はいない。会議室でセミナーの準備をしているのだろう。真瑠子は望月にことの経緯を話して、これから現金をおろしにいき、一台突っ込むと伝えた。

後、一台だ。

「お姉ちゃん、お金は大丈夫なん?」

真瑠子の覚悟を聞いて、望月が心配そうに聞いてくる。

大丈夫かと聞かれれば、大丈夫ではない。

経費で圧迫された懐事情は悪化の一途を辿《たど》っている。現に今日の交通費の捻出にも苦心しているのだ。ここで十五万円の借金を抱えたくはない。しかし、脳裏に蘇るのは決起集会の夜のことだ。

あの熱い気持ち。興奮。

真瑠子に来月、一からやり直すという選択肢はなかった。

九月のコンベンションには、必ずゴールドとしてステージに立つのだ。そのためなら借金などいとわない。

「心配せんで大丈夫。お金ならあるから」

「ほんま？」

「大丈夫やって。それよりよかった。豊くんとこの審査が通って」

望月の腕を叩いた。

「それはよかったけど。お姉ちゃん、その一台の名義どうすんの？」

「豊くんこれから真亜紗と会うんでしょ。私も一緒に行っていいかな」

「真亜ちゃんの名義か」

「うん。それとなくお願いはしてあんねんけど」

HTFでは、買い込みによって在庫を持つことが禁じられている。一台の購入に際し必ず名義をつけなくてはならない。当然真瑠子の名前は使えないため、今日購入する一台は誰かの名前が必要になってくるのである。

例の年配者が必ず買うという保証があるのであれば、彼の名前で入金することもできる。だがそれは正直わからない。

自分のフロントが購入したことにすれば、今現在のシルバーランクの権利二十五パーセントは丸々自分にバックするので、その分が割引きされると考えることができる。ということは、十一万二千五百円の投資で済むのだ。

真亜紗には、足りなかった時に備えて、名前だけ貸して欲しいと昨夜伝えてあった。
少し心配はされたが、嘘をついて押し切った。

真亜紗〈名前貸すことはかまへんけど。もう一台、って大丈夫なん？　豊のもまだ半分払ってるんやろ？〉

真瑠子は望月がＨＴＦを始める時、収入のほとんどを家に入れている彼の懐事情を考慮して、ローン支払いの半額を負担することにした。今でも欠かさず、月末には望月の口座に振り込んでいる。

真瑠子〈うん。大丈夫。他にあてあるし。ちょっと今日は間に合わんかっただけで〉
真亜紗〈ほんま？　ほんならいいけど、あのマット普通にめっちゃ高いからさ。真瑠姉ちゃん借金ガールになってもうたら大変やで〉
真瑠子〈うん。絶対大丈夫。借金ガールじゃなくて、成金ガールになるから。知らんけど〉
真亜紗〈知らんかったらアカンやん…笑笑〉
真瑠子〈明日の夕方、何してる？〉
真亜紗〈豊とデート♡〉
真瑠子〈もしもの場合は、私も合流していい？〉
真亜紗〈えーーー〉
真瑠子〈おねーたまが、おごるから〉
真亜紗〈ええよ♡〉

「じゃあ私、ちょっとお金おろしてくるね」

望月と真亜紗とは十七時半に淀屋橋駅近くにあるカフェ・ベローチェで落ち合うことにする。

申し込み書類は原則本人の直筆が必要なので、真亜紗に書いてもらわなくてはならない。

真瑠子は梅田駅に向かった。百貨店に設置されているATMで、まず十万円を引き出した。支払い方法は、リボ払いを選択した。

同じ機械でもう一枚のカードキャッシングも可能なようだったので、カードを差し替えて再び機械に投入した。

まっさらな一万円札が十枚、借金をしているという後ろめたさを忘れさせるほどスムーズに機械から出てきた。備えつけの簡素な白い封筒を引き抜いて一万円札二十枚をそこに入れ、バッグの中にしまった。

消費税を合わせた金額でも二十万円は必要ない。だが手持ちの現金を増やしたかったので、どうせならと思い限度額の二十万円をキャッシングした。

地下鉄御堂筋線のホームに降り、待ち合わせ場所へと向かう。脇の下はじっとりと汗ばんでいる。早くシャワーを浴びたくてたまらない。

携帯を取り出して液晶画面を確認すると、心配した丹川谷と一朗、仕事が終わったらしい竹田と伊地知からのメッセージがポップアップされていた。

自腹で一台投入して、なんとか達成しますと丹川谷に伝えた。一朗、竹田と伊地知からの連絡にも、同じようにメッセージを返す。

〈おめでとうございます。今度、一緒にお祝いですね！〉

一朗からは、すぐに返信がきた。

真瑠子は一朗のメッセージを見つめながら、微笑んだ。

祝福されるのが、こんなに嬉しいことだとは思わなかった。

しかし実際には今日、真瑠子は新たに借金を重ねた。本当におめでとうなのか。

（地獄、踏んでないよね——？）

うん。大丈夫なはず。

多分、大丈夫。

知らんけど……。

少し考えたが、これはあくまでも成功への投資なのだと思い直した。

借金ガールではなく、成金ガールへの第一歩だ。

——ジャンプをする前には、一度屈まないと大きく飛べないんだよ。

丹川谷の言葉を思い出した。

真亜紗からメッセージが来た。

〈もうすぐベローチェ到着〜。印鑑は忘れたけど、真瑠姉ちゃんのでいいよね？〉

淀屋橋駅にあっという間に到着した。ムッとした暑い空気の地上に出る。

土佐堀通沿いにある店の自動ドアが開くと、すぐに真亜紗と望月の姿が目に入ってきた。

9

八月、二週目の日曜である。なんとか一ヶ月目をクリアした真瑠子は、怒濤《どとう》の二ヶ月目へと突入していた。

結局、月末に入金予定だった年配者は入会しなかった。娘さんの同意は、どうしても得られなかったらしい。伊地知が申し訳なさそうに報告してきた。

人でごった返すJR大阪駅の中央改札を抜けた。

手元には、父に貸してもらったイコカ定期券があった。

――またか。ええ加減にしときや。交通費も出してもらわれへん仕事なんか。

苦い顔でたっぷり嫌味を言われた。

父は現在、大阪市北区の建築会社に勤めている。

以前、事業を興したことがあったが、うまくいかずにすぐ畳んでしまった。

やってはいけないことと知りながらも、これまでも土、日には真亜紗の定期券を何度か借りていた。最寄駅の藤江から大阪駅まで、往復二千三百六十円かかる電車代は、今の真瑠子にはとてつもなく大きい金額だった。

しかし、頼みの真亜紗は友人と遊びに梅田へ出かけてしまった。迷った末、背に腹は替えられず、父に頼んで定期券を借りたのだった。

今月末には先月のコミッションが入るので幾分楽にはなるはずだ。それまでなんとか凌《しの》がなくてはならない。

HTF支社に到着した。

日曜は仙石グループと丹川谷グループの合同でセミナーを開催する日なので、集まってくるメンバーもいつもとは顔ぶれが少し違う。仙石は、家業である美容室の仕事があるために、日曜の催しには基本的に出席しない。一朗とその他のメンバーがやってきていた。

二回の新規スポンサリングセミナーは盛況に終わった。

書き込みの終わったローン用紙を、HTF推進会申請用紙とまとめてクリップで留めた。バッグから昨日契約した書類の入ったクリアファイルを取り出し、一緒に所定の書類棚の引き出しに収めた。

真瑠子傘下では、竹田グループで九名、望月グループで三名のサインアップが決まった。

望月の三名が決まったことは真瑠子を小躍《こおど》りさせた。望月グループには次期リーダーになるような人材がなかなか現れなかったのだが、今日出会った、飲食業を営む男性には強い手応えを感じた。

頭角を現していく人は、その雰囲気を最初から持っていることが多い。

リーダーは作るのではなくて、現れる、という言い方がしっくりくる。以前、丹川谷が話していた言葉だが、今の真瑠子はそれを理解できる。竹田がまさにそうだったからだ。

丹川谷がその場に残っていたメンバーを何か食べにいかないかと誘った。

「お供いたしますっ」

丹川谷の言葉の後、竹田が敬礼の仕草をしてすぐに答え、同じ調子で「お供いたしますっ」と伊地知も続いた。

伊地知の隣にいた真瑠子も竹田に目で促されて、二人に続き同じ動作で応えた。

(しまった)

一朗が笑っている姿が視界に入ってきて、真瑠子は少し恥ずかしくなった。

(あほみたいやんか。一朗さんの前で何やらすねん、竹やん)

大阪人の性《さが》か、こういう振りには反射的に応えてしまうのである。

このところ、一朗の目を気にしている自分に、真瑠子は気づいていた。コンベンションの準備で頻繁に連絡をとっているし、HTFの会議室でも顔を合わせる機会が増えた。

いつも優しく接してくれる一朗が気になっている自分がいた。

丹川谷が慣れた段取りで、すぐに店を手配した。宮崎地鶏の美味しい店が、茶屋町にあるという。五人で連れ立って大阪駅前第3ビルを出る。店に向かう道すがら、もっぱら話題だったのは、今日のセミナーに数名のゲストを連れてやってきた牧枝亜希菜のことだった。

彼女は先月、滝瀬のフロントとしてデビューした。締め日の一日前には、HTF大阪で真瑠子グループが実施していた新規セミナーをあの壮年男性と受講している。

丹川谷の情報では、翌日に壮年男性が入会をした。それと同時に彼のフロント五名、合計六名のサインアップがすべて現金であったそうだ。

「すげーな」

竹田が驚きを漏らす。

「元々あの男性は百万くらいの投資をするって、牧枝さんに約束してたんやって。彼のフロント五名は全員、経営店の従業員らしい」

丹川谷が言った。

「あの男性は動かずに従業員がネットワークやる、ってことですかね」

竹田が聞いた。

「そうみたいやな。やりたい従業員にはビジネスを始めさせてるらしい。マット自体はオーナーからのプレゼント」

「そんなやり方、あるんすね。しゃーけどよう百万も金出してもらえますよね」

竹田が言った。

「やっぱい美人だからけえ」

亜希菜の姿を思い浮かべるように、少し上を向いて伊地知が応える。

「あほ。姉御の方が美人やないか」

竹田が突っ込んだ。

「あ。もちろん。もちろん姉御が一番じゃっど！」

真瑠子は、竹田と伊地知の背中を思いっきり叩いた。

容姿については、最近の懸念事項である。

このビジネスにおいて、第一印象がとても大切だということは痛感している。麗《うるわ》しい見た目はプレゼンの最高の装備だ。それは、竹田が入会の際に言っていたメラビアンの法則からも明らかだ。仕草などを含む見た目が他者に与える影響度は何よりも高いのだ。

——悪くない。自分の見た目は悪くない……。

高校時代のあだ名は「麗子像」だったけど、決して悪くはないと、真瑠子は自分自身を評価する。

だが、印象の薄い顔だ。美人の姉、可愛い妹、そして普通の真瑠子ちゃん。そんな比較を幼少時からどれだけ受けてきたことか。

自分は顔面偏差値、中の中。いや、メイクをがんばれば中の上までいける伸び代はあると思いたい。

亜希菜は？　上の中。いや、上の下か。

こんなくだらないことを考え始める自分に腹が立ってきた。

認めたくはないが往々にして美人が得をする世の中だ。

男も女も、きれいなものには目がない。

（ふん）

真瑠子は口を尖らせた。通りがかった店の立て看板を蹴りたくなったがやめた。

行く手に『宮崎地鶏の店』と書かれたオレンジ色の灯籠が見えた。

石畳の細い通路を入ったビルの奥に店があり、暖簾をくぐると愛想のいい店員に、半個室へ案内された。

「お疲れさまで~す！」

全員がビールジョッキをぶつけて軽快な音を立てた。車なので、一朗だけがノンアルコールビールだ。テーブルにはお通しである、鶏皮ポン酢の小鉢が並んでいる。

「ところであの牧枝さん、今月、ゴールドへのワンステップ踏みそうなんやて」

電子タバコをテーブルの上に置きながら、丹川谷が言った。

「まじですか？」

ジョッキ半分ほどを一気に飲んだ竹田が言う。

「ああ。今月は今の時点で三十台近くいってるらしい」

「三十台！」

その数に、思わず真瑠子は声を上げてしまった。

八月九日の現時点で三十台。ワンステップ目の達成まで後十七台ではないか。

なんという速さ。

真瑠子は今月、まだ十二台。亜希菜の半分以下だ。

サインアップして二ヶ月目でゴールドへのステップを踏もうとしているのだ。どんなやり方をすればそんな数字が叩き出せるのか。顔がきれいなだけで出せる数字ではない。

元々持っている人脈が広いのか、それとも彼女のスポンサリングには何か魔力のようなものがあるのか。

「まあ、グループの基礎体力みたいなものはないまま大きくなってるから、これからがちょっと怖いけどな」

丹川谷が言った。

「基礎体力ですか？」

竹田が聞き返す。

「ああ、勢いでいっちゃってると、必ず後からいろいろ噴出するからさ」

何かを思い出したように、丹川谷がジョッキを持ったまま笑った。

「俺のグループ、最初にフロントにおった一人がほんまにイケイケでな。物凄い勢いでローン用紙と申込書巻いてきたんやけど、蓋開けたら、半分以上クーリングオフされて」

「どのくらいですか？」

真瑠子が聞いた。

「えっと、確か百五十万円分くらい？」

「百五十万!?」

竹田が声を上げた。

真瑠子も初めて聞く話だった。

「そう。九人や。九台分！　急に傘下が増えて目が届かへんかったから、しゃーないと言えばしゃーないんやけど、まじで振り回されたわ」

もう終わったことなので笑い飛ばせるのか、丹川谷は愉快そうにジョッキのビールを飲み干した。

「ほんま大変やったで。ローン会社にもＨＴＦにもようさんクーリングオフの内容証明ハガキ届いてなあ」

「クーリングオフ期間って、普通八日間ですけど、うちらは二十日間ですもんね」

一朗が丹川谷を労うように言った。

「ほんまやで」

丹川谷が苦笑いする。

「じゃあさ、ここで問題です。紹介者が馬鹿で、病気が治るとか、一生手数料が入りつづけるとか、販売時に嘘をついていたとしたら……？　クーリングオフ期間は最長、どのくらいまで延びるでしょうか？」

丹川谷が楽しげに、みんなに聞いた。

「最長ですか？」

竹田が言った。

「最長って、丹川谷さんが聞っぐれじゃって……」

伊地知も考えている。

「一年とか？」

一朗が答えた。丹川谷はニンマリするだけで何も言わない。

「じゃあ二年」

真瑠子が言った。

丹川谷はなおも笑顔を崩さない。

「三年！」

竹田が横から大きな声を出した。

「四年！」

竹田は続ける。とうとう我慢しきれなくなって、丹川谷が声を出して笑った。

「ははは。正解は五年でした」

「えええええー」

竹田と伊地知が大袈裟な声をあげた。

「五年ですか。すごいですね。知らなかったです」

一朗が感嘆をあらわにする。店員が運んできた鳥刺しと炭火焼き鳥を伊地知が受け取る。

「そやねん。契約を締結した後、最長五年。消費者庁のホームページにも書いてあるわ。まあ、言うてもそんな実例聞いたことはないけどな」

丹川谷が赤い鳥刺しを箸でつまみながら答えた。

「こわ〜」

竹田が大袈裟に自分の肩を抱いた。

「そうやで。なんせ金額のはる商品や。フォローがどんだけ大事か、ってことよ」

頼んでいた料理がその後一気に運ばれてきて、しばし一同は言葉を忘れて食事を堪能した。

テーブルには加熱式たばこのみ喫煙可という注意書きがある。丹川谷が電子タバコを吸い始めた。紙煙草を吸っている竹田と伊地知は「ちょっと行ってきます」と店外の喫煙スペースに出ていった。

「一朗くんて煙草は？」

丹川谷がふと気づいたように聞いた。

「僕ですか？　前は吸ってたんですけどね。やめさせられた、っていうか。今は吸ってないんですよ」

ノンアルコールビールから、烏龍茶に替えていたグラスに一朗は口をつけた。

「子供ができてから、もう無理ですね」

「そっか。仙石さんが一朗くんは結婚してるんやって、言うてたもんね」

「ええ」

真瑠子はぼんやり話を聞きながら、ジョッキを摑み、ビールの残りを飲んだ。

(子供……)

結婚していることは左手薬指のリングでわかっていたが、子供もいたなんて。突然、一朗と顔の見えない奥さんがセックスをしているシーンが、真瑠子の頭に生々しく浮かんだ。

「コンベンションの企画はどう。問題ない?」

丹川谷は一朗と真瑠子に聞いた。

真瑠子は下げていた視線を丹川谷に合わせた。

「今のところは順調です。狙ってた大学教授のゲストスピーチも決まりそうですし」

一朗が答えた。

「よくテレビで見かけるあの教授やな」

そう言って、丹川谷が薄い煙を口から吐き出した。

「ええ。スケジュールの調整でだいぶ待たされましたけど、なんとか」

「順調でよかった。後は二人が無事に今月、二ヶ月目のステップ終わらせてゴールドになることだけやな」

「がんばります」

一朗の言葉とともに真瑠子も頷いた。

一朗の一ヶ月目は、売り上げ七百五十万という余裕のクリアだったはずだ。フロントの三ラインが平均して伸びていると言っていた。いい形だ。きっと今月もクリアする。

（余計なことに気を取られてんと、自分のことをがんばらな）

泡のすっかり消えたビールを見て、一呼吸した。勢いよく飲んでジョッキを空にする。

すっかりお腹も膨れた。会計をしてくれた丹川谷に皆で礼を言い、会はお開きとなった。

丹川谷は、彼女とこれから約束があるらしく、通りにいたタクシーに乗り込んだ。

一朗は車を駐車している第3ビルまで戻ると言うので、大阪駅のあたりまで一緒に歩き、そこで別れた。

JRに乗車する真瑠子、竹田、伊地知は、連れ立って大阪駅へと向かった。

改札に近づいて、イコカを出そうとバッグの内ポケットに手を突っ込む。

あれ……？

真瑠子は足を止めた。

伊地知がそれに気づいて振り返った。

「姉御？　いけんしたと？」

「え。あ……と」

真瑠子は伊地知への返事もそこそこに、バッグの内ポケット、化粧ポーチ、スカートのポケットに手を突っ込み、感触を確かめる。あらゆる隙間に手を差し込むが、固いカードの感触と真瑠子の指先は一向に出会ってくれない。

「大丈夫け？」

伊地知が歩み寄り、心配そうに真瑠子の顔を覗き込む。

「おーい！　いっちゃん」

竹田が振り返って伊地知を呼んだ。すぐに真瑠子の異変に気づき、竹田も駆け寄ってきた。

「大丈夫姉御？　イコカなくしたん？」

「いや、そんなことは……」と言いながら、血の気がどんどん引いていく。

父の定期券である。

――交通費も出してくれへん会社なんてええ加減辞めろ。

頭の中で父の嫌味が蘇る。

もしなくしていたらと、想像しただけで酔いは完全に醒《さ》めた。

藤江―大阪の三ヶ月定期。金額にして十万円弱はする。

明日は平日で、父は普段通りに出勤するのだ。

明日の朝までに、カードを下駄箱の上のケースに戻しておかなければ父の雷が落ちる。

心臓が静かに跳ね始めた。

「大丈夫」

自分に言い聞かせるように口に出し、再び手であちこちを探る。

伊地知の背後に見える大きな時計は、二十三時になろうとしている。

「大丈夫やで。ひょっとしたらさっきの店か、会社に忘れたかもしれんから取りにいってくる。二人とも電車なくなったらやばいやろ。はよ行き」

「ほんまに大丈夫？　姉御も終電が……」

竹田が言う。

「まじで大丈夫。すぐ取りにいくから。私の終電は結構遅いから心配ないし」

二人を先に行かせた。

真瑠子は今日の自分の行動をとにかく思い出そうと、頭をフル回転させる。

大阪駅に着き、改札で使用したのを最後に定期を手にしていない。あの時、どこにしまったのか。

以前、うっかり落としてしまった経験があるから服のポケットには絶対に入れていない。

カードを戻したのは、バッグの中。内ポケットに入れたはずだが、そこにはない。ということは、どこかに挟まってしまった可能性が高い。

真瑠子は改札口の端に移動すると、ヴィトンのトートバッグを地面に直接置いた。しゃがみ込み、クリアファイルを一つ一つ丹念にチェックする。

だが、そこにもない。

時系列を確認する。

今日行った場所は、会社と先ほどの店の二ヶ所だけだ。

会社ではここ数日、サインアップした人たちの書類をまとめる作業をした。それを会議室の書類棚の引き出しに入れた。

地鶏の店では化粧直しもせず、勘定も払わなかった。つまりバッグの中から何も取り出していない。移動途中にバッグをひっくり返して中身をぶちまけるというようなアクシデントもなかった。

ということは、可能性が大きいのは、やはり支社の会議室の書類棚の引き出し。

(やばい)

腕時計を確認する。

藤江までの終電は大阪発二十三時二十分。現在の時刻、二十二時五十三分。

ここから駅前第3ビルまではゆっくり歩いて十五分、早足で十分弱。いや、いい。とにかく歩き出そう。

真瑠子は踵《きびす》を返し、第3ビルの方へ向かった。しかし、歩いている途中で大変なことに気がついた。

鍵！

そうだ。会議室の鍵を持っていない。

会社が早い夏休みに入っているので、真瑠子が鍵を預っていた。それを明日使用する一朗に渡したのだった。

真瑠子は足を止めずにバッグから携帯を取り出し、一朗にメッセージを打った。だが、早足で歩きながら入力するのは思いのほか難しい。電話を鳴らした。

数コールで一朗が出た。

「突然すいません一朗さん。私、大事な忘れ物をしてしまって」

息を切らしながら会議室の鍵が欲しいと伝えた。

「大丈夫ですか？　僕、地下駐車場を出るとこなんで、地上に出たら真瑠子さんを拾います。今、こっちに向かってるんですか？」

駐車場が二十三時で閉まるので、まずは車を出してから、真瑠子に連絡をくれると言った。

電話を切って、とにかく第3ビルに足を進める。

数分で真瑠子の携帯が光った。すぐさま応答し、第3ビルから少し離れた御堂筋沿いでハザードを出している、シルバーのベンツを見つけた。

運転席のドアが開き、ペールグリーンのシャツが外灯に照らされて浮かび上がる。

「一朗さん」

真瑠子は駆け寄っていき、「ごめんなさい」と謝った。

一朗が会議室の鍵を真瑠子に渡す。

「今から取りにいって、帰りの電車は大丈夫なんですか？」

「とにかく定期を見つけることが先決なんで、帰る手立てはそれから考えます」

「危ないし、僕、一緒に行きますよ。ほんで帰りもお家《うち》まで送りますから」

「遠いですし、大丈夫です」と遠慮したが、「だから尚更《なおさら》でしょ」と言われ、結局甘えることになった。

車はハザードをつけたまま放置し、二人で第3ビルへ急いだ。

幸いビルの入り口はまだ開いていた。無事に上階に行き、会議室に入ることができた。

エアコンの冷気は消え失せて、むっと熱い空気が充満している。

真瑠子はすぐさま書類棚の引き出しを確認する。自分が入れたクリアファイル、一つ一つを取り出して見ていく。すると三つ目に固い感触があった。昨日、外で契約した新規の書類ファイルだ。

（あった）

それまで忙《せわ》しなく動かしていた手をようやく止めた。

よかった。どうしてこんな風に挟まってしまったのだろうか。本当に自分の不注意が嫌になる。

身体中の筋肉が緩んだ。

大阪と藤江の駅名が入った水色のカードを見つけると、膝の力が抜けて、その場に座り込んだ。

よかった。とにかくよかった。

「真瑠子さん？」

背後から一朗の心配げな声がした。

（礼を言わなくては）

真瑠子はよろよろと立ち上がった。

「ありがとうございます。助かりました」

そう言いながら振り返った時、一朗の顔が思いのほか近くにあり、真瑠子は一瞬ドキリとした。

目が合った。

「よかった」

一朗が心底安心したような声で言う。

心配してくれたことが嬉しかった。

真瑠子は一歩下がって視線を外した。

胸が激しく波打っていたからだ。

今度は絶対に紛失しないように、バッグの内ポケットにカードをしっかりとしまった。

消灯を確認して部屋を後にした。鍵は再び一朗が預かった。

エレベーターで下り、こんな時間でも人通りの絶えない道に出る。

ハザードを出している一朗の車に向かった。

「真瑠子さん、あれ」

一朗が突然真瑠子の名を呼んで、通りの方を指差した。

指差す先にいたのは、街灯の下、すらりとした足をスカートから覗かせて歩く亜希菜の姿だった。

太った男性にぴたりと寄り添い、腕を絡ませている。この前、セミナーに一緒にやってきた壮年の男性ではない。

歩いていく方向はお初天神のエリア。ラブホテルがいっぱいあると、竹田が傘下の子たちと話していたのを思い出した。

真瑠子は隣に立つ一朗を見上げた。

一朗も真瑠子を見た。

「夜は、いろいろありますね」

一朗がボソリと言った。

「行きましょうか」

と続け、一朗は通りの向こうに停めた車に視線を戻した。

車までは先の横断歩道まで迂回《うかい》するか、広い車道を横断する必要があった。

一朗がすっと真瑠子の手を取った。

少し冷たい大きな手が、真瑠子の手を包んだ。再び、真瑠子の心臓が跳ね始める。

車が来ていないことを確かめると、真瑠子の手を引いて一朗は道を横断した。

ようやく車の横で、握られた手が離れた。一朗が助手席のドアを開ける。

真瑠子の動悸は乱れ続けていた。

視線をそらしたままペコリと頭を下げて、硬いシートの助手席に乗り込んだ。一朗が乗車しエンジンをかける。

「ほんなら行きましょうか。真瑠子さん、住所を言うてください」

一朗はナビを指先でタップしながら、真瑠子の言うままに地名を入力していく。

暗闇の中、ナビ画面の明かりが一朗の顔を薄く浮かび上がらせている。

閉鎖された狭い空間に、一朗と二人きりなことがどうも落ち着かない。

芳香剤だろうか。ほんのり甘いココナッツの香りが鼻先をかすめる。

嫌な汗をいっぱいかいて体がじっとりと湿っているのが自分でもわかった。汗の臭いをココナッツの香りがかき消してくれることを真瑠子は祈る。

車が発進し、しばらく経ってからようやく顔を上げた。

暗い車内で、そっと一朗の横顔を覗き見た。

第三章

千円札三枚で咲いてる花か……

1

「真瑠子、一体どうゆうことなんや」

顔を上げると、そこには父が立っていた。すでに出かける姿だ。半袖のシャツを着込み、携帯電話を首から提げている。

（え？　なんのこと）

真瑠子は半分夢の中だ。

目を凝らして見ると枕元にある小さな時計の針は、六時半を指している。

「何？」

「昨日、夜にあきら兄《にい》から連絡あった。真瑠子がばあちゃんにマット売りつけた、って」

「売りつけ……？　違うわ」

盆休みに父の兄、あきら夫婦と一緒に暮らす祖母に、カイミン・ツーの話をした。興味を持ってくれたようだったから、先月キャッシングして真亜紗名義で突っ込んだ一台を送ったのだ。断じて押し売りではない。

「この前行った時に、ばあちゃんが腰痛い、って言うてたから磁気マットを使ってもらおと思って送っただけや」

真瑠子はベッドに腰掛けて言った。

「パパ、真瑠子まだ寝てるって」

スリッパを擦る足音とともにパジャマ姿の母が父の背後から現れた。

「あ。真瑠子おはよう。ほんで？　どうやったん？」

「だから、この前行った時に、ばあちゃんが腰痛い、って言うてたから磁気マットを使ってもらおと思って送っただけや」

真瑠子はもう一度繰り返した。

「やっぱりやんな。だから言うたやんパパ。いくらなんでもばあちゃんに売りつけたりするわけないって」

（いくらなんでも、ってママ……）

確かに商品説明をした時、急に饒舌《じょうぜつ》になってしまって周りを驚かせたけれど。

「そうか……。紛《まぎ》らわしいことすんな。ほんで、そんなに売りまくらなあかん仕事、もうそろそろやめときや。ほんまに友達なくすぞ。かっこ悪い」

吐き捨てるように言った。

友達なくす……その言葉が胸に刺さった。ちゃんと友達を見てこのビジネスを勧めているし、最初にスポンサリングした友達とは疎遠になったけど、今は新しい縁が続々とできている。最年少ゴールド最有力候補とみんなの尊敬の的だ。

友達はむしろ増えてるし、と真瑠子は一瞬にして開き直る。

かっこ悪い？　ってなんやの、と言い返しかけたが堪えた。ここで口答えしたら倍、いや何十倍にもなって小言が返ってくる。

「パパ、もう行かなあかんやろ。ほらほら」

母が父の背中をポンポンと叩いて促し、二人は真瑠子の部屋から出ていった。

真瑠子はベッドの上に腰掛けたまま、昨日の祖母との電話を思い出した。

——真瑠子、マット着いたで。おおきにな。これ、敷いて寝るだけでええんやな。スイッチとか、ないねんな？

——うん、敷くだけ。ほんで寝てる間にめっちゃ効果があるねん。

背後で祖母の可愛がっているトイプードルのあんこが吠えていた。電話で交わしたのはそんな呑《のん》気《き》なやりとりだけだ。

予定していたよりも随分早くに起きることになってしまった真瑠子は、Tシャツと短パン姿でのそのそとリビングに下りていった。

まだパジャマ姿でキッチンに立っていた母が真瑠子に気づいて、「コーヒー飲むやろ？」と、テーブルに花柄のマグカップを置いた。

サーバーのコーヒーをカップに注ぎながら、母がことの顛末《てんまつ》を話し始めた。

昨日の夜、あきら伯父が父に電話をかけてきたそうだ。

——真瑠子は一体何やってんねん。

得体のしれない磁気マットレスが届いた。送り主は真瑠子だ。祖母によれば、腰が痛いと言ったら使ってみたらと送ってくれたという。祖母は中に入っていたパンフレットを差し出しながら「私の貯金から真瑠子に代金を払ってあげて」とあきら伯父に言ったらしい。

「あんたはばあちゃんに一回使ってみたらいいよ、って送っただけなんやろ？」

「うん。一つ余ってるから、とりあえず使ってみて、って言っててんけど」

祖母が「使ってみて良かったら買うで」と言ってくるのを、心の底で期待していなかったと言えば嘘になる。

（ばあちゃん……）

祖母の気持ちはありがたい。真瑠子と電話した後すぐに、伯父に支払いのことを言ってくれたのだろう。しかし急にそんな話を聞かされて伯父も驚いたに違いない。決して安いものではないのだから。

「あきらさんも、びっくりしてたみたいやで。なんで真瑠子がそんなことやってるんや、って。あんな高額マットを口コミで売ってるのはおかしいんちゃうか、ちゃんとした物やったら店頭で売ってるはずや、ねずみ講まがいのことは恥ずかしいからやめさせた方がいいとか、パパもいろいろ言われたらしくて」

真瑠子はカップを握りしめた。

「なあ真瑠子、その仕事、大丈夫なん？　ちゃんとした仕事やったら恥ずかしいとは言わんけど、ほんまにあんたがせなあかん仕事か？」

母は動かしていた手を止めて椅子に腰掛け、真瑠子の顔を正面から見た。

「うん、大丈夫。ほんで、私が……せなあかん仕事やと思う」

母はじっと真瑠子の顔を見た。

「そうか。ほんならもう言わんけど、私も昨日は聞いてて腹立ってきてな。あきらさんになんでそんな言われ方せなあかんねん、って。だから今後はもう一切、親戚とかには勧めんときな。な」

真瑠子は黙って頷いた。

ママ、そんな思いさせてごめんな……と、喉元まで出かかった。だが自分は誇りを持って仕事をしているはずだ。

謝るのはおかしい気がして、結局口には出さなかった。

「ほんであれやねん。ママは別にな、真瑠子がやりたいんやったら、その仕事はがんばったらええと思ってるで」

母は続ける。

「友達も少なくて、引きこもり気味やったあんたが、やっとやりがいある仕事見つけたのは嬉しいで。でもな、ほんま言うともっと普通のこととして楽しんで欲しいねんよ。友達と映画観にいくとか、旅行するとか、デートするとか。真瑠子を見てたら、四六時中セミナーとか言うて周りがまったく見えてへんから、ちょっと心配になるねん」

そう言うと母はテーブルの上のパン屑を指で集めながら、今度は昔からあまり反りの合わない伯母への愚痴《ぐち》をブツブツとこぼし始めた。

「あ！　真亜紗！」

あの子まだ起きてきてないやんか、と脱いでいたスリッパもそのままに、母は慌てて二階へ上がっていった。

真亜紗を起こす母の声が聞こえてくる。真瑠子は飲みかけのマグカップを片手に、すっかり冴《さ》えた頭で部屋へと戻った。

——あんたがせなあかん仕事か？

母の言葉が頭の中で繰り返された。

そうだと答えた。

今、自分がしなくてはならないことがこれだと信じている。

引き返したり、立ち止まったりはできない。

だって、もう走り出しているのだから――。

マグカップをテーブルに置いた。横にある赤い眼鏡を見つめる。

(ばあちゃん。気持ちだけ、おおきにな)

祖母は小さい頃から、真瑠子のヒーローだ。

早世《そうせい》した祖父の店を継ぎ、女手一つで父たち兄弟四人を育て上げたスーパーウーマン。

小さい頃から祖母の喫茶店には、いとこや友達がたくさん集まっていた。

赤い眼鏡にエルメス風のスカーフがトレードマークの祖母は、みんなの人気者だった。

一昨年、喫茶店は経営不振のために閉店した。

――眼鏡もこんなにたくさん必要ないな。

幸運の眼鏡やからと、祖母はコレクションの中から一つを真瑠子に授けてくれた。

2

八月三十一日。いよいよゴールド昇格挑戦の最終日だ。

真瑠子は丹川谷のマンションでローン通過の連絡を待つ予定にしていた。

丹川谷のマンションに着いたのは十五時前だった。

竹田は一ヶ月目、真瑠子は二ヶ月目のゴールド挑戦だ。丹川谷の神戸ラインで一ヶ月目を達成間近だというメンバーも一人来ていた。

「俺んとこが全部決まれば、姉御の数字ちょっとでも助けられんのにな」

竹田がフローリングの床にあぐらをかいて、持ち込んだ缶コーヒーのプルトップを引く。

今日、竹田グループが申請している六台が決まれば合計五十二台、七百八十万円となる。さらに、望月グループの審査待ち三件が決まれば、真瑠子の二ヶ月目の合計は一千万円を余裕でクリアできるはずだった。

だが不安は隠せない。時間がなかったために、無理を通してローン用紙を巻いてしまったケースがあったからだ。

「はい、はい。ありがとうございます」

隣で電話を受けていた、丹川谷の神戸ラインの男性が声を出す。電話を持ったまま笑顔で、部屋を出てダイニングの方へ向かった。

「丹川谷さん、オッケーです。ラスト、オッケーです!」

「おおー。おめでとう!」

丹川谷の嬉しそうな声が聞こえた。竹田、伊地知、真瑠子もダイニングに移動して「おめでとうございます」と祝福した。

ダイニングの入り口付近に立っていた竹田が、はっと気づいたように胸元のポケットから携帯を取り出した。電話がかかってきたようだ。

「もしもし。はい、竹田です。はい、はい。ありがとうございます」

返答しながら、真瑠子と伊地知の方を向いて片目を瞑る。三人で目を見合わせて頷いた。

「おめでとう竹やん!」

電話を切った竹田の背中を叩く。丹川谷も竹田のもとにやってきて、肩を叩き、力強く手を握った。

喜びをその場にいるメンバーで分かち合った後、竹田が真瑠子に向かって言った。

「姉御、ごめん。うち二件あかんかった」

もちろん竹田が謝ることではない。

竹田グループは今の電話で五十台が決まった。目標の七百万円を五十万円上回り、一ヶ月目をクリアしたのだ。自腹で一台突っ込んだ真瑠子とは大違いの、上々の結果と言える。

「大丈夫、竹やん。心配してくれてありがと」

伊地知が横で、メモを見ながら言う。

「姉御んとこは後、望月くんの三件と、もう二名ん合計五件待ちじゃなあ。締めて七十五万円。これが全部いければ六十七台、一千飛んで五万円で達成！」

伊地知は、望月グループのこともよく知っているので、真瑠子のグループ全体の数字を把握していると言っても過言ではない。時々丹川谷がそんな伊地知を「鹿水組の番頭さん」と呼ぶこともあった。

「そやな。全部通りますように」

真瑠子は祈るように手を組んだ。

先月のこともあり、審査に通らなかった場合、現金を突っ込むことに決めていた。

これについては事前に相談し、丹川谷から金を借りることになっている。

丹川谷と真瑠子の権利の差額分を「後でバックしてあげるから。その方が真瑠ちゃんの痛手が少ないやろ」と申し出てくれたのだ。

現在、丹川谷はゴールドなので四十五パーセントの権利を持っている。

真瑠子はシルバーランクで二十五パーセントの権利だ。

仮に二台分、三十万円を突っ込む場合、真瑠子には二十五パーセントのコミッション、七万五千円が入る。アップの丹川谷には、真瑠子との権利差二十パーセント分、六万円が入る。この金額を丹川谷は真瑠子にバックすると言ってくれたので、両方合わせると、十三万五千円になる。これを返済時に使えば、真瑠子の借金は実質四十五パーセント引きの十六万五千円で済むことになる。

現金分の名義は、真瑠子の両親の名前と、丹川谷の彼女の両親の名前を使用することになっていた。

丹川谷の両親の名は、とっくに彼が名義として使用している。

代筆で書き込んだ用紙をあらかじめ作っておいた。先月は真面目に真亜紗本人に書いてもらったが、そんなルールは無視だ。

筆跡がバレて追及されるようなことは、絶対にないことがこれまでの経験からわかっていた。問題なく売り上げが立っていれば会社は何も言わない。

無事に昇格できれば、真瑠子の権利は四十五パーセントになる。竹田との権利差は二十パーセントだ。

ということは、来月予定される、二ステップ目の竹田グループの売り上げ一千万円の二十パーセント、つまり二百万円のコミッションが再来月には手に入るはずなのだ。

そこで、借金は一気に清算すればいい。

セミナールームのガラステーブルの上に置いた真瑠子の携帯が、バイブレーションで跳ねた。液晶画面にはＨＴＦ大阪支社の名前が表示されている。

「もしもし。はい、はい。ありがとうございます」

告げられた内容は、一件の通過と二件の不通過。ひとまず、二件の現金投入が確定した。

息を吸い込んで、口からふっと吐き出した。

残り二件の結果を祈るような気持ちで待つ。

丹川谷も心配そうにダイニングから顔を覗かせている。

「姉御、大丈夫やで」

竹田が声をかけてくる。

三十分後、電話で追加の審査結果が知らされた。一人が通過で、一人は電話確認が取れなかったために今日の時点では保留扱いとなった。

――三台の自腹。

電話を切って、真瑠子はもう一度大きく深呼吸した。

(終わった……)

プレッシャーとの戦いだった。チャレンジに成功した安堵《あんど》と、現金の投入なしでクリアできなかった悔しさが複雑に絡み合って真瑠子を襲う。丹川谷と竹田たちに結果を伝えた。

「真瑠ちゃん」

丹川谷が、真瑠子をダイニングの向こうにある寝室へ呼び出した。

部屋に入ると、丹川谷はベッドサイドのテーブルから、膨らんだ銀行の白い封筒を出した。一万円札を数え、五十万円を真瑠子に手渡した。マットレス三台分以上の金額だったが、「キリの良い数字にしとくわ」と丹川谷は言った。おそらく真瑠子の懐事情を慮《おもんぱか》ってのことだろう。

「真瑠ちゃん、念のため、数えて」

真瑠子は不慣れな手つきで紙幣を数えた。

「確かに五十枚です」

丹川谷が複写式の領収書に、今日の日付と金額をボールペンで記入した。受け取ると、真瑠子は下に自分の名前と住所を書いた。

(借金五十万円プラス)

自分の借金は合計でいくらになったのだろうか。

ちらりと不安が心中をよぎったが、真瑠子は気づかぬふりをした。

ゴールドに昇格すればどうにかなるに違いない。

(とにもかくにも終わった。ついにゴールドだ)

〝ゴールドの鹿水真瑠子〟

二ヶ月前、頭の中で初めて言葉にしたことが実現したのだ。

〝ゴールドの鹿水真瑠子〟

最年少での達成。

〝ゴールドの鹿水真瑠子〟

生まれて初めて自分についた、誇れる肩書き。

借金を重ねていることの不安が徐々に薄らぎ、夢を叶えた高揚感が真瑠子の胸中で膨らんでいった。

「ほんなら、竹やん、番頭さん、頼むで」

丹川谷が、ダイニングで待っていた竹田と伊地知に言った。

「お任せください！　ほな姉御、行こう」

竹田は、もし真瑠子が大阪支社に現金を支払いにいくのなら自分が車で送っていくと、待ち時間に申し出てくれていたのである。

真瑠子は、白い封筒をしっかりとトートバッグに入れた。名前の入った推進会申込書もあることを確認して頷いた。いざという時のために用意していた申請者名義の三文判も持っている。

丹川谷のマンションを出て、パーキングへと向かった。

「姉御、いよいよじゃしねえ」

伊地知が言った。

「あかん。俺、嬉しい」

竹田の声が弾んだ。

「とうとう波の上に乗ったったで」

真瑠子は喜びを爆発させた。

車に乗り込んでフロントガラスの先を見つめる。

夕暮れ時なのにまだまだ明るい空の下を、三人を乗せた車は走り出した。

「おはよう、真瑠ちゃん」

のそのそとダイニングに行くと、冴実《さえみ》がヨガマットの上でストレッチをしていた。

丹川谷の彼女の冴実は、北新地のクラブで働く売れっ子ホステスで、丹川谷いわく「俺の倍は稼いでるはず」のきれいな優しい女性だ。

すっぴんでも可愛い冴実に「昨夜はすいません」と、真瑠子は謝った。

入金を済ませ、お祝いに居酒屋で乾杯をした。その席には望月も、妹の真亜紗もやってきた。当然、夜更けまで大騒ぎして終電を逃し、その後みんなで丹川谷のマンションに戻ってきたのだ。

興奮が冷めやらず、再び飲み始めた記憶はしっかりとある。泊まりに来ていた冴実とも祝杯を挙げた。

「大丈夫。あんな酔い方なんか、可愛いもんよ。もっとタチの悪い酔っ払いと、いっつも渡り合ってるからさ」

お茶にしといた方がええかな、と立ち上がり、冴実は冷蔵庫から出した冷たいお茶をグラスに注いで真瑠子に渡した。

「それより、真瑠ちゃん、ゴールドほんまにおめでとう」

「はいっ」

真瑠子はその喜びを一夜明けて改めて思い出し、大きく返事をした。

「お父さんの名義、貸していただいて、ありがとうございます」

買い込んだ三つのうち、一つは冴実の父の名義だった。残り二つは自分の両親の名義だ。

「ううん。だってうちは何もしてないもん。全然問題なしやよ」

真瑠子はお茶を口に運んだ。

「美味しい」

「でしょ。お客さんにもらったハーブティーなんやけど、最近はまってってね」

「可愛いものが増えましたね」

真瑠子はダイニングを見回しながら言った。

「そうやねん。自分の部屋は借りたままなんやけど、最近は結構ここで過ごしてるかな」

ここ二ヶ月は、ＨＴＦの会議室でセミナーをすることが増えた。その分丹川谷のマンションに集まる機会が減ったので、冴実も安心してここで過ごせるのだろう。

「勝信はもうジムに出かけてしもて。好きなトレーナーの予約が取れたんやって」

冴実は長い腕を伸ばしながら言った。

「午後からイベントの打ち合わせのはずやから、真瑠ちゃんが起きてこんかったら起こしてあげて、って言われてんけど、大丈夫？」

真瑠子は飲みかけていたハーブティーを噴き出しそうになった。

そうだった。打ち上げの最中にその話題になり、忘れないようにと手の甲にペンで書いたはず……。見てみると、薄くはなっているが、古傷の横に殴り書きの文字が残っていた。

〝14：00 梅田キーフェル〟

アイランドキッチンの上に置かれた小さな時計に目をやると、十三時になろうとしていた。

真瑠子は慌ててハーブティーを飲み干すと、冴実に礼を言って、身支度を始めた。

3

九月中旬、その日はやってきた。

HTFコンベンションが開催される朝だ。

ドアをノックする音と同時に「真瑠子」と呼ぶ声がした。

真瑠子の返事を待たずに扉が開いた。

ロングTシャツにレギンス姿の母が立っていた。

「今さっき、あきらさんから電話あって。ばあちゃんが倒れて病院運ばれたらしいねん」

「ばあちゃん？　なんで？」

聞けば、庭の手入れをしている時に蜂に刺されて意識を失い、病院に搬送されたらしい。

祖母は以前蜂に刺されたことがある。その際の検査で蜂毒にアレルギーがあることが判明した。医師によればもう一度刺されたらアナフィラキシーショックで重症化し、命に関わる恐れもあるという。用心するよう言われていたのになんで……。

「ほんで今は？」

「藤江の総合病院に運ばれた、って。なんせ意識ないし、心配やから、今から私とお父さん病院行ってくるわ。真亜紗も一緒に行くて。あんたも行こう」

（ばあちゃん）

祖母のことを思いながらも真瑠子は黙ってしまった。

壁には、今日着る予定のイエローのスーツがかけられている。

（どうしよう）

時計を見た。

会場には十一時半までに入ることになっている。九時半には家を出るつもりだった。

現在の時刻は八時。今から病院に行って帰ってきて支度して……。

いやいや、無理だ間に合わない。スーツを着て病院に行けばなんとか。

ダメダメ。こんな浮かれた色のスーツなんか着て病院に行けない。

じゃあ、スーツを持って病院に行けばいいのか。病院からそのまま会場に……。

——だめだ。もし祖母の容態が急変したら、逆に病院を出られない。

いや、むしろその場合、祖母のそばにいるべきではないのか——？

でも、今日はどうしてもコンベンションに出席したいのだ。
しなければならない。
だって……。
この日のためにがんばってきたのだから。
一瞬にして様々な考えが頭の中を駆け巡った。
(ばあちゃん)
真瑠子は目を瞑って唇を嚙みしめる。
どうしてこんなタイミングなんだ。
階下から「ママ〜」と真亜紗の声が聞こえた。
「今日も仕事抜けられへん……か?」
真瑠子の沈黙を理解した母が、あきらめたような口調で小さく言った。
先月の祖父の墓参りの日にも、急なアポイントが入って行けなかった。
「うん……」
真瑠子は言った。
母は呆れたようにため息をついた。
「ごめんママ」
真瑠子がそう言い終わらないうちに、ドアが無情に閉められた。
(ばあちゃん、ごめん。ほんまにごめん)
閉じられたドアを見つめながら、真瑠子は何度も繰り返した。

住之江区南港にあるコンベンション会場に、時間通りに到着した。

入り口で、制作会社のスタッフからパスをもらい首から提げた。カードにはHTFのロゴマークと、小さく〝HealTh Forever〟の文字が書かれている。

祖母のことを思い出して顔が曇りかけたが、今は切り替えねばと自分に言い聞かせる。

「真瑠子さん」

先に着いていた一朗がパクと一緒に奥から現れた。パクはイベント制作会社のアシスタントで、チーフの村上《むらかみ》と一緒に、今日のすべてを準備してきた。いつもの打ち合わせ時とは違う黒のスーツを着込んでいて、いかにも黒子《くろこ》という出立《いでた》ちである。

「きれいな色ですね」

パクが真瑠子の服を見て言う。

「ありがとうございます。パクくんも一朗さんも雰囲気変わりますね」

一朗は少し光沢のあるスーツに薄いブルーのシャツ。同系色でまとめられた、いつもとは違う装いに気合が感じられる。

「ついに本番ですね」

一朗が言った。

「はい。あっという間でしたね」

真瑠子は鉄板焼の店で、初めて滝瀬や一朗と会った日のことを思い出していた。

「滝瀬さんに話を聞いた時はまだ、ゴールドへのステップも、コンベンションも想像できませんでしたもんね」

一朗も感慨深そうに言った。

それから一朗と真瑠子はパクの後ろについて会場全体を確認して回った。新調したパンプスは何度も脱げそうになったが、よろける真瑠子を一朗がその度に支えてくれた。

会場、商品展示場所、控え室など、一通り確認してエントランスに戻った。

ちょうど竹田と伊地知が到着したところだった。二人ともいつものスーツ姿だが、白ではなくカラーシャツだ。普段は緩めているネクタイも、今日はきちんと締めている。

「竹やん、目の下、すごい隈《くま》やな。大丈夫？」

真瑠子は心配して声をかけた。

今月がステップ二ヶ月目の竹田は、昼の仕事を続けながらの活動だ。目下、不眠不休と言っていいほどのスケジュールでがんばっている。

「姉御〜。死にそうや〜」

ゾンビのような動きで、真瑠子に近づいてくる。

「絶対死ねへんわ」

知らんけど、と肩を叩き、控え室の場所とリハーサル開始の時間を伝えた。

後ろにいる伊地知には受付を頼んでいるので、入場係のスタッフに紹介した。

やがて、続々とゲストやスピーカーたちが到着し始めた。

真瑠子は会う人、会う人に「おめでとうございます」と祝福された。

顔の筋肉が休まる暇もない程に、笑顔で「ありがとうございます」「嬉しいです」「おかげさまで」「がんばります」と繰り返した。

こんなに人に祝福してもらったのは、生まれて初めてだ。

そもそも、ＨＴＦを始めるまで、人と話すことすら、関わることすら避けていたのだ。

真瑠子は完全に舞い上がっていた。

今日のイベントが、自分一人のために用意されたものではないかという錯覚に陥《おちい》るほどに。

ようやく女性控え室に入って腰を落ち着けると、仙石がヘアメイクの男性と一緒に入ってきた。

一朗から聞いていたが、ヘアメイクをつけるなんてさすが女帝だ。

「真瑠子ちゃん、遅れたけどおめでとうね」

「ありがとうございます」

真瑠子は笑顔で答える。

「これからも数少ない女性ゴールドとして、一緒にがんばりましょうね」

と声をかけられ、ガッチリと握手した。

握られた手が熱い。かけられた言葉が重い。ゴールドとして一線を走ってきた仙石には、それに相応しい圧があった。

自分だってゴールドだ。しかも最年少でその地位を獲得したのだ。真瑠子は仙石の圧に負けぬよう、しっかりと目を合わせた。

「はい。一生懸命がんばります」

開けっぱなしの扉の外が騒がしくなった。滝瀬と守本寛治郎、HTF社長の三名が後五分ほどで到着するとスタッフが知らせてきた。

真瑠子はすぐさま男性控え室の丹川谷と竹田に声を掛け、一緒にエントランスへと向かった。

「真瑠ちゃんも竹やんも、守本さんと社長に会うの初めてやもんな。緊張するやろ」

丹川谷が言った。

「楽しみです」

真瑠子は歩きながら声を弾ませた。

昇格して本当に良かった。自分がゴールドとして対面できることが、誇らしい。

エントランスには錚々《そうそう》たる人たちが顔を揃えていた。写真で顔を見たことがある東京や他エリアのゴールドメンバーだ。

出迎えの人の多さと熱気で場が沸き立っている。しばらくして、一台の大きな白い車が近づいてきた。

「ハマーリムジンや！」

竹田が横で言った。

「絶対、滝瀬さんの趣味やで、リムジンの中でもハマーを選ぶんは」

竹田の言葉に、隣の丹川谷が口元を緩める。

車体が長く高さもある。目の前に停まった車の迫力に、真瑠子は圧倒された。

運転席からドライバーが降りてくる。白い手袋をはめた手で後部座席のドアを開けた。

最初に出てきたのは滝瀬だった。今日はハーフパンツではなく、きちんとスーツを着込んでいる。

カラーシャツにネクタイなしの装いで、開けられた胸元にはシルバーのネックレスが光っていた。

「滝瀬さん、お疲れさまです」

大きな声を掛けられて、滝瀬は「こんにちは、皆さん」と応える。

ドアの中に鈍く光る革靴が見えた。シルバーグレーの髪をオールバックに撫でつけた、写真のイメージと少しも変わらない守本寛治郎が姿を見せた。

拍手が湧いた。それは次第に大きくなる。真瑠子と竹田も合わせ手を叩いた。

「守本さん、ようこそおいでくださいました。わざわざ大阪までありがとうございます！」

仙石が口火を切って、皆を代表するように守本に声をかけた。いつも以上に口紅が盛られていて、口の動きが大きく見える。

口角をわずかに引き、守本は軽く頷く。背は滝瀬より小さいが、恰幅《かっぷく》のよさとティーアップにより、その佇《たたず》まいは大きい。

最後にHTF社長が車から出てきた。眼鏡をかけ、カジュアルな雰囲気を纏《まと》った若き社長に、大阪支社のスタッフ、丹川谷や他のゴールドが駆け寄り、口々に礼を述べている。

案内係である制作会社の黒服スタッフが挨拶を済ませると、インカムを操りながら、三人を控室へと案内した。集まった人々が散っていく。

真瑠子は皆の後ろ姿を見つつ、ようやく始まった長いイベントの段取りを頭の中でなぞっていた。

その時、リムジンから一人の女性が降りてきた。

ピンクのドレスから伸びたきれいな脚、艶のある長い髪。一瞬見入ってしまった。

牧枝亜希菜だった。

先月、亜希菜は一千万を超える数字でワンステップ目をクリアしたと聞いた。

リムジンに乗っているということは、滝瀬や守本たちが宿泊しているホテルから一緒にやってきた、ということなのだろう。

VIPのアテンドを亜希菜に頼んだ覚えはない。滝瀬のフロントだから、同行していたとしてもおかしくはないが、一介のゴールドワンステップ者がVIPと一緒にリムジンに乗ってきたことに違和感を覚える。

亜希菜と目が合った。

彼女は動じることなくにっこりと微笑むと、「お疲れさまです」と言った。真瑠子は愛想笑いを浮かべて「お疲れさまです」と返した。

滝瀬と初めて会った日、彼女と遭遇したことを不意に思い出した。

ホテル日航の客室に繋がるエレベーターホールから歩いてきたのだ。

あの前日の夜、滝瀬は誰とも会う約束はないと、丹川谷が言っていたのに――。


急ぎ足でVIP三名の控え室に向かった。手元の携帯には〈真瑠子さん、どこですか？〉という、一朗からのメッセージが入っていた。

控え室の前で一朗、村上、パクと合流すると、代表して村上がノックをした。中から滝瀬の返事が聞こえるのとほぼ同時に、ドアを開けた。

滝瀬が守本と社長に、今月ゴールドに昇格したばかりの大阪のホープだと、一朗と真瑠子を紹介した。

「八塚さんと鹿水さん。よく、粘られましたね。八月にステップ二ヶ月目とは大変だったでしょう。でも、そのがんばりがそれぞれの、未来の礎《いしずえ》になるはずです」

ゆったりとした口調で、守本は一朗と真瑠子を労った。

今まで、散々雲の上の人だと聞かされていた人から受ける言葉は、深く心に響く。

「ありがとうございます。今後も精進いたします」

一朗がそつなく答えた。真瑠子も頭を下げ「ありがとうございます」と続けた。

では早速、と村上が今日の内容と進行スケジュールを、三人のVIPに説明し始めた。

「制作担当の私、村上とパクです。本日はよろしくお願いします。今から約二十分後、十二時から会場Aホールにおきまして、通しのリハーサルが始まります」

パクが進行表と、数枚の資料をソファに腰掛けた三人に渡した。

「オープニングはＨＴＦ社長のご挨拶からとなります」

村上は社長と目を合わせて確認を取る。

「ご挨拶の後、こちらで制作致しましたカイミン・ツーのＰＲ映像を流します。これが約三分。次に大阪福祉大学の教授による『磁気の人体における効用』というタイトルの講演約三十分。続いて、吉川興業の芸人さんにマットネタの漫才を披露していただきます」

村上が手元の資料を捲る。

「それが終わりますと、全国のメンバーから集めたセミナーの様子や、コメントの数々を編集しましたクリップ映像が流れます。それが約十五分です。その間に、ゴールド二十五名とステップクリア者十八名の皆さまに壇上に上がって控えていただき、映像終わりで、皆さまの紹介。ゴールドは代表で仙石さまと丹川谷さまがスピーチを。次にスーパーゴールド代表で滝瀬さまのスピーチ。そして最後に守本さまのスピーチとなります」

村上は淀みなく、簡潔に内容を説明した。言葉を切ると一朗に視線を送った。

「締めて二時間三十分を予定しております。何か、ご不明点がございましたら、私か鹿水さんをいつでもお呼びください」

最後は一朗が締めた。

滝瀬は企画委員長をしているので、もちろんすべてを把握している。

時間がすぐにやってきて、リハーサルが始まった。

会場であるＡホールのステージ近くには、すでに主要メンバーが集まっていた。

元アナウンサーの女性司会者がよく通る美しい声で段取りを繋げていく。挨拶や映像はやったていで省略する。

女性の大学教授には実際にステージに上がってもらい、ＰＡチェックをした。

芸人たちにも出るタイミング、立ち位置を確認してもらった。

そしていよいよ、ゴールドとステップクリア者の登壇である。

丹川谷のアイデアで場内をレーザーが飛び交い、スモークが焚《た》かれ、音楽が爆音で鳴り響く。刺激的で幻想的なステージが浮かび上がった。

真瑠子と一朗はステージに上がった。丹川谷と竹田の姿もある。

牧枝亜希菜も見えた。目を引くピンクのドレスが黒っぽいステージによく映えている。

ケチをつけるとすると、巻きすぎの髪と、下品に見えるエナメルのパンプスだろうか。

（ケチつけへんでもええんやけど）

真瑠子は自分の靴が、平凡な黒いパンプスであることを思い出して彼女から目を逸らした。

ここへ来ることが叶わなかったゴールドもいるので、総勢で三十九名の人間がステージに上がる。一列では収まらず、数列になった。

演出ディレクターが、司会者が読み上げる名前の順にゴールドの立ち位置を指示していった。

ゴールド二十名近くの名前が読み上げられる頃には、皆の動作も決まってきた。

きれいに並んで立ち位置も定まった頃、ようやく今月ゴールドに昇格した者の名が呼ばれる番になった。

「八塚一朗ゴールド」

一朗の名が呼ばれた。彼は立ち位置から、一歩踏み出して一礼した。

最後に、やっと真瑠子の名前を司会者が口にした。

「鹿水真瑠子ゴールド」

その響きが真瑠子の脳天を突き刺した。

全身の細胞が沸き立ち、瞬間的に三千人の視線を感じる。痺れるような快感が、指先まで走った。

真瑠子の体中が歓喜と興奮で弾んでいた。

頭上と両脇から差し込まれる眩しい光を受けながら、真瑠子は顔を上げて前方の闇を見つめた。

立っている位置から一歩前へ踏み出して、頭を深々と下げた。

観客はまだ誰もいない。

4

アフターと呼ばれる、コンベンション後のフォロー会も大詰めを迎えようとしていた。

施設内にある大きめのカフェに予《あらかじ》め目をつけていたのだが、同じようにアフターに入るＨＴＦのメンバーたちが、こんなにひしめいているとは想像していなかった。

あちこちで席を確保できないグループを見かけた。真瑠子のグループはなんとか施設のカフェ内に陣取ることができた。

手首の腕時計に目をやった。

（ばあちゃん……）

少しでも祖母の容体が変化したら、母か真亜紗が連絡をくれることになっている。携帯を確認した。待ち受け画面は祖母の愛犬、あんこの写真だ。家族からの連絡は入っていない。

小さく安堵する。

コンベンションは最高だった。

竹田と真瑠子がステージに上がってスポットライトを浴び、丹川谷のスピーチが喝采《かっさい》を博したことで真瑠子グループの熱気は高まっていた。

身近な人間があの華やかな場所で注目を集める。それが今、がんばっているダウンたちのモチベーションとなる。

「次は自分たちも」という気持ちが現実的に立ち上がってくるのである。

得てして「成功へのイマジネーション」は、日々の地味な活動の中に埋もれがちだ。コンベンションは、その地味な活動にライトを当てる重要な催しなのだと真瑠子は実感した。

初めて聞いた守本の話は素晴らしかった。

守本が健康について真剣に取り組むようになったきっかけの、母親との絆《きずな》の話。そして人生に花を咲かそうという「花咲く会」への取り組みの話。

——本当の豊かさ、とはなんでしょうか？

守本は、静まりかえった会場に、ビロードのように滑らかな声を響かせた。

真瑠子の脳裏には、まだ鮮明に守本の言葉が残っている。

——皆さんが今、どうしてここにいらっしゃるかわかりますか？

守本は遠くの誰かを見つめていた。

——生まれてきた意味、がわかるでしょうか？

コンベンション終了後に、守本に感想を述べた時もその話を思い出して涙を流してしまった。

「鹿水ゴールドは優しい方ですね」と、皆の前で守本が真瑠子に言葉をかけた。

真瑠子はそれを聞いて手を握りしめ、さらに目に涙を溢れさせた。

数名のメンバーがもらい泣きをしているのが目に入った。

目の前のテーブルでは、望月が三人のメンバーと熱心に話し込んでいる。その向こうでは竹田が二つのテーブルの間で、ノート片手に何かを語っている。

伊地知はまた別のテーブルで、自分のダウンメンバーと沸き立つような笑い声を上げている。

「鹿水さん！　良かったら紹介させてください」

竹田がテーブルを見渡していた真瑠子を呼んだ。

入会して間もない人がその場にいる時、竹田は真瑠子のことをきちんと名字で呼ぶ。

見ると、テーブルの端に真瑠子たちよりは年上だと思われる、初めて見る男女がいた。真瑠子はテーブルに近づいた。

竹田が彼らの名を真瑠子に告げる。真瑠子は背筋を伸ばして、仰々しく握手をした。

「初めまして、鹿水です」

余計なことは喋らない。手を握り、にっこり微笑むのが役割だ。

「すごいですね鹿水さん、最年少ゴールドだとか」

男性が真瑠子に言った。

目が輝いている。竹田のティーアップ効果はすごい。

「いえいえ。一緒に走っているメンバーを夢中で応援していたら、自然とゴールドに昇格できただけです。このビジネスのいいところですよね。ダウンメンバーの成功が自分の成功に繋がるんです」

女性は横で「へえ」と頷いている。

「ゴールドだと収入が七桁いくそうですね。若いのにほんまにすごいですね」

男性が感心して言った。

——真の豊かさとは三つの〝自由〟から成り立っています。〝経済的自由〟〝精神的自由〟〝時間的自由〟の三つです。お金だけがあっても豊かだとは限りません。この三つの自由が揃ってこそ、真に豊かだと言えるでしょう。

守本のスピーチが真瑠子の頭の中でリフレインされる。後ろから、伊地知がそっと近寄ってきて、話している真瑠子の肩を叩いた。

「姉御、終わったら、こっちのテーブルもお願いします」

伊地知が耳元でささやく。

真瑠子は「では、一緒にがんばりましょう」と優しい声で言った。軽く会釈すると二人の前を離れ、伊地知グループのテーブルへと向かった。

そこにはまだ学生のような雰囲気の男性一人と、女性二人の三人組が座っていた。

真瑠子に気づくと、女性たちの顔がパッと明るくなった。伊地知が三人とも歯科衛生士なのだと紹介した。

「わあ。さっき、ステージに上がってた方ですよね？」

真瑠子はにっこり微笑んだ。

伊地知が、いつもの鹿児島弁で、真瑠子をティーアップして紹介する。

「滅多に同じテーブルで話されへんのやで」

「今日は来て良かったやろ」

「ほんのこて三人ともついちょっが」

「ラッキーとはこんこっやな」

真瑠子はそれぞれを紹介してもらう度に、一人一人の目をしっかり見て握手をした。

「一緒に夢を追いかけましょう」

真瑠子は言った。

「やったー。なんかすごいな。いっちゃんと会《お》うて良かったわ」

最後に握手した女性が言う。

「ネットワークビジネスのよかとこいじゃな。人と人とん繋がりで縁が広がっていく」

伊地知が満面の笑みで言った。

——見えない糸のようなものが絡み合って、人間は自分の必要な人と出会うのです。それは、〝ご縁〟という名の〝運命〟なのかもしれません。

伊地知のテーブルから立ち上がると、こちらを振り返った望月と目が合った。真瑠子は、頷いて望月のテーブルへ向かった。

祖母のことがあったので、今日は先にアフターから抜けると、あらかじめ竹田や望月には告げていた。

真瑠子は祖母のことを再び思い出して、素早く携帯に目をやった。家族からの連絡はない。

(よかった)

真瑠子は望月のテーブルでのフォローを終えると、最初についたテーブルに戻った。伝票のクリップに、自分のお茶代として千円札を一枚挟んだ。

財布の中にそっと視線を落とすと、残りは千円札が三枚だけになっていた。コンベンション参加費の二万円が痛い。

先月のＨＴＦからの報酬は十万と少しだった。ゴールドのワンステップ目を踏んだ七月分に対してのコミッションだ。七百万円を売り上げても、そのほとんどは竹田、望月からのもの。同じシルバーランクで権利に差がないので、彼らからのコミッションはゼロだ。

他のラインの売り上げが芳《かんば》しくなくこのような結果になった。

二ステップ目の報酬が入金されるのは今月末だが、それも十五万円にも満たない額になる見込みだ。

厳しい。

クレジットや携帯電話代などの支払いを終えた後は、ほとんど手元に残らない。

来月末にはゴールド昇格後初の収入で約二百万円が入り、ようやく取り返せるが、それまではかつかつの生活を余儀なくされるだろう。

真瑠子はカフェを後にした。

駅のホームで電車を待っていると、海の匂いを含んだ風が頬を撫でた。

背後を気にしてから財布をもう一度開き、小銭が後いくら残っているのか、一枚一枚数えた。

「ゴールドだと収入が七桁いくそうですね」と言われたことを思い出す。

(ええ。でも本当は、ゴールドになった翌々月にね)

もう一度、頬に風を感じた。

――戦わない人が、必死で戦うあなたを笑ったとしても構いません。あなたはあなたの信じた道を行けばいいのです。あなたの〝花〟を咲かせるのです。もう種は蒔《ま》かれているはずです。後は、知識や勉強という水を、栄養をあげましょう。芽を出し、つぼみが膨らんだら、それはあなたの人生の中で大きく花開くのです。さあ、一緒に咲かそうではありませんか！　あなただけの花を！

守本の最後の言葉が頭の中でこだまする。

電車がやってくる音が聞こえた。

（千円札三枚で咲いてる花か……）

真瑠子は財布のジッパーを閉めて、顔を上げた。

5

白いフレームの出窓に、さっきフランフランで買ったアンティーク調の切子《きりこ》のワイングラスを二つ並べて置いた。

カーテンは黄色地に無造作なペインティング柄のおしゃれなものだ。その手前に青と赤のグラスを置くと、インスタ映えする写真が撮れそうだ。

グラスの奥に観葉植物があるともっといい感じの写真になるかな、と考える。最近は新規会員の獲得にも繋がる可能性を考えて、ＳＮＳを積極的に活用するようにしていた。

お洒落《しゃれ》な小物やインテリアの写真は、同じ趣味の人との交流のきっかけになり、オフ会などの催《もよお》しで親しくなるケースもあるという。蒔ける種は蒔いておきたい。

角度を変えて何枚かの写真を携帯で撮ると、グラスをダイニングテーブルの上に戻した。

テーブル上には、デパ地下のワインショップで薦められた赤のイタリアワインが料理を見下ろすように立っている。

前菜の薄いレンコンのチップスが、カーブを描いて重なり合いながら小さなガラスの器に載っている。楕円《だえん》形の白い皿に盛られたグリル野菜の横には、鹿肉のロティが並べられ、後はソースを待つだけという状態になっていた。

冷蔵庫には、二人で食べ切れるように小さなホールのクリスマスケーキが用意されている。

真瑠子は一朗が訪ねてくる予定の、十九時を待ちきれない気持ちでいっぱいになっていた。

大阪で初のコンベンションの日から、三ヶ月が経っていた。

真亜紗が望月と別れた。

理由は望月からも真亜紗からも聞いていないが、忙し過ぎるＨＴＦの活動が二人を引き裂《さ》いたと言っても過言ではないと思う。

祖母は元気に回復した。

あの危機を乗り越えたのだ。祖母はとことん強い人だ。

竹田は問題なく二ヶ月目をクリアし、ゴールドに昇格した。もちろん牧枝亜希菜も軽々とステップを踏んだ。

竹田グループでは、伊地知がその後に続くと思われたが、伸び悩んでいる。最近あまり元気がないので心配だ。

望月のグループも停滞し、ステップを踏めずにいる。

丹川谷は傘下にゴールドが三人出たので、スーパーゴールドに昇格した。

竹田と丹川谷の昇格祝いの席に、一朗も自分の傘下メンバーと一緒に駆けつけてくれた。

真瑠子は随分と酔っ払い、嬉しくて泣きじゃくった。気がつくと一朗が隣に座って真瑠子を介抱してくれていた。

今思うと、真瑠子の方から、一朗の隣に座ったのだろうと思う。

いけないと思いながら、一朗への気持ちを止められずにいた。

その後間もなく、真瑠子はやっと実現した七桁の収入をもとに、心斎橋で豪華なマンスリーマンションを契約した。

実家の藤江から大阪までの交通費もさることながら、通勤時間の長さも悩ましく、前々から考えていたことだった。

竹田と丹川谷のお祝い会から二週間後、マンスリーマンションに生活の基盤を移し、真瑠子は思い切ってそこに一朗を招待してみた。

一朗はパソコンにとても詳しかったので、セッティングを手伝って欲しいと言うと、すぐに見にきてくれた。

わざとらしいそんな理由はいくらでも作れた。

頭ではわかっていたが、部屋を借りた後は理性が暴走していた。一朗の自分への気持ちも薄々は感じていた。

わかってます。わかってます。わかってます……。心の中で念仏のように唱える。

テーブルの上に置かれた料理を見て、小さくため息を漏らした。

長く続けるわけにはいかない関係である。クリスマスを過ごすことだって、これが最初で最後になるのかもしれない。

そう考えると、まだ来ない今夜がとても貴重に思えてきた。

毛足の長いラグの上に放り投げていた携帯電話から、チャリンと、メッセージ受信を知らせる音が聞こえた。

真亜紗からのメッセージが届いていた。

真亜紗〈真瑠ねーちゃん、ハッピーメリークリスマス！〉

白い生クリームと赤い苺《いちご》のコントラストが鮮やかな美しいクリスマスケーキの写真が添えてある。
真瑠子〈何それ、めっちゃ美味しそうやん♪〉
真亜紗〈がんばって作ってん。どうよ！〉
見たことのない、眼鏡をかけた男の横顔が後ろに写りこんでいる。
真瑠子〈ねーねー、後ろのイケメンは？〉
真亜紗〈へへへ。どう思う？〉
真瑠子〈か、彼氏!?〉
真亜紗〈そんなとこかな～。今、ええ感じ〉
ヤッター！　と騒いでいる熊のスタンプを送った。すぐに無数のハートを投げているウサギのスタンプが返ってくる。
真瑠子は一瞬、自分もさっき撮ったワイングラスの写真を送ろうかと思ったが、やめた。どうせ一朗とのことは話せない。
とにかく、真亜紗が楽しそうなクリスマスを送っているようでよかった。
そう思うしかない。
それに比べて自分は……と思い始めたが、今夜は考えないことにした。せっかくのクリスマスだ。

液晶から顔を上げて、小さく息を漏らす。

手の中の携帯から、またチャリンとメッセージ受信の音がした。

今度は丹川谷からのメッセージだった。

〈お疲れさま。こんな日にごめんね。緊急招集です。二十時にうちに来てください。竹やんには連絡済みです〉

テレビの脇に置いてあるデジタル時計を確認した。十八時四十分。

続いてまたメッセージ受信の音が響いた。

一朗からだった。

〈今、仙石さんから連絡があって。丹川谷さんのマンションに今夜一緒に行かなくてはならなくなりました。緊急の話があるみたいで〉

真瑠子もすぐに返事を打つ。

〈私も呼ばれました。竹やんも一緒に。何があるんやろ?〉

携帯を見つめて考える。数秒置いて返事がきた。

〈どうも、滝瀬さんが来てるみたい〉

滝瀬が?

クリスマスに、わざわざ大阪に来るとは何ごとだろうか。

真瑠子は、レンコンのチップスを口の中に放り込んだ。小気味よい音を立てて嚙み砕く。うん。塩味が利いていいて美味しい。

(なんなんよ。いいところやのに)

キッチンに行きラップを手に戻ってくると、口を尖らせて料理の上で広げた。

6

丹川谷のマンションを訪れるのは久しぶりだった。八月に酔って終電を逃した時以来だ。

エントランスには見上げるほどの大きなクリスマスツリーが置かれていた。その下にはフェイクのプレゼントボックスが、大袈裟なリボンを巻いて飾られている。

丹川谷の部屋番号をインターホンに打ち込んでいると竹田が来た。

外気を纏ったままのモンクレールのダウンジャケットの下には、作業着のブルーが見えた。平日だったので、今日は仕事だったのだという。

「竹やんえらい。仕事、辞めてへんもんね」

エレベーターホールへと足を進める。

「うん。社長にはずっと世話になってるしな。人もおらんし」

竹田がエレベーターのボタンを押した。

「今日、滝瀬さん、来てるらしいで」

真瑠子が言うと、竹田が目を丸くした。

「なんやろか。こんな日にわざわざ大阪来るなんて。俺やったら女関係以外ではまず動かん」

「なんや、それ」

滝瀬の女関係……。亜希菜の顔が真瑠子の頭をよぎった。

「嘘やけど、今日ってクリスマスやろ」

「嘘かーい」

真瑠子はお決まりで突っ込む。

「今夜はミーティングしても集まらんし、いっちゃんと女の子たちを誘って気兼ねなくカラオケでも行こうと思おとったのに」

「ほんまやわ……」

本当に残念だ。真瑠子は竹田に同意した。

「しかもフライデーナイトやで。姉御かて、なんか用事あったんちゃうの？」

竹田が無邪気に聞いてくる。

「まあね」

（めっちゃ大切な用事やったのに）

真瑠子は事実を隠してはぐらかした。

「え、マジ？　姉御、男？」

「それ以上、野暮《やぼ》なこと聞かんで」

（ほんまに野暮やわ。妻子ある男との一夜を楽しみにしてたなんて）

下唇を小さく噛んだ。

「姉御、恋か。恋なんか。どうりで」

竹田が訳知り顔で頷いている。

「何なん？」

真瑠子は問い質す。まさか一朗とのことがバレているわけではないだろうが、竹田のニヤケた顔が気になる。

「ははーん」

「だから何なん？」

思わせぶりな竹田に苛立《いらだ》ちながら真瑠子は聞いた。

「いや、いつもより化粧濃いからさ」

真瑠子は我に返った。そうだった。一朗にこの前、「僕はすっぴんよりメイクしてる顔、好きです」なんて言われたので、いつもよりも念入りにアイメイクしていたのだった。

奥二重のつぶらな目が少しでも大きく見えるように、マスカラも丹念に重ね塗りをした。たれ目に見えると可愛い、と雑誌にあったので目の下のアイラインを濃くした。

「もうちょっといくと、パンダやな」

ニヤケ顔で竹田が言う。

「恋にビジネスに、充実してますなあ」

からかうようにそう言うと、やってきたエレベーターに乗り込んだ。

「パンダ?」

真瑠子は竹田の後を追いながら抗議した。酷《ひど》い。確かに濃いめではあるがパンダほどではない

……はずだが、自信はない。エレベーターの中でバッグをまさぐり、ポーチから手鏡を取り出す。

自分の顔を確認した。

「……竹やん」

「ん?」

「直した方がいいかな?」

「もう手遅れちゃう?」

エレベーターの扉が開き、竹田が歩き出した。

丹川谷の部屋に着くと、すでに仙石と一朗、仙石の傘下と思しき男性が二名おり、丹川谷の神戸ラインのゴールドも顔を揃えていた。

「真瑠子ちゃんも、竹田くんもお疲れさまです」

二人がかつてのセミナールームであったリビングに入っていくと、仙石が笑顔を寄越した。真瑠子は彼女の目を盗み一朗にそっと目配せをする。

荷物を置き、丹川谷のいるキッチンへ向かった。丹川谷は、神戸ラインのゴールドとの話を終えたところだった。

「真瑠ちゃん、お疲れ」

真瑠子の顔を見て、丹川谷が言葉を止めた。

「すいません。パンダで。調子に乗りました。直したいんですけど時間がなさそうなんで、このまま いかせてください」

何も突っ込ませない勢いで真瑠子は一気に言った。

「お、おお……。かまへんよ」

丹川谷はちょっと身を引いて、苦笑する。

「それより、今日は急にごめんな」

「いえ大丈夫です。何なんですか？　一体」

真瑠子は丹川谷にそっと近づき、小声で聞いた。

横にいた神戸ラインのゴールドも同じことを思っているらしく、一緒に丹川谷の顔を窺う。

「うん。もうすぐ滝瀬くんが来るから、それから説明するわ」

（だめか）

先に聞くことは叶わないのだと、真瑠子は諦めて「はい」と答えた。

アイランドキッチンの端に、アクリルのお洒落なクリスマスツリーがあるのが目に入り「今日は冴実さんは？」と聞いてみた。

なんと言っても今夜はクリスマスなのだ。彼女も丹川谷が仕事で、寂しい思いをしているのではないだろうか。

「冴実？　店やで。今夜は稼ぎ時ちゃうかな」

納得の答えが返ってきた。クリスマスの過ごし方を一生懸命考えていた自分が、どうしようもなく子供に思えてくる。

確かに、北新地の店は今夜も賑《にぎ》やかに営業していることだろう。

インターホンが鳴った。滝瀬が到着したようだ。

予想通り、牧枝亜希菜と連れ立って現れた。

主役が登場したところで、それぞれがリビングで腰を下ろした。

丹川谷が流していた音楽を止める。滝瀬以下の大阪と神戸の主要メンバーが顔を揃えていた。

「お疲れさまです」

滝瀬が口を開いた。

「こんなクリスマスの夜に皆さんに集まっていただくなんて、滝瀬は頭がいかれたのだと思われても仕方がありません」

丹川谷と仙石が笑った。

「今夜は、どうしても直接、僕の口からお伝えしたいことがあって、東京からやってきました。実は、今日の午後には京都に寄ってきましたし、明日は朝一番で札幌に飛ぶ予定です」

滝瀬が何を言いたいのかがわからず、皆、黙って耳を傾ける。

「一部の方は知っていらっしゃるかもしれませんが、先月から今月、商品のことで会社と僕らは揉《も》めていました」

先月、広島のHTFでカイミン・ツーの不良品が問題になり一悶着《ひともんちゃく》あったと丹川谷から聞いていた。

使用して体調を崩したと申し出た新規顧客が数人いたという。

医者の証明書もあるので、慰謝料を払って欲しいとHTFを一斉に訴えたのだ。

だが、HTFはそんなことはあり得ないと突っぱね、真っ向から対立した。パンフレットに謳《うた》われている「医療機器申請中」の文言の真偽や、「健康増進協会」の活動実態なども、厳しく追及されていた。

丹川谷は「変な筋のチンピラに目をつけられて、因縁つけられてるんやと思う」と言った。

その揉めごとがきっかけとなったのか、同時期にHTF推進会のビジネスについてある週刊誌のウェブニュースに取り上げられた。

〝法律スレスレの悪徳マルチ商法〟〝高額マットレスを高齢者に売りつけ〟などと書かれ、その後テレビの報道番組で「マルチ商法の真実」と銘打った特集も放映された。

その番組では、女性キャスターが実際にセミナー会場の前で撮影した映像が流されていた。もちろんHTFだとはわからないように加工されていたが、逆にそれが怪しさを募《つの》り、真瑠子にも傘下メンバーからの問い合せが数回あった。

「そのことについて、守本さんと僕はたびたび話し合いの場を設けてきました。そして議論を進めていく中で、僕たちはある結論に至りました」

滝瀬が言葉を切って、数秒の沈黙を作った。

「今回、守本さんと僕はＨＴＦを、離れる決心をしました」

（え？）

真瑠子はぽかんと口を開けてしまった。

竹田も横で同じように固まっていた。

丹川谷は落ち着き払った態度で滝瀬の話を聞いている。

おそらく、丹川谷と仙石はあらかじめ聞かされていたのだろう。

滝瀬の隣の亜希菜にも驚いた様子はない。

「でも、皆さんと今まで一緒にやってきたことを急に投げ出してしまうわけではありません。こうやって組織が大きくなっている今、ＨＴＦビジネスを本業にされている方だってたくさんいらっしゃる。守本さんと僕は、新しいビジネスとして可能性のある商品、そしてシステムを探っていました。そんな時、素晴らしい出会いが僕らの元へやってきたのです。それは日本を代表する総合商社である三友《みつとも》物産が、このマルチ・レベル・マーケティングというビジネスを前向きに考えているというお話でした」

「三友物産？」

竹田が隣で呟いた。

「守本さんと僕は先方に出向き、何度も話し合い、慎重にこの件を検討しました。そして今回、ようやく話がまとまったのです」

仙石が、一朗に視線を送っている。

真瑠子が丹川谷の方を向くと、目が合った。丹川谷の目には決意がこもっているように見えた。

守本と滝瀬についていく気なのだ。

「サスティナブル、という言葉をご存じでしょうか。三友物産は、今、社を挙げてサスティナブル・ビジネスに取り組んでいます。サスティナブルとは、簡単に言いますと、八〇年代に生まれた環境保護の概念が発展したものです」

サスティナブル……。真瑠子にはあまり馴染《なじ》みのない言葉だ。

「エコロジーやフェアトレードなどを含む〝人間・社会・地球環境の持続可能な発展〟のことを指します。二〇一五年、ニューヨークで開催された国連の世界サミットで二〇三〇年までのアジェンダに取り上げられました。提唱されてからは飛躍的に、世界中の様々な企業やブランドがその考えを取り入れて活動しています」

雑誌などでたまに見かけたことはあったが、リサイクルくらいの意味だろうと思い、深くは理解していなかった。

「今までに何度かお話ししたことがありますが、ビジネスには〝タイミング〟、すなわち〝機〟というものが非常に大切です。それは僕たちの世界でも同じなんです。守本さんと僕は今回、三友物産が興味を持ち、始めようとしているこのMLMを大きなチャンスだと捉えました」

滝瀬は一旦言葉を切って、一人一人の顔を見た。

真瑠子にも滝瀬の視線が向けられた。

続く言葉を想像する。期待が風船のように大きく膨らんでいく。

滝瀬が息を吸い込んだ。

「皆さん。守本さんと僕と一緒に、新しい世界にチャレンジしませんか」

場が一瞬にしてざわついた。

「突然ですが、来年の一月から開始する予定でいます」

滝瀬の言葉で風船がパンと弾けた。

天下の三友物産が味方についたなんて信じられない、本当かよ、ヤバい。あちこちから歓喜とも驚嘆とも言える声が上がった。業界でもきっと話題になるだろう。あの三友物産がバックなのだから。

騒然とした空気の中、滝瀬は続いて組織の話を始める。

ビジネスのシステムは若干の変更ポイントがあるという。HTF現会員であれば、一月八日をデッドラインとし、階級やラインは申請すればそのまま移行できるとされた。

竹田がこちらを向いた。ニヤリと笑っている。真瑠子も同じように笑い返した。丹川谷が並んで座っていた竹田と真瑠子の間に入って二人の肩を摑んだ。

(やった)

真瑠子の顔は緩みっぱなしだった。

新しいネットワークビジネスが生まれる瞬間に立ち会っているのだ。

自分は特別だと感じた。

丹川谷に顔を向けると、その後ろに滝瀬の姿が見えた。

「嬉しいです」

真瑠子は顔を上げてそう言うと、手を握りしめて目からぽろっと涙をこぼした。

「姉御、泣くのはまだ早いで。がんばってもっとでっかい夢摑もう」

竹田が丹川谷ごと抱き締めるように真瑠子の肩を抱く。

滝瀬が三人の前にしゃがみ込んで「よろしく頼みますよ」と言って、真瑠子の頭をくしゃりと撫でた。

真瑠子は涙目で、滝瀬を見て頷いた。

そして滝瀬が立ち上がった。

「突然ですが、明後日の日曜日、十四時からホテル椿山荘《ちんざんそう》東京でリーダーミーティングを行います。参加意思のある方はいらっしゃいますか」

滝瀬の背後で、真瑠子を見る亜希菜の冷ややかな顔が目に入った。

7

日本画のような、見事な庭園だった。

「きれいな椿ですね」

前を歩いている丹川谷に真瑠子が言うと、

「あれは、実はさざんかなんやで」

という答えが返ってきた。

「さざんか？　そうなんですね」

「っていうか、丹川谷さん、博識〜」

真瑠子の背後にいた竹田が一歩踏み出して言った。

抱えているダウンジャケットがもこもこと大きすぎて、真瑠子の背中に当たった。新幹線の中で気持ちよさそうに寝ていたので、竹田は元気そのものだ。

「そう。俺も前にここに来た時、真瑠ちゃんとおんなじことを守本さんに言うてん。ははは、思い出すわ」

愉快そうに丹川谷が笑う。

「前、って？」

竹田が聞いた。

「ＨＴＦのゴールドミーティングは毎回、椿山荘やったからな」

「へー。すごいとこでやってたんですね」

「守本さんがここが好きなんだ、って滝瀬くんが前に言うてたわ」

「だけど椿とさざんかって似てますね」

真瑠子は言った。

「ああ。でも椿とさざんかは、その木の根元を見ればすぐにわかるらしいわ」

「根元？」

「散り方、やな」

丹川谷は、窓ガラスの向こうに見える地面を指差した。

紅《あか》い花びらが散っていた。

「さざんかはああやって花びらが散るけど、椿は花首の根元からぼとりと落ちるねん」

「花首……」

真瑠子の呟きに丹川谷が応える。

「ああ。それが人の斬り首みたいに見えるから、江戸時代の武士は縁起が悪い、なんて言うてたらしい」

それも守本さんが教えてくれたという。

首からぼとり、か。

手元にあった携帯に、「椿」「散り方」と検索ワードを入れると、たくさんの写真が出てきた。地に落ちてもなお、枝先で咲いている時と変わらず、美しく咲き誇っている花首たち。鮮やかな紅い花びらと黄色いおしべが、まるで地面から生えているかのように上を向いて咲いている。

真瑠子はしばらくその写真に見入ってしまった。

会場は、これから始まるミーティングを演出するのにふさわしい、豪華な部屋だった。

大きな窓から見える緑と輝く外光、鄭重《ていちょう》なホテルスタッフが、一流の演出に一役かっている。

早めに会場入りしたつもりだったが、予定時刻の三十分前には、ほとんどのメンバーが集まっているようだ。

受付で記帳と引き換えに名札を受け取り、左胸につけた。

スクール形式に並べられたテーブルには白いクロスがかけられ、鮮やかなブルーのグラスとミネラルウォーター、そして大きな封筒に入った書類が置いてあった。

ざっと見ても五十席は下らない。

前方の席に、仙石と一朗の後ろ姿が見えた。亜希菜ともう一名、男性会員の姿も目に入った。

一昨日の夜、滝瀬が丹川谷のマンションでこの新しいネットワークビジネス「ＳＢＪＮ《エスビージェイエヌ》～サスティナブル・ビジネス・ジャパン・ネットワーク」について説明した後、概要をまとめた資料をメールで送ってくれたので、ほとんどの内容は頭に入っている。

メイン商品は、除菌効果に優れている加湿空気清浄器「クリアアルファ・セブン」（価格・二十九万円／税別）と、フェアトレードされた「TEA KIBO《ティーキボー》」（価格・千九百円／税別）。

アフリカ大陸の喜望峰で栽培されているお茶だ。ＨＴＦのように商品は一つだけではない。ハードとソフトの両面でサスティナビリティが成立したものをどんどん取り入れていくという。

ゆくゆくは、日常生活にかかわるすべてのものを扱うことが目標だ。

自分たちのビジネスの発展とともに、地球環境を守り、この世界のどこかで、貧困に喘《あえ》いでいる人たちの雇用を助ける。素晴らしい理念が資料には書かれていた。

提携ローン会社は、三友物産の後ろ盾もあってか、二社ともにクレジットカードの付帯もある。つまり、今後そのクレジットカードを利用して商品を購入できるということだ。

組織のタイトルや権利などの形は、ほぼＨＴＦに倣っていた。ただし、それぞれのランクタイトルの呼び方が変わり、活動会員はすべてスペシャル会員、ＳＰとされた。

今までのシルバーは、シルバーＳＰ、ゴールドはゴールドＳＰと呼ばれる。スーパーゴールドはプラチナ、シニアスーパーゴールドはエグゼクティブ・プラチナに変更となる。

十四時五分前。

軽いざわめきが起こったので振り向くと、守本と滝瀬がスーツ姿の男性二名と一緒に会場入りするところだった。

滝瀬も今日はシャツのボタンを襟元まできっちりと留め、ネクタイを締めている。

壇上に設けられた席に、四名が並んで着席した。

「おはようございます」

端に座った滝瀬が、テーブルの上に置かれたマイクを持って立ち上がり、皆に挨拶をした。

「おはようございます」

部屋全体から、重なり合った声が応える。

「本日は、突然の招集にもかかわらず、お集まりいただいてありがとうございます。来年の一月十五日に、正式にスタートいたしますSBJN、サスティナブル・ビジネス・ジャパン・ネットワークの立ち上げミーティングに、ようこそおいでくださいました。詳しい資料は各リーダーに、メールで予め伝えさせていただきましたが、改めて、商品のご紹介をさせてください」

壇上横の大きなモニターに、空気清浄機「クリアアルファ・セブン」と「TEA KIBO」のパッケージの写真が映し出された。

滝瀬は、隣に着席したスーツの男性にマイクを渡した。

彼は商品開発メーカーの担当者だと紹介された。

あらゆる菌やウイルスに対して、九十八パーセント以上の除去率を誇る製品であるということが彼の口から淡々と説明される。

三友物産の人間だと名乗ったもう一人の男性は、今後のサスティナブル・ビジネスの展望、二〇三〇年に向けてのビジネス社会の変化について大いに語った。

今日はアポイントを入れてなくてよかった。

話を聞きながら真瑠子はほっとしていた。こんな話を聞かされた後で、HTFのスポンサリングやセミナーなど、到底できるはずもない。新規事業に向けて走り出そうとする中で、離れることが決まったHTFの活動をするのはさぞ辛《つら》かっただろう。

メンバーたちにどう伝えるかは、帰りの新幹線で丹川谷と相談する予定だ。

壇上では、守本にマイクが渡されていた。

「お疲れさまです」

守本は、瞬時に周りの空気を一変させる、滑らかな声を響かせた。真瑠子の頭の中に、大阪でのコンベンションのスピーチが蘇った。

「今日のこの日を、皆さんの第二の誕生日だと思ってください」

独特の間が、参加者に息を呑ませた。

「私も皆さんと同じです。新たに、今日から生まれ変わるのです。過去の失敗も、成功も、これからあなたがもっと羽ばたくために起こった出来事でした。来年を、皆さんの人生の中で、もっとも素晴らしい一年だったと振り返る年にいたしましょう」

短く放たれた守本のスピーチが終わると、誰かが力強い拍手の一手を響かせた。それに続いて皆が手を弾ませ、大きな拍手が会場中に湧いた。

再びマイクが滝瀬に戻された。

滝瀬は、「お帰りの時、封筒に入っている申請用紙に記入して受付にご提出ください」と言った。

封筒の中に入っている書類を確認する。

商品パンフレットの他に、会員申請用紙が入っていた。商品購入の欄は現金かクレジットのどちらかの支払い方法にマークをする書式になっている。

税込で三十万円以上の金額になる。真瑠子は手元の申請用紙をしばし見つめた。

(やっぱり、また買うのか……。そうだよね)

頭の中で支払い中のローンや経費を計算しようとしたが、よくわからなくなって考えるのをやめた。

(なんとかなるやろ。今までもなんとかなってきたし)

真瑠子は視線を上げた。

最後に滝瀬が言った。

「国連サミットで、このサスティナブルな社会への取り組みが提唱された時に言われた、僕の好きな言葉があります。それを皆さんにお伝えしたい」

　滝瀬が立ち上がる。

「〝誰も置き去りにしない。リーブ・ノー・ワン・ビハインド《Leave no one behind》〟」

　守本と商品開発者、三友物産の社員も立ち上がった。

「皆さん、一人残らず、成功しましょう！」

　珍しく、滝瀬が大きな声を響かせた。

第四章

浮かれすぎたわ

1

〝スタジオ6『月刊マルチ・レベル・マーケティング様』〟と書かれた案内板を確認した。

三階にあるスタジオへの階段を上っていく。

「こんにちは。階段、大変だったでしょう」

べっこう縁の眼鏡をかけた、五十歳前後と思しき男性が出迎えてくれた。

「初めまして。編集長の福田《ふくだ》です」

真瑠子は、滝瀬とともに東京、青山のスタジオにいた。撮影現場など初めて来るので、どこか落ち着かない。

「今回は突然ご無理を言いましたのにご承諾いただき、ありがとうございます」

「いえ。こちらこそありがとうございます。前回は写真の提供だけでしたから。スタジオ撮影をしていただけて光栄です」

滝瀬は丁寧に編集長に礼を言った。

「SBJNさんも始動して三ヶ月経ちました。そろそろ落ち着いてきたんじゃないですか?」

「ええ。始まった時は大変でしたけれど、なんとか、というところです。土壇場になって三友物産が手を引いた時は大混乱でしたから」

「しかし、あの混乱期を越えて、態勢を持ち直したのはすごいことですよ。普通なら空中分解してもおかしくありません」

ＳＢＪＮが始動する直前、三友物産は突如として参画を取りやめた。商品の提供は変わらなかったが、物流の担当は三友物産の子会社となり、用意していたすべての印刷物から三友物産の名前が削除された。

大手商社の名前を切り札にスポンサリングを展開していた真瑠子たちは、完全に肩透《す》かしを食らった。しかしその頃にはすでにＳＢＪＮという旗の下で走り出しており、三友物産の名前があろうがなかろうが、続ける他に選択肢はなかった。

二人の話を聞きながらこの三ヶ月間を振り返る。

一番やっかいだったのは、グループの取り合いだった。

同じネットワーク組織内では出自は変えられない。いったん登録すれば、紹介者の名前は変更不可だ。つまり他のグループに移籍することはできない。

だが今回は新しくＳＢＪＮという組織を作るのである。ということは自由に再編成できるチャンスでもある。

人気のある他グループのアップにつきたい。兄弟ラインを自分の下につけたい。など、様々な声が噴出して、対応に追われた。

真瑠子にも姫路のゴールドだという見知らぬ男性から連絡があった。「自分の下でやってみないか。そうすればあなたの数字はもっと伸ばせる。あなたの新しいフロントも用意する」と熱心な勧誘を受けたが断った。この世界に自分を導いてくれた丹川谷を裏切るわけにはいかない。

幸い、真瑠子のグループにはマイウェイからHTFへの移籍を経験した竹田がいた。メンバー間の調整を引き受けてくれたので大いに助かった。

一息つけたのは、ようやく四月に入ってからだった。

「ではヘアメイクをした後に、簡単な打ち合わせという段取りで」

滝瀬がスタジオ内にある小さな控え室に案内された。ヘアメイクの女性が笑顔で迎える。

真瑠子はSBJNのリーダー会議のために、昨日から東京にいた。今日は滝瀬のリクエストで取材に同行することになった。

「鹿水さんは大阪を代表するリーダーなのだとか?」

編集長がスタジオに残った真瑠子に聞いてきた。

「いいえ。代表するなんてとんでもない」

真瑠子は謙遜する。

「滝瀬さんが電話でおっしゃってましたよ。明日、大阪を背負う若き女性リーダーを連れていきますよ、って」

いえいえと否定しながら、真瑠子の顔は綻んだ。

自分の知らないところで滝瀬が褒めてくれていたのかと思うと、緩んだ顔をなかなか戻すことができない。

ヘアメイクを終えた滝瀬が戻ってきた。編集長たちと簡単な打ち合わせをする。五月号巻頭カラー四ページで組まれる、〝新世代・MLMリーダー特集〟という企画の撮影だ。そのトップバッターが滝瀬なのだという。

撮影が始まった。

滝瀬は、カメラ前にセッティングされたハイチェアに腰掛けた。フォトグラファーは視線や表情などを、的確に指示していく。滝瀬はまるでモデルのように、ファインダーを捉え、見つめている。シャッターを切る音と、ストロボの音がリズミカルに真瑠子の耳に響いた。

もしこれが自分だったら、と想像せずにいられない憧れの光景だった。

真瑠子は携帯を持ち、フォトグラファーの後ろから滝瀬を撮った。後でフェイスブックにアップするためだ。

ストロボを入れ込んで、撮影風景がよくわかる構図にする。

すぐに見直してトリミングをする。

写真を確認して、うんうんと自分で頷いた。我ながらいいショットがおさえられたと思う。

三十分ほどで撮影が終わり、取材が始まった。

用意された質問に、滝瀬は次々と持論を述べていった。編集長の横に座る編集者の女性も大きく頷いている。

質問も一段落した時、編集長が真瑠子の方を向いて笑顔を寄越した。

「そういえば滝瀬さん、僕らが今日、この話をするのわかっていて、鹿水さんを連れてこられたんですよね」

「わかりますか?」

滝瀬が、事情を知らない真瑠子を見ながら笑った。

「いや、今度〝MLMクイーン〟っていう新たな企画をやる予定でしてね」

編集長がそう言うと、横から編集者が企画書を出してきた。

〈ＭＬＭクイーン　～若き女性ネットワーカーの台頭～〉
～革命期。新しいネットワークの作り方。仕事が劇的に変わる仕組みとは……。

「若い女性限定のこういう企画、今は時代錯誤なんじゃないかという意見もあるんですけどね。古株の女性リーダーを刺激したい、って意見も各社からありましてね」

編集長は言った。

「それで、この企画でフィーチャーする若き女性リーダーを探してる、ってわけでして」

編集長の言葉を聞きながら、真瑠子は企画書に目を通す。

「僕の傘下では、鹿水さんと牧枝さんが当てはまるかと思って」

滝瀬が説明を加える。

「その牧枝さんは、今日はいらっしゃらないんですよね？」

編集長が滝瀬に聞いた。

「ええ。一緒に呼んでも良かったのですが、今日はまず、最年少の鹿水さんをご紹介しようかと」

真瑠子は企画書から目を上げ、にっこりと編集長に笑いかけた。

心の中ではにっこりどころではなく、高笑いが響いていた。亜希菜よりも自分の方が価値が高い気がして、実に気分がよい。

「では鹿水さん、今度概要を送らせてください。ちょっとふざけた企画になるかもしれませんが、各ネットワーカーさんに楽しんでいただければ、と思っています」

編集長はそう言うと、真瑠子に名刺を渡した。

「ありがとうございます。できることはなんでもさせていただきます」

真瑠子は丁寧に礼を言った。


東京から大阪に戻った翌日、真瑠子は大阪オフィスで編集長からのメールを読んでいた。

SBJNが始まってすぐ、大阪のリーダーが集まり、共同で谷町九丁目の雑居ビルの七階と八階を借りていた。

通称〝大阪オフィス〟と呼ばれている。

「おはようございます」

携帯でメールの文面を追っている真瑠子に、声をかけてきたのは望月だった。

「お姉ちゃん、おかえりなさい。東京のミーティング、どうやった?」

望月は真亜紗と別れてからも、真瑠子のことを「お姉ちゃん」と呼んでいる。彼のグループは、傘下に四十代の飲食店経営者が加わってから急速に大きくなった。

そのせいで最近は勤務していた飲食店も休みがちで、大阪オフィスに入り浸っている。

オフィスにはカーペットが敷き詰められており、エレベーターを降りてすぐに靴を脱ぐスタイルだ。望月は脱いだスニーカーを棚に置いた後、真瑠子の方へ近づいてきた。

「良かったよ。新しい商品の検討も結構進んでいるみたい。それよりさ――」

真瑠子は、編集長のメールを見ながら望月に切り出した。

「今度な、『月刊マルチ・レベル・マーケティング』で、MLMクイーンっていうの決めるらしいんやけど、それをさ、投票式でやる、って言うねん」

「へー、あの雑誌で女王決めんの？　すごいやん。お姉ちゃん女王なれるんちゃう？」

望月がはしゃぐ。

「豊くん飛躍しすぎ。クイーンには副賞として十万円の賞金が授与されるらしいんやけど、正賞がすごいねん。グラビア掲載」

「グラビアて、水着ってこと？」

「ちゃうわ。アイドルやないねんから」

「そっか。僕のなかではお姉ちゃんはアイドルやけどな」

「はいはい。おおきに」

写真、氏名、所属、年齢とともに、このビジネスへのこだわりと抱負がホームページと誌面に掲載される。投票は、五月末発売の六月号に綴じ込みされている葉書のみで行われる。

各社ともクイーンを出そうと必死に投票するに違いない。企画を雑誌の売り上げアップに繋げようと画策しているあたり、あの編集長もなかなかの策士だ。

メールには、ＳＢＪＮからは真瑠子と亜希菜にぜひエントリーして欲しいと書いてある。滝瀬の意向でもあるという。

亜希菜にも伝わっているのだろうか。

真瑠子は、亜希菜が竹田に連絡していたことを思い出した。

ＳＢＪＮに移行する時のことだ。真瑠子には内緒にして欲しいと、亜希菜が竹田にアポイントを取ったらしい。酒の場で竹田が口を滑らせたので判明した。

それ以上のことは竹田が口を割らないのでわからないが、どうも竹田を自分の傘下に引き抜こうとしていたようだ。

真瑠子は憤って丹川谷に相談した。だが、確かなのは亜希菜が竹田を食事に誘った事実だけだ。具体的に引き抜く話をしたかどうかはわからないので、対処のしようがないという。

他系列間の交流は多く存在する。真瑠子と一朗にしてもそうだ。しかし二人の間で引き抜きが話題に上がることはない。ただの仲間……いや、友達……いや、恋人……いや。とにかくビジネスを抜きにした間柄は他グループ間でも十分に成り立つ。

亜希菜と竹やん、まさか……？　いやいやいやいや。

とにかく亜希菜の行動は釈然としない。

(当分は要注意だ)

ミーティングの準備に入る望月と別れて、真瑠子は八階のタイトル保持者専用VIPルームへ向かった。

大阪オフィスでは、新規へのスポンサリングセミナー、入会者へのスタートアップセミナー、リーダーのためのパワーセミナーなどを、ランク保持者が持ち回りで担当している。

今夜の新規セミナー担当は亜希菜、スタートアップセミナー担当は真瑠子だ。

部屋に入ると、テーブルの上に『月刊マルチ・レベル・マーケティング』の既刊号が置いてあった。真瑠子は表紙をじっと見つめた。ページをめくってみる。

カラーページにMLMリーダーたちの写真が大きく載っている。

この雑誌に掲載される自分を想像する。

(ばあちゃんや真亜紗に自慢できるかな。パパもそれ見たら許してくれるかな)

携帯のメール受信音が鳴った。確認すると祖母からだった。

文字も何も添えられていない。茶色いトイプードルの写真だけが送られてきた。

（あんこだ）

真瑠子はその写真を大きくして、顔を綻ばせる。

「可愛い犬ね」

突然、背後から声をかけられた。

見るとそこに立っていたのは亜希菜だった。

「お、おばあちゃんの犬で」

真瑠子は焦ってそう言った。

びっくりした。この人、いつからいたのだろう。

「私も犬、好きなんです。昔、飼ってたんですけどね」

亜希菜は急に、自分の犬の話を始めた。

「今は飼ってないんですか？」

「ええ。小さい頃に不注意で死なせたことが忘れられなくて……」

亜希菜は真瑠子をじっと見つめてくる。

「へえ。そうなんですね」

真瑠子はそう言った後、さっき見ていた雑誌に目をやった。

「亜希菜さん、そういえばクィーンの話、お聞きになりましたか？」

「ええ。聞きました。こういうのって馬鹿げている気もするけど、下のメンバーが盛り上がってるので、一応、応募します」

亜希菜は素っ気なくそう言って向かいの椅子に腰掛けた。

浮かれていた真瑠子は、冷水を浴びせられたような気分になった。

（私だけ、馬鹿みたいやん）

携帯でそっと自分のフェイスブックを開く。昨日アップした東京出張の記事に「いいね！」が27ついているのを確認した。亜希菜の記事は103だ。

（亜希菜のは一昨日のやつやからな）

言い訳がましく独りごちた。

しばらくして誰かが亜希菜を呼びにきた。セミナーの準備に入る時間のようだ。

真瑠子は部屋を出ていく亜希菜の背中に向けて、思いっきり舌を出した。

2

翌日、真瑠子は天王寺駅前にあるマンションの一室を訪ねた。

「こんにちは」

「鹿水さん、いらっしゃい。ようこそ」

真瑠子を出迎えた女性の名は久木田智世《くきたともよ》。現在、真瑠子が住んでいる心斎橋の部屋を仲介してくれた不動産会社の担当だ。

部屋の内見をしている時に意気投合し、インスタグラムで繋がった。その後、お互いがアップする写真にいいね！　やコメントを書き込んだりしながら交流を深め、今日に至る。

ＳＢＪＮでの真瑠子のタイトルはゴールドＳＰ。丹川谷はその上のプラチナである。

目下、真瑠子はこのプラチナを目指しているのだが、それには傘下で三人のゴールドＳＰを作る必要がある。しかも、このゴールドＳＰは全員が別のラインでなくてはならない。

真瑠子の場合、一ラインは竹田がゴールドSPなのでクリアしている。残り二ラインのゴールド達成がプラチナ昇格の条件だ。そのうちの一つが望月ラインである。だが、もう一ラインはないに等しい状態だ。

目標達成のために真瑠子がやらねばならぬことは、望月をゴールドにすること。そして、竹田と望月以外のラインでゴールドを一人以上誕生させることである。

まずは望月とのミーティングで、ステップアッププランを立てた。彼の傘下に現れた四十代の飲食店経営者が、着々とグループを伸ばしていることもあって、向こう数ヶ月で達成する絵を描けた。望月グループに関しては、そのフォローをしていけばいいということになる。

一番問題なのはそれ以外のラインだ。

HTFからの移行時に減ったとはいえ、丹川谷にはフロントが真瑠子を入れて八人はいる。真瑠子はというと、全部合わせて四人。そもそも少ないことに加えて、うち二人は商品だけの愛用者なのでビジネス稼働はまったくない状態である。

ゴールドというポジションにいる自分が、初心に戻って新規のフロントをつけなくてはならない。誘える友人や知人は既におらず、難航することは容易に想像できる。しかし目標達成のためには避けて通れないことだった。

真瑠子は虎視眈々《こしたんたん》と、新規になりそうな人物をSNSで探していた。そんな中、お互いに惹《ひ》かれあったのが久木田だった。

それもそのはずで、実は久木田も同じように新規を探しているネットワーカーだったのだ。彼女が属しているのは補正下着の組織販売で、形態はSBJNと同じくマルチ・レベル・マーケティングであった。

白とピンクで統一されたインテリアのリビングに通されると、部屋の奥には久木田と同じ三十代と思しき女性たち四人が一つのテーブルを囲んでいた。一人は神妙な顔をしているが、後の三人は楽しそうに盛り上がっている。

神妙な顔の女性は新規顧客なんだろうと推測した。

真瑠子に気づくと、盛り上がっていた三人が大きな笑顔をこちらに向けた。

「鹿水さん、ようこそいらっしゃいました」

巻き髪の女性がすぐさま近づいてきて、手を取りガッチリ握手してきた。初対面だというのに呑まれそうな迫力がある。

(下着MLM界の仙石さんやな)

真瑠子も負けじと、手に力を込めた。

巻き髪の女性が席に戻り、久木田は真瑠子を手前のテーブルに案内した。

「東京はいかがでした？　インスタで見ましたよ」

「ええ。上の人の撮影に立ち会えて、貴重な経験ができました」

青山のスタジオで撮った写真も何枚か投稿していた。

「写真も見ました。鹿水さん、芸能界入りしはったのかと思いましたよ」

口調も滑らかだ。

「ただのつき添いですから」

真瑠子がそう言って微笑むと、

「じゃあ早速採寸から参りましょう」

久木田が真瑠子を、ファンシーな模様のカーテンで仕切られた試着室に案内した。

今回のことは久木田の提案だった。彼女が扱う補正下着と、真瑠子が扱う空気清浄機、それぞれの商品のことを聞き合ってみないかという。つまり、互いにスポンサリングを受け合う、ということだ。

――ミイラとりがミイラにならぬよう、気をつけなくては。

真瑠子はかつての竹田へのスポンサリングを思い出した。あの時は、真瑠子のスポンサリング力で竹田を魅了したのだ。今回も大丈夫だという自信はあるが、如何《いかん》せんSBJNのスポンサリングは後になってしまった。

先制パンチを喰らわぬよう、用心しなければならない
カーテンの中で、ショーツだけの姿になった。女同士とはいえ気恥ずかしいが、久木田はそんなことはお構いなしに、どんどん採寸を進めていく。

細く柔らかいメジャーがペタペタと真瑠子の体に張りついた。

採寸が終わると、いくつかの下着を久木田がピックアップしてきた。

試着は真瑠子の想像を超えたものだった。

白い手袋を着用した久木田の肉厚な手が、真瑠子の体にぴったりと寄り添い肉を擦り上げていく。太腿《ふともも》の肉は横と後ろからお尻へ。下腹の肉は脇腹に。脇腹の肉は背中へ上げられ、最後にそれが胸の膨らみへと集約されていく。

「ボディメイキングです。肉をこうやって移動させて、理想的な体型を作っていくんです」

「はあ……」

真瑠子は踏ん張って立つだけで精一杯だった。気がつくと鎧《よろい》のようにがっちりとした下着に身を包まれていた。

「サイズも変更ですね。素敵ですよ鹿水さん」

普段はＥカップのブラジャーを着用している真瑠子だったが、ボディメイキングで「Ｆカップ」へとサイズアップしたらしい。

扁平《へんぺい》な尻には、太腿から移動した肉によって、ふっくらとした魅力的な丸みが作られている。久木田の技術は見事だった。

ゴージャスな体型ができ上がり、真瑠子はすっかりそれを手放したくない気持ちになっていた。

「どうですか？　鹿水さん元々スタイルいいし、もうこれで完璧ボディですよ」

「確かに、すごいきれい……」

真瑠子は恥ずかしげもなく、そう応えてしまった。

冷静さを取り戻そうとするが、鏡の中の自分から目が離せない。

真瑠子はその商品を欲しいと思った。しかしここですぐに購入してしまっては、自分がミイラになるだけである。

ブラジャー、コルセット、ガードルにショーツ、オールインワンと呼ばれるボディスーツ二セット。試着を終えた後、久木田が提示してきたのは税別三十万円。おおよそクリアアルファ・セブンと同じ金額である。

「鹿水さんに商品を気に入ってもらえたのなら、私はそれだけで嬉しいんです。実際に着てみると、欲しくなったでしょう」

姿見に映った真瑠子の体を、舐《な》めるように見ながら久木田が言った。

「そうですね……」

真瑠子は欲しい気持ちを抑えながら、躊躇するように言った。

久木田は鏡の中の真瑠子に目を合わせた。

「ぶっちゃけ言うと、私、空気清浄機をずっと探していたんです」

久木田は真瑠子の耳元に顔を近づけた。

「……二人とも、またお金、使っちゃいますね」

そう言うと久木田はもう一度真瑠子と目を合わせて微笑んだ。

「お互いに商品を購入し合う」ことを示唆してきたのである。

これはある意味、取引だろうと真瑠子は思った。

だが、ここからが真の戦いである。

売り上げはそれぞれ成績になるだろう。だが、真瑠子が目指したいのはそれ以上である。目的は久木田のスカウトだ。

ただのミイラになってはならない。

試着室を出て元のテーブルに戻った。

奥のテーブルでは新規女性の前に、見積書らしきものが広げられている。彼女は瞬きが多くなって、明らかに表情が硬くなっている。

「体型を維持するのに、ジムなんかに通うとなると、もっとお金がかかりますもんね」

「豊胸手術なんて、一体いくらかかると思います？」

巻き髪の女性の、押しの強い声が聞こえてくる。

真瑠子がここに来て既に一時間半は経っている。あの新規の彼女は一体いつからここにいるのだろうか。

真瑠子のクロージングは紹介者の久木田に任されているのか、巻き髪の女性がこちらを気にする様子はない。久木田も実は結構なポジションにいて、応援不要のAさんなのかもしれない。

真瑠子は覚悟を決めた。

（よしこい）

バッグから赤い眼鏡を取り出した。


夕方。

真瑠子はどこか騙されたような気持ちで、一人大阪オフィスに向かって歩いていた。

久木田との勝負は五分五分に終わった。

真瑠子は補正下着を購入し、久木田もまたクリアアルファ・セブンを購入した。

補正下着のローン用紙にサインした後、

——鹿水さん、今、空気清浄機の申込用紙持ってらっしゃいますよね？

突然、久木田が聞いてきた。「ええ。一応、バッグには入ってますけど、どうして？」と真瑠子が戸惑いながら答えると、彼女は「私、ここで書きます。もう鹿水さんのお薦めする空気清浄機、購入するつもりだったんで」と言った。

この後うちのオフィスに商品を見にいく予定だったじゃないですか、と食い下がるも、「ええ。すみません、お伺いするつもりだったんですけど、なんだか今日は体調がよくなくて……」と久木田は今まで露ほども見せなかった曇った表情で答えた。

体調不良を理由にされたら粘りようもない。真瑠子は仕方なく自分のバッグからローン用紙を取り出した。

テーブルに置いた瞬間、「用紙を忘れてしまったんで後日事務所にお越しいただけますか？」という次善策を思いついたが、時すでに遅し。

久木田はさらさらと、慣れた手つきで書類にペンを走らせていく。「後で一括にするかもしれませんけど、ひとまずは四十八回払いでお願いします」と、手際良く取り出した印鑑を朱肉につけた。

このままでは引き下がれない。「ビジネスの話もお互いに話しましょうね」と、あまりその気のなさそうな久木田にSBJNの話を始めたが、如何せん敵陣地でのスポンサリング。いつもの調子が出るわけもなく、形だけの頷きを数回得ただけの結果となった。

一方、真瑠子が久木田に聞かされたビジネスの話もまた、一ミリも気持ちが動かないものだった。

紹介マージンは一人目十パーセント。二人目から四人目まで二十パーセント。四名でランクアップし、二十五パーセントの権利獲得。そこからは購入グループが五十名になると、次のランクにアップできる。そのランクでは会社の社員になることができて固定給が支払われ、権利収入に加算される。また、彼女らが「サロン」と呼んでいるマンションの一室を任されるらしい。正直、悪くないビジネス条件かもしれない。

しかし、心は躍らなかった。

社員になれば収入は安定するだろう。サロンを任されれば家族に自慢できるだろう。でもそれだけだ。小さくまとまりすぎている。真瑠子が求めているのは高揚感だ。ランクアップの報酬は、安定収入ではなく夢のある金額であって欲しい。サロンで語らうのではなく、三千人の前でスピーチしたい。

小さな世界にとどまっていたら、それは叶わない。

オフィスの前で足を止め、上を向いた。

「私、やっぱりここで花咲かせたい」

そう声に出す。宣言するように自分に言い聞かせた。

3

一ヶ月後の五月末、大阪オフィス。

真瑠子はポケットから携帯を取り出し、さっき確認したばかりのサイトにまたアクセスした。

『月刊マルチ・レベル・マーケティング』の公式サイト、特設ページ。

先週から告知された「決定！　ＭＬＭクイーン」には総勢二十名の女性ネットワーカーがエントリーしていた。本誌にも掲載されるが、ウェブページではさらに大きく展開されている。

《鹿水真瑠子（22歳）サスティナブル・ビジネス・ジャパン・ネットワーク（ＳＢＪＮ）》

自撮り棒を購入し、何度も撮り直した写真。

一番写りがいいものを送ったつもりだ。しかしながら、表情にどこか根暗感《ねくら》が滲み出ている。パンダにならないようアイメイクを控え目にしすぎたのがまずかったかもしれない。

隣には、冷ややかに微笑む亜希菜の写真が並んでいる。

《牧枝亜希菜（26歳）サスティナブル・ビジネス・ジャパン・ネットワーク（ＳＢＪＮ）》

亜希菜が自分より四歳年上であることを初めて知った。漠然と二十代後半くらいだとは思っていたが、姉の真莉と同じ年齢である。

締め切りは一ヶ月後の六月末。発表は七月下旬発売の八月号だ。

帰りに本屋で投票葉書が綴じ込んである六月号を五冊くらいは買って、家族の名前で投票しよう。

ドキドキする。

コーヒーメーカーに粉をセットしていると、竹田の声がした。

「姉御！」

少し伸びた髪を揺らしながら近づいてくる。後ろには伊地知もいた。

「見たで、雑誌。えらいすましてるやん」

「え？　笑ってるつもりやけど……」

真瑠子は言った。

「あれが？　セミナーの時だけやのうて、写真かて赤眼鏡かけとけば良かったのに」

「ほんまや！」

真瑠子は思わず大きな声を出した。

どうして眼鏡をかけなかったのだろう。祖母のラッキーアイテムであり、真瑠子にとっては変身アイテムのようなものなのに、すっかり忘れていた。

「好きな食べ物に、ミックスジュースって書いてるのはおもろいからええけど」

「別にウケ狙いで書いたんちゃうわ」

「だって、食べ物って聞かれてんのにさ」

竹田は馬鹿にしたように言う。

「あれは食べ物と言ってもいいくらい、果物の命が詰まってんねん。太陽の恵みと大地の栄養がさ――」

「わかったわかった」

真瑠子が言い終わらないうちに竹田が制した。

「まあ。心配せんでも姉御と牧枝さんの一騎打ちじゃが。二人がいちばんよかおごじょじゃっで」

伊地知が横から言った。

「あんまり言わんといて。なんか緊張するわ」

大阪オフィスのメンバーたちはこのイベントを面白がっている。

「清き一票、よろしくお願いします」

真瑠子は姿勢を正して、謙虚に頭を下げた。

「ほんまの選挙みたいやな」

竹田と伊地知は笑った。

「ところで竹やん、今日はスタートアップセミナー担当？」

真瑠子が聞くと竹田は頷いた。

「うちのグループは誰も入ってへんみたいやけどな」

竹田が自嘲気味に言った。

「一件入っとったどん、キャンセルになっしもて」

伊地知が口を挟む。

竹田グループはＳＢＪＮに移行してから伸び悩んでいる。

彼のネットワーカーとしての実力はＳＢＪＮの中でも指折りだ。機を見るに敏な行動力や豊富な知識は見習うべきところが多い。とりわけユーモアと熱が絶妙なバランスで配分された彼のセミナーは、他グループの人間がこぞって新規を連れてくるほど人気が高く、丹川谷も太鼓判を押している。

不運なのは竹田の傘下に伊地知以外の新しいリーダーが現れないことだった。

彼の傘下にしてみれば、マイウェイからＨＴＦに変わって一年と経たないうちに、また新しい組織に移ったのである。変化に対応しきれていないのかもしれない。本業が忙しいことに加えてセミナーや傘下のケアもしなくてはならず、竹田自身が新規獲得に時間を割けないのも痛かった。

ポケットに入れていた携帯電話が震えた。

取り出して確認すると、液晶には仙石美枝子の名前が光っていた。


オフィスではなく、大阪駅近くのカフェを指定された。

去年の今頃はよく利用していた、駅ビルの上にあるカフェだった。

あの頃にスポンサリングをした人間は、もう望月以外は誰も残っていない。

ぼんやりそんなことを考えていると、入り口から仙石がやってくるのが見えた。

細かいプリーツ生地のセットアップは、仙石のいつものスタイルだ。トレードマークの鮮やかな赤い口紅を見ると、どこか落ち着かなくなる。

一朗とのことを言われるのではないかと、ヒヤヒヤしてしまうのだ。

仙石が気づいているような節はなんとなくある。だが、はっきり指摘されたことはないので、真瑠子も隠し通している。

「真瑠子ちゃん、ごめんね。こんなとこまで呼び出して」

席に着くなり、彼女はすまなそうに真瑠子にそう言った。

(よかった。一朗とのことではなさそうだ)

真瑠子は気を落ち着けて、コーヒーに口をつけた。

「オフィスで話そうかとも思ってんけど、ちょっと込み入った話で」

仙石は近寄ってきたホールスタッフにホットカフェオレをオーダーした。

「実は竹田くんのことやねんけど——」

(そっちか)

電話を受けた時から、予感はしていた。

ここ一、二ヶ月、竹田は仙石傘下の美容師グループに急接近している。大阪オフィスでの仕事後に、たびたびミナミのクラブへと連れ立って繰り出していた。

クラブ遊ぶをするだけならなんら問題はない。だが、よからぬものに手を出しているのでは、と懸念《けねん》していた。

伊地知が先日、こんなことを聞いてきたからだ。

――姉御、最近竹やんの様子がおかしごあってさ。こん前ん日曜日ん夜、どけ行っちょったか知っちょる？

その日曜日、竹田はパワーミーティングの担当をしていた。仙石傘下の美容師グループから多数参加しており、珍しく伊地知が居合わせなかった日だった。

二十二時ごろオフィスで、「今からあの子らと一緒にミナミのクラブ行くから姉御も一緒に行こうや」と誘われた。

真瑠子は一朗からの電話を待っていた。以前竹田たちと一緒にクラブに行ったことがあったが、楽しみ方がわからなかったこともあり、その日は断った。

真瑠子はありのままを伊地知に伝えた。

その後、そのことについて伊地知から何の話もなかったので、気になって真瑠子は連絡を入れた。

――ごめん、姉御。大丈夫じゃった。竹やん、変なもんでもやっちょっとかと疑《うたご》うたどん、体調の悪かっただけちゅこっじゃった。心配かけてごめんな。

真瑠子はすぐに竹田にメッセージを送った。

「竹やん、体調悪いらしいけど大丈夫？」という質問には、「いっちゃんから聞いたん？　心配性やな。全然大丈夫やで」と返信があった。

「ほんならよかったけど、気つけてな」と続けると、「最年少ゴールド様に心配してもらえるなんて、俺は幸せもんや。ありがたやありがたや」とふざけてきた。

いつも通りの竹やんだ。真瑠子はOKという札をかかげる熊のスタンプを送ってやりとりを終えた。


竹田とはその後会う機会がなく、久しぶりの対面が今日だった。

「ごめんね」

仙石が真瑠子の目をしっかり見て、低い声で謝った。

「うちの阿倍野《あべの》店系列の子らが、竹田くんと最近仲良くしてること、真瑠子ちゃんも知ってるよね？」

「はい、知ってます」

「あの子らが、時々クラブでハメを外してるのは、経営者がとやかく言うことでもないんやけど、この前ちょっと問題起きてね……」

仙石は眉間にしわを寄せ、ばつが悪そうに目の前の水に手を伸ばす。

氷がカラッと小さい音を立てた。

「うちの末端の子が警察に捕まってしまって」

真瑠子は息を呑んだ。

「その子はクリアアルファ・セブンを買っただけで、まだビジネスをしてなかったんやけど、クラブ帰りに職質にあって……」

付近を取り締まっていた大阪府警の警ら隊に声をかけられた。末端メンバーのポケットには、彼らがエクスタシーと呼んでいる小さなラムネのようなドラッグが入っていた。

「捕まった時には他のメンバーも居合わせてて、ちょうど竹田くんたちと別れた後やったって言うし」

「竹田くんも捕まる可能性があるってことですか？」

真瑠子は慌てた。

「ううん。多分それは大丈夫やと思う。捕まった子も初犯で少量の所持やったから、結局起訴猶予にはなったんやけどね」

仙石の言葉に「よかったですね」と言いかけて真瑠子は言葉を呑み込んだ。よいわけではない。

「クラブにいる時間は、みんなでドラッグを楽しんでたことは事実みたいやし。その中に竹田くんもいたしね。とにかく竹田くんとうちのグループは絡ませへん方がいいな、と思って」

仙石は、店のスタッフがドラッグを使用していることに薄々感づいていた。

「実は、うちの主人も十年ほど前に一回、ドラッグで捕まってるんよ」

お恥ずかしい話なんやけどね、と仙石は続ける。

「きっかけはほんまに些細《ささい》なことでね。人から回ってきたものを軽い気持ちでやり始めてしもたんやろね。サロンワークって毎日の食事もままならへんぐらいハードでね。その合間を縫って勉強会して、資格とって、実務して……って。だから美容師の仕事ってすごいストレス溜まるというか――」

仙石がもう一度、グラスの水を口に含む。

「とにかく休みの前日は夜遊びしてしまう。もちろんそんなこと言うたら、ストレスない仕事なんてないけども。〝美容師ナイト〟ってクラブイベントが昔から定番であるしね。そこに誰かが持ち込んで、ああいうもんが回ってくる」

ふーっ、と仙石が深い息を吐いた。

「私はずっと主人の横にいて知ってるから、なんとなくわかるんよ、使ったかどうかは。クスリ、って言っても……」

仙石は目を左右に動かして周りを窺った。

真瑠子に顔を近づけ、口だけを動かす。

「か、く、せ、い、ざ、い」

顔を元の位置に戻した。

「じゃなくて、もう少し常習性のないものやから、テレビや映画で観るみたいに異常な状態になるわけやないけど、いつもと違うことだけはわかる。それで、ちょっと気になったメンバーには注意をしてたんやけど……」

こんなこと言うのはなんやけど、逆に捕まってくれて良かった、と仙石は続けた。

「うちの子らも、ホンマにやばいことやって、わかってくれたと思う」

話し合いの結果、美容師グループと竹田グループが一緒にならないように担当シフトを変更した。

仙石は彼らには当分夜遊びは自粛するよう言い渡すという。竹田くんには、真瑠子ちゃんから話して、と結んだ。

店を出ると日は暮れていた。景色がすっかり変わっている。ビル群が光を放ち始めていた。

いつも自信満々に見える仙石にも悩みはあるのだ。消耗した様子の仙石の後ろ姿が、真瑠子の脳裏に焼きついた。

竹田に連絡しようと携帯を取り出したら、伊地知からのメッセージが入ってきた。

〈姉御、お疲れさまです。今夜、大阪オフィスで担当ないですよね？　急なんですけどお話ありま

して。今夜時間もらえますか〉

なんだろうか。今まで、伊地知からこんな連絡をもらったことは一度もない。

真瑠子はすぐに返信した。

〈大丈夫やけど、いっちゃん一人？　竹やんも一緒？〉

ひとまず竹田に連絡するのは後にして、伊地知の返信を待った。

携帯を握りしめながら、梅田新歩道橋まで下りてきた。

日が落ちた歩道橋の上でぼんやりと立ち止まる。

〈竹やん。どうしたんや。ノリよく遊んでもうただけ？〉

竹田のグループは年齢層が若い。仕事というよりサークルのようなノリだ。

それが彼のグループの魅力だったが、組織としては成長が止まったままだ。

望月グループのように、年齢やジャンルの違う層にどこかでぶつかるといいのだが、思い通りにいくほどこの世界は甘くはない。

それこそ、守本の言うように、〝縁〟で〝運命〟を摑むまで、根気よく繋ぎ続けなければならないのかもしれない。

ポケットの中で握っていた携帯が震えた。

取り出して確認すると伊地知からの返信だった。

〈一人です。竹やん、今日は工場の研修で琵琶湖に泊まりなんでいません〉

これから大阪駅に出てくるという伊地知と、東通商店街の店で会うことになった。見つめていた液晶画面から、顔を上げた。

さっきよりも人通りが多くなったように感じた。

歩道橋を行き交う人たちはどんな〝縁〟を探しているのだろうか。

4

東通商店街から一本入った場所にある、九州の郷土料理の店に入った。

店員に二名だと告げると、奥の個室に案内された。

真瑠子は伊地知の到着を待たずに先に一杯飲むことにした。飲みたい気分だった。

頼んだ生ビールを店員が持ってきた。つき出しの明太子をつまみながら一人ちびちび飲んでいると、伊地知が店員の「失礼します」という声とともに現れた。

「姉御、すんもはん。急に」

真瑠子は酔いが少し回っていた。顔がほてっている。

「ううん。いっちゃんこそお疲れさま。お先にいただいてます」

ビールジョッキを顔のそばに持ってくると、伊地知はそれを見て顔を綻ばせ、後ろに控えていた店員に「じゃあ僕も生中で」とオーダーした。

伊地知のビールが来るまでは、お互い当たり障りのない話をした。

この前、伊地知が当たったというロトセブンの件を聞いてみる。

駅前の売り場のおばさんが年齢に似合わぬアニメ声なのが面白くて、彼女の姿を見かけたら、必ず購入するようにしていたらしい。

それが先月、五万円ほど当たったのだという。

「そん時ん竹やんと僕ん盛り上がりちゆたらなんちゃあならん」

伊地知は顔をくしゃくしゃにして言った。

店員がビールを運んできた。

テーブル横に置いてあったタブレットで適当に頼んだ料理も一緒に運ばれた。

湯がいたホタルイカにはきれいな黄色の酢味噌がかかっている。小さな竹のザルに載せられた豆腐はぷるんと揺れている。どちらも美味しそうだ。

「とりあえず、乾杯！」

伊地知と二人きりで飲むことなど、今まで一度もなかったな。

真瑠子は笑顔になった。

「いっちゃん、調子、どーお？」

「調子……。うん。あんまい良くなかね。相変わらず、女はおらんし」

「いや、いっちゃん。そっち方向ちゃうから」

竹田と一緒で、一回はボケないと、真面目な話は恥ずかしくてできないのが関西人の性《さが》か……と思いそうになったが、そもそも伊地知は鹿児島出身であって関西人ではない。竹やんの影響だろうか。

伊地知が持っていたビールジョッキを置いた。

「会社ん仕事は、まあ普通、ちゅうか、やっちょっことは少し変化があってんずっと同じ調子です。竹やんも僕もわりと真面目にやっちょります」

「そっか」

食べよか、と伊地知を促し、料理を少し口に入れた。

ホタルイカも、ついてきた薬味を全部のせた手作り豆腐もあっという間になくなった。ビールジヨッキの汗が大きくなっていた。

真瑠子は切り出した。

「いつやったかの日曜日に、竹やんがどこ行ったか知ってるか私に聞いてきたことあったでしょ」

「ええ」

「あの時、竹やんが体の調子悪かった、って言うてたけど、どんな感じやったん？」

伊地知が箸を置いた。

「竹やん、実は――」

と、言いかけてすぐにそれを打ち消した。

「いや。なんか、酒飲みすぎたごあって。ちゃんぽんして、いつもと違う酔い方しっしもたみたいで」

伊地知は自分で自分の言葉にウンウンと頷きながら、目の前のビールジョッキに口をつけようとする。

「いっちゃん！」

真瑠子はテーブルに両手をつき、顔を伊地知に近づけた。

「ほんまのこと言うて」

「あ」

伊地知はそのまま固まった。

「さっきな、仙石さんと会ってたんやけど――」

真瑠子の言葉を聞いて伊地知は下を向いた。

真瑠子は、仙石から聞いた内容を、順を追ってゆっくりと話した。伊地知の肩がみるみる下がっていく。

「ごめんな、姉御。嘘つくつもいはなかったどん。竹やん、月曜日ん朝に変な感じやったから、風邪かなんかかて思ちょったどん。とにかく朝は一緒に出勤して。でもやっぱいお昼ぐらいまでちょっと様子がおかしごあって」

外から客の笑い声が聞こえた。

「夕方に仕事が終わってから、〝ほんのこて二日酔い？　なんかあったんちごね？〟って竹やんに聞いたら、あっさり〝昨日、楽しくなる紙きれ舐めたらちょっと調子悪なって〟っち言《ゆ》て」

あ……。真瑠子は言葉を失った。

仙石と別れてからここで伊地知に会うまで、携帯でいわゆる「クスリ」とされるものを検索していた。

紙、というのはＬＳＤだろう。スマイル、イチゴ、ハートなどの可愛いマークが描かれた紙に、麻薬成分を染み込ませたものだ。

大麻より人体への影響は強い。つまり、罪もより重いのかもしれない。

「いっちゃん、ほんで竹やんはその紙切れ、まだ持ってたりするんかな？」

「僕も気になって聞いたどん、竹やんな〝持ってない〟ち。本当のとこいはわからん。だって、そげん小さか紙切れ持っちょったどんわからんし」

確かにそうだ。

「じゃっけど姉御。竹やんの信用しよち思うちょい。僕は」

真瑠子の目を見て伊地知が言った。

「姉御やってん、僕やってん、たまに飲みたい時、あっじゃろ？　なんかむしゃくしゃして、酔っ払って忘れっしまいたい時とか、不安な気持ちを落ち着かせたか時とか」

真瑠子はまさに、さっきの飲みたい気分を思い出していた。

「きっと竹やんの今ん気分も、そげんとじゃなかかち思っかよ。じゃっで、そいを咎むるんとじゃなくて、こいからん竹やんの信じらんならち思て……」

「いっちゃん」

真瑠子は呼び掛けた。

「私、いっちゃんが竹やんのそばにおってくれて、ほんまによかったと思う」

伊地知は真瑠子の顔を見た。

「私も信用してる。竹やんのこと。でもな、今の私の心配は、竹やんがそこから作っていくかもしれへん〝縁〟や。かめへんねん、ハメ外して楽しくなりたい時もあるやろ。でも、クスリは法律で禁止されてるねん。うちら日本に住んでんねん。禁止されてるもんをやったら捕まる。捕まって、自分が反省させられるだけやったらまだええけど、もしやで、刑務所入ったりしたらそこでまた新たな人種と出会うやろ。その縁はまた繋がって、今度は竹やんの人生を台無しにするかもしれへん。知らんけどな」

伊地知は黙って頷く。

「芸能人がクスリやめることができなくて繰り返し捕まったりしてんのも、みんなそうや。本人はやめる気でも、周りにすすめられたらまたやってしまう。だからそんな悪い縁は断ち切らなあかんねん。楽しくなりたかったら、私らと酒を飲んだり、カラオケしたらええやん。紙切れやのうて！」

いつのまにか声が大きくなっていた。

「……じゃっどな。僕もそげん思うよ」

真瑠子は、乗り出していた体を後ろに下げた。

「ごめん、いっちゃん。ちょっと興奮してもうた」

気を取り直して「ビール、おかわり飲む？　それとも違うの頼む？」と伊地知に聞き、注文用タブレットでレモンハイとハイボールをオーダーした。

伊地知が目の前にあった空のビールジョッキをテーブルの端へ片づけた。

「今日、僕が話したかったこつは、実はまた別んこつで」

真瑠子は伊地知の顔を見つめ直した。

「別？」

「うん。突然じゃっどんからん、僕、鹿児島に帰らんならんこつになっしもて」

「嘘——」

「そいがほんのこっで……。親父の調子が悪《わろ》なっしもて」

伊地知は幼い頃に母を亡くしており、父と祖父に育てられた。

その父に悪性の腫瘍が見つかった。幸い初期だったため手術をすれば治るが、入院中の父の世話と高齢の祖父の面倒を見るのは自分しかいない。そこで鹿児島の実家に帰ることにしたのだという。

「いっちゃん」

真瑠子は急に心細くなって伊地知を見つめた。

伊地知がいなくなる——。

致し方ない事情なのだが、どうしよう……。

「竹やんには、言うたん？」

伊地知はかぶりを振った。

「うんにゃ。まだ。親父と語ったんも昨日じゃっで。今日、会社ん社長には話した。はよ伝えた方がよかかち思て」

「社長も残念がってたやろうな。しょうがないことやけど……」

伊地知はいつもの人懐っこい顔を、真瑠子に向けた。

「ありがてこっに、社長もなんとかできひんかとか、いろいろ言っくいやったわ。じゃっどん、やっぱい介護んために誰かを雇うんちゅは難しいし、いったん親父の体調の良くなるまで帰っとに決めた。期間がわかっちょったら、休業扱いできるんやで、って話もしっもろたけど。じゃっどん先んこつの、わからんしな」

辞めれば少しでも退職金がもらえるし、その方がよかとかも、とも考えてな、と伊地知は小さく笑みを浮かべた。

「さすが番頭さん、しっかりしてんな」

失礼します、という店員の声とともに追加のレモンハイとハイボールが運ばれてきた。

「じゃ、いっちゃん」

弱々しい二回目の乾杯をした。

今は、伊地知のいなくなった自分のグループが想像できない。

次の言葉が続かなかった。

レモンハイを一口飲んだ後に、伊地知は真瑠子の顔をじっと見つめた。

「姉御んプラチナ昇格、祈っちょってな。そいから、竹やんのよろしゅう頼んます」

その言葉を聞いた途端、真瑠子の涙腺が決壊した。

伊地知の顔が、滲んで見えなくなった。

5

「いやー。残念やったね」

大阪オフィスのＶＩＰルームに仙石の声が響いた。

七月二十五日。

数名のメンバーが輪になって、仙石の手元を覗き込んでいた。

仙石が手に持っているのは、発売されたばかりの『月刊マルチ・レベル・マーケティング』八月号だ。

巻頭カラーに掲載されているのは、マイウェイで、未曾有《みぞう》の数字を叩き出したという二十一歳の女性ネットワーカー。

一ヶ月間の読者投票により、『ＭＬＭクイーン』は決まった。投票総数一万四千票。過半数は一位と二位のマイウェイの候補者に投じられた。

三位にはサプリメントを中心に扱う「ナチュラルナチュラル」の三十五歳の女性が選ばれ、四位以降は発表されなかった。

真瑠子と亜希菜が、いったい何位だったのかはわからない。三位までに入らなかったことだけは確かだ。

雑誌をめくる仙石は楽しそうに見える。この企画に関しては、蚊帳《かや》の外に置かれていたことが面白くなかったのだろう。

「真瑠子ちゃん、気にしないでええよ。はっきり言って、マイウェイとうちとでは規模が違うんやから。こんなん、組織票やからね」

真瑠子に仙石は言った。

仙石がメンバーたちとその話題で盛り上がっているのを背に部屋を出て、真瑠子は給湯スペースに向かった。

手元の携帯でフェイスブックの亜希菜の記事を見ると、昨日の記事に「いいね！」が２３０もついている。

真瑠子は、三日前にアップした記事についた「いいね！」が25……。

亜希菜は、にっこり笑っている自分の顔写真で、真瑠子はカフェで撮った可愛いラテアートの写真。人物写真の方が「いいね！」がつくよ、と誰かにアドバイスされたことを思い出した。だが積極的に自分の顔を晒《さら》すことに、どうしても抵抗があった。

（だいたい亜希菜のこの写真かて、誰に撮ってもらってんねん）

携帯の画面を閉じた。

結果がわからないのは良いことなのかもしれない。フェイスブックの「いいね！」の数にも一喜一憂しているのだ。投票数なんて突きつけられた日には、立ち上がれなくなるだろう。世の中、知らない方が幸せなこともある。

〈他人と比べると、不幸が始まる〉

大阪オフィスの近所にある、寺の掲示板の言葉を思い出した。


「未来は、過去が決定づけるもんじゃないんです。生まれも育ちも、過去の過ちも関係ありません。〝現在〟の自分が明日の、来月の、来年の、それ以降の未来を決定するもんなんです。今、ここで成功する自分を決定させて、幸せな未来を作りましょう」

竹田がスタートアップセミナーの最後に言い放った言葉を、真瑠子は後ろで聞いていた。絶頂期の精彩は欠くものの、やはりうまいプレゼンだった。

そこには竹田グループの新規は一人もいなかった。

セミナーが終わった後、竹田は八階のVIPルームで一人佇んでいた。

「竹やん」

真瑠子は、三人掛けソファの向こう側に立って、大きな窓からぼんやりと外を眺めている竹田に近づいた。

竹田は身じろぎもせず、外の明かりを眺めている。

真瑠子は肩で竹田の背中を押した。

竹田が口を開いた。

「このさー、下でギラギラしてる灯り、十一時半くらいになったらさ、ほとんど消えんねんで」

大阪オフィスのビルはラブホテル街を見下ろすような位置に建っていた。夜はケバケバしい看板やネオンが煌々《こうこう》としている。

だが週末の夜などは二十三時を過ぎると、その景色は一転して真っ暗になるのだ。

ラブホテルは泊まり客で満室になると、行灯《あんどん》を消すからである。

「せやな。なんかすごいよね。あの部屋の一室一室でみんな愛し合ってる、ってことやもんな」

「俺らは、ここで仕事してるけどな」

ほんまやで、と顔を見合わせて笑った。

「アホやな」

竹田が言った。

「どっちが？」

「どっちも。愛し合ってるやつらも、働いてる俺らも」

話しながら二人でネオンを見下ろしていたら、まだ二十一時過ぎだというのに、一番大きいネオン看板の灯りがパッと消えた。

「ほんまやな」

真瑠子は言った。

「ほんまにどっちもアホやで」

真瑠子がそう続けると、竹田が窓の外から視線を離さずに、大きなソファの背にもたれて、カーペットの上に腰を下ろした。真瑠子も横に座った。

「竹やん、今日、いっちゃんのフロントの女の子から電話あったわ」

「ああ。俺のこと嫌いな子やろ」

「竹やんのことが嫌いなんちゃうで。別に」

伊地知が去って一ヶ月。

甲斐甲斐《かいがい》しくダウンのフォローをしていた伊地知の役目は、アップである竹田と真瑠子に引き継がれた。

「あの子、できるやつやと思うから、ちょっと言いすぎてもうてな。すっかり嫌われたわ」

竹田はそう言って唇を噛んだ。

「ちょっと彼女はビビリやねんな。いっちゃんが優しすぎたから、余計に傷ついたんやと思う」

「いちがおってくれたらなあ……」

竹田は窓の外を見つめたままだ。

「うまいこといかんわ」

竹田はくりくりした髪を真瑠子の鼻先に触れさせたかと思うと、その頭を真瑠子の右肩にそっとのせた。

「姉御……」

真瑠子は、そのままじっと動かなかった。

「俺さ——、ちょっと疲れたな……」

音はなかった。

眼下のネオンだけがチカチカと瞬いている。

「——せやな。疲れたな」

真瑠子は言った。

「でも竹やん、カラフルな紙切れは舐めたらあかんで」

「あ」

言うと、竹田は真瑠子の肩から頭を上げた。

「いっちゃん、言うてもたか」

いたずらを見つかった子供のような表情をした。真瑠子の顔を見て、ご・め・ん、と言葉に出さず口を動かした。

毎日毎日、ずっと走り続けてるもんな。

ネットワークビジネスの世界に入ってからというもの、気持ちが休まって、心からくつろいだことなんかあっただろうか。

「俺はさ、何者なんやろか……」

竹田が呟く。

「竹やん？　なんやろ。……強者《つわもの》？」

「ははは。全然強ないわ」

「私よりは、だいぶ強いで」

「姉御、すぐ泣くもんな」

「うるさい」

また一つ、ネオンの灯りが消えた。

「初めてマイウェイで昇格した時な、めっちゃ嬉しかったん、今でもすげー覚えてる」

「そっか……」

「いっちゃんと二人で、一本ずつだけビール掛け合いしよー言うて、寮の横の公園で二人で思いっきり掛けおうて」

「その話、聞いたことあるな」

「それも言うとったか」

「そうそう。何回も人に話してるけど、実はちょっと値切って発泡酒でやったから、ほんまはビールの掛け合いやなかったって」

「はは。いっちゃんばらしすぎやな」

さっき消えた一番大きいネオン看板が、また灯りをつけた。

「なんや、誰か帰ったんかいな」

竹田が言う。

「キャンセルちゃう」

「一番嫌いな言葉やな」

竹田がそう言いながら、両手で顔を覆《おお》った。

背後からドアをノックする音が聞こえた。

「鹿水さん、いらっしゃいますかー」

女性の声がした。

真瑠子は竹田の髪をくしゃりと掴み、優しく撫でた。

七階のセミナールーム前は熱気に溢れていた。入り口付近では、牧枝亜希菜が中年男性にビジネス論を語っている。その隣では、カラフルな髪色の仙石グループメンバーが楽しそうにお喋りをしている。

真瑠子がセミナールームに入ると、望月と見知らぬ数名の若者が振り返った。おそらく望月が連れてきた新規だろう。彼らに笑いかけながら、真瑠子の頭の中では最後に竹田が呟いた言葉が繰り返されていた。

——俺はさ……人に認めてもらうんが、嬉しかっただけやねんけどな。

6

寝入ったふりをしていたが、本当は眠ってなんかいなかった。

閉じたまぶたの向こうで、ゆっくりとドアが閉まった。真瑠子が寝ついたと思って、一朗がそっと部屋を出ていく音がした。

八月も終わろうとしている夜、二十三時過ぎだ。

エアコンの音だけが静かに響いている。

体には、さっきまで一朗が触れていた痕跡があちこちに残っている。その快楽の余韻に溺《おぼ》れそうになる。

目を開く。

これから一朗が奥さんと子供の元へ帰っていくのかと思うと、自分だけが地獄に落とされるような感覚に陥った。惨《みじ》めな波が襲ってこようとするが、真瑠子はいつものように頭の中で石を想像する。

硬い、硬い、大きな石を。どついたり、揺さぶったり、割ろうとしても、びくともしない硬い石を。

傷なんてつかない。そんなやわな心じゃない。

わかってるんでしょ。わかってたんでしょ。わかったんでしょ。と三回呟きを繰り返し、ベッドから体を起こした。

部屋中の明かりをつけた。テレビもつけてYou Tubeを映した。お気に入りのお笑い動画を再生する。

（くそー。アホか）

何年か経った時に今の自分を笑えるだろうか。腐っても関西人。笑えるなら何ごともオッケー。笑えなかったらアウト、や。知らんけど。

冷蔵庫から白ワインを出して、グラスに注いだ。少し飲んでから寝直そう。

真瑠子はネットワークビジネスを始めてから酒を覚えた。メンバーとの交流に不可欠なので飲み始めたが、今ではストレス発散の手段として欠かせないものになっている。小さい頃から父の酔っ払う姿が嫌いで、酒には手を出さずにいたが、いっぱしの酒飲みになってしまった。

テーブルから携帯電話を手に取ると、この前パワーミーティングに参加していた、亜希菜グループの南澤《みなみざわ》という男性からメッセージが届いていた。

一朗といる時はサイレントモードにしていたので気づかなかった。

二時間以上も前にもらっていたようだ。

〈明日、よかったらセミナー終わりでレイトショー、行きませんか？〉

パワーミーティングで〝諦めない〟大切さを学べる映画として紹介された『ショーシャンクの空に』を真瑠子と南澤は観たことがなかった。それがちょうど、梅田にある映画館のリバイバル企画でレイト上映されるという。

（ふうん……）

牧枝グループの南澤が急に真瑠子に接近してきたのが、少し解《げ》せなかった。

自分に気がある？

あるいは南澤は亜希菜が放った刺客で、真瑠子を骨抜きにしてグループを壊滅させる魂胆……。

いや、そんなことをするメリットは亜希菜にはない。彼女のグループは十分巨大であり、次期プラチナ昇格も間近ともっぱら噂されているのだ。

いずれにせよ、誰かとデートのようなことをしてみるのは、いいかもしれない。

妻子持ちとの恋に溺れて、石を抱いている場合ではない。

手元の液晶に指を滑らした。

〈いいですね。行きましょうか〉

「南澤さん、ところでなんで私を誘ったんですか？」

レイト上映の映画を観終えて二軒目、時刻はすでに深夜一時を回っている。カウンターだけのバーで三杯目を飲み始めたら、急に酔いが回ってきた。

「理由、要りますか?」

南澤が問う。

「牧枝さんですか?」

真瑠子は質問を重ねる。

「牧枝さんがなんの関係があるんですか」

予想外の人物が出てきたことに驚いたのか南澤の語気が少し強くなった。

(言葉が荒れてる。怪しいんやない?)

酔った頭でそう判断した真瑠子は、もう一押ししてみることにする。

「牧枝さんですよ」

「言ってる意味がわかりません」

南澤はしらばっくれているのか、亜希菜の名前に反応しない。

「牧枝さんのスパイじゃないんですか?」

「スパイ? なんですかそれ。映画じゃないんですから」

真瑠子は南澤の目を横から覗き込む。南澤が目を合わせてくる。真瑠子は目をそらさずに手の中にあるカクテルに口をつけた。

「そんなことして、牧枝さんになんの得があるんですか」

南澤がそう言うと、カウンターの向こうでグラスを拭いていたバーテンダーが、少し笑ったような気がした。

「確かに」

真瑠子は言った。

しかし、どうも亜希菜が自分を敵視しているような気がしてならない。被害妄想だろうか。

「真瑠子さんと一緒にいたかったからですよ」

突然南澤が可愛いことを言った。

「おかっぱの、はと胸Dカップと？」

「え？」

真瑠子は急に恥ずかしくなって、自虐的なセリフを口走った。

「おかっぱ？　はと胸Dカップ？」

南澤が問い返した。

「あ。ごめんなさい。前に私のことを〝おかっぱのはと胸Dカップ〟って言ったフロントのおじさんがいて」

「はあ……」

南澤は苦笑交じりに応える。

「でも私、おかっぱでもはと胸でもないし、Dカップでもないんです」

（ああ。何喋ってんねや。どうでもええことやのに。酔っ払ってるな）

目の焦点を南澤に合わせる。

「これはショートボブっていうヘアスタイルやし、はと胸じゃなくて、アンダー六十五のEカップ！　これが正解！」

真瑠子がそう宣言すると、南澤が堪え切れずに笑い出した。

「真瑠子さん、やっぱり面白い人ですね」

「面白くありません。普通です。知らんけど」

バーテンダーが頼んでもいないのに、真瑠子の前に水の入ったグラスを差し出した。真瑠子は一気にそれを飲み干した。

(だめだ。少し酔いを醒まさなくては)

空けたグラスをバーテンダーに戻して、おかわりを頼んだ。

真瑠子は南澤に向き直った。

「南澤さん、結婚してますか?」

真顔で確認した。

「独身です」

南澤が答える。

続けて真瑠子は聞く。

「彼女はいるんですか?」

「今はいません」

南澤が首を振った。

今度は南澤が聞いた。

「気になりますか?」

真瑠子は据わった目を南澤に近づけた。

「はい。気になります」

はっきりと告げた。

今後の真瑠子にとって、とても重要で、とても大切なことだった。もう心の中に石なんか抱きたくない。

今日オフィスで、一朗に二人目の子ができたという仙谷グループの会話を耳にした。

真瑠子と一朗がそういう関係になってから一年近くは経っているというのに――。

南澤は優しい顔をして目尻を下げた。

真瑠子はその優しい顔を、少し愛しいと思った。

南澤が真瑠子の手を取った。手の甲にある古傷を指でなぞった。

「小さい傷、ありますね」

「ええ。ちっちゃい時、悪いことして祖母にやいとされました」

「やいと？　こんなに痕が残るんですか。お灸《きゅう》ですよね」

南澤は言った。

「ええ。傷の凹みが面白くて、指でいつも触ってしまって。だからなのか、すっかり痕になっちゃいました」

「何をそんなに悪いことしたんですか？」

南澤は笑いながら言った。

「さあ――？　それがあんまり覚えてないんですよね。小さい時のことなんで」

一緒にたくさん笑った時間が過ぎたと思う。

気がつけば、真瑠子の唇の上には少しカサついた唇が重なっていた。大きな手で両頰を包まれている。ムスクの甘い香りが鼻を突いた。

薄目を開けた。ここは自分の部屋だろう。

難波《なんば》からマンションのある心斎橋まで、南澤と手を繋いで歩いていた記憶はうっすらと、ある。頬に当たる風が心地良くて、シャッターの下りた心斎橋筋商店街を、ふわふわと歩いていた。

乾いた唇の隙間から優しく南澤の舌が差し込まれた。嫌じゃない。真瑠子も自分の舌で、彼の舌先を受け止めた。

粘膜と粘膜が絡み合い、優しい戦いが始まろうとしている。

これを受け止めて良いのだろうか。いや、もう後戻りできないほどに南澤に甘えているではないか。彼の好意や下心に大いに助けられているのは厳然たる事実ではないか。

何もかもが蕩《とろ》けていった。

触れられた乳房の先も、冷たい指に挟まれた耳も、嚙まれた耳朶《みみたぶ》も、すべてが甘い感覚に呑み込まれていった。

「真瑠子さん」

名前を呼ばれた。飲み始めた時から、鹿水さんではなく下の名前で呼ばれていた気がする。

「ずっと好きでした」

南澤が焦点の合っていない真瑠子の目を見て言った。

それから彼の唇は真瑠子の首筋を伝って、鎖骨へと下りていく。

「ありがと」

と真瑠子は小さく言って、この人を好きになれるのだろうかとぼんやり考える。きっと自分を助けてくれる人だ。

でも、それは恋ではないのだろうなと、回らない頭の中で考えた。

「恋はするもんじゃなくて、落ちるものだから」と、いつだったか竹田がカッコつけて言っていた。その場に居合わせた、伊地知も望月も、丹川谷も大笑いしていた。

含んだ南澤の硬いものを舌の先で転がすと、真瑠子もなぜだか濡れた。その後、それは真瑠子の中に入ってきて、やがて弾けた。

そして、朝が訪れた。

7

三共銀行、藤江支店、普通口座、7825□□□。

ローン用紙にサインするのは何度目だろうか。

キャッシュカードを見て確認しなくとも、自分の口座番号の七桁をスラスラと記入することができた。

南澤と映画を観にいった翌週、真瑠子は堺市にあるバイクショップの店頭にいた。

丹川谷傘下の男性メンバーが営む店だ。現金を手に入れるため空《から》ローンの申し込みをすることになっていた。

三日前、実家の母が転送してくれた郵便物の確認をしていて驚愕《きょうがく》の事実に気がついた。

自分の抱えている借金の金額だ。

総額は二百万円を超えていた。

最初に肩代わりした望月の分はローンを支払い終えたが、ワンステップ目の一台分のキャッシングはまだ半分残っているし、ツーステップ目の丹川谷からの借金五十万円も手つかずだ。

補正下着三十万円、リゾート会員権四十五万円、エステサロンのチケット三十五万円。これらは新規開拓を狙ってローンで購入したものの勧誘に失敗した不良債権だ。それ以外にも洋服やバッグ、化粧品、外食やタクシー代など、次々とカードをきった。

今月末の支払いの合計を電卓で叩いてみて、震えがきた。

四十九万円。

ローンやカード類の支払いの他にマンスリーマンションの家賃と光熱費、携帯電話代を加えると予想外の数字になっていた。もちろん預金はない。次のSBJNからの入金額、三十三万円を差し引きしても、まったく足りない。

オンラインで、クレジットカード分の支払いをすべてリボ払いに変更する手続きを取った。今月末の引き落としはなんとかなるが、来月十日の引き落としには残高が不足していた。

バイク店はローン会社と提携している。そこでバイクを売ったと偽装し、ローンを組む。審査が通ると、店にはローン会社から販売金が振り込まれる。その現金を真瑠子にスライドしてもらう。そういう段取りになっていた。

真瑠子は、百三十万円、四十八回払いのローンを組んでもらった。この百三十万円を手にしたら、自分が抱えているローンをできる限り清算するつもりだ。

(浮かれすぎたわ)

収入が百万円を超える月もあったというのに、どうして借金を先に清算しなかったのか。

自分が馬鹿すぎてため息も出てこない。

もちろんこれから、架空のバイク代を四十八回の分割で支払うことになる。いわば借金を借金で返した形だが、いっぺんに百三十万円という高額を借りられるのは今の真瑠子にはありがたかった。

ようやく丹川谷に返済できるかと思うと、胸のつかえが下りる気分だ。

（余裕ができた、って言うても借金でできた余裕やけど）

とにもかくにもこれで一息つける。

「すみません。お手数をおかけして。おまけに結構な金額になってしまって」

真瑠子は恐縮して言った。

「問題ありません。うちはかなり高額の輸入バイクを中心に取り扱っているんで。百万円以上の商品が多いから、逆に高額の方が普通なんですよ」

太い腕に張りついたTシャツの袖をまくり上げながら店主は言った。

職業欄にはピアノ講師と記入する。

いくら稼いでいたとしてもネットワークビジネスの会社名を書くと、ローンは通らないからだ。定期収入としては認めてもらえない。

勤め先には今住んでいるマンションの住所を書く。連絡先は契約している固定電話番号スマホにした。現住所には、実家の住所を記入する。そうすれば居住年数も完璧に近い。

数々のクレジットカードやローンの審査を乗り越えてきているので、書く内容に抜かりはない。

ただ、複数のローンやキャッシングを組んでいるので、限度額が心配だった。

引き落とし日に残高不足で引き落とせなかったことはまだ一回もない。ブラックリストにも、その前のグレーリストにも載っていないはずだ。

書き終わった後、冷たいお茶を振る舞ってもらった。

真瑠子が持参した菓子が横に添えてある。

「助かりました。ありがとうございます」

「いえいえ。丹川谷さんや鹿水さんのセミナーで、うちのメンバーも随分助けられてますから」

タイトル保持者の真瑠子が借金の申し込みをしたことについて、彼は何も聞かなかった。

冷えたお茶を飲み干した。


真瑠子はバイクショップを後にしたその足で、丹川谷のマンションへと向かった。

「真瑠ちゃん、久しぶり！　元気やった？」

冴実の弾けるような笑顔を見ると嬉しくなった。相変わらずすっぴんなのに可愛い。

「元気でした！」

自分から両腕を広げ、冴実と軽いハグをした。

血の繋がった姉にはこんな風に接したことはないのに、冴実の前ではなぜか素の自分でいることができる。不思議だ。

冴実と真瑠子はダイニングテーブルの椅子に腰を下ろした。

「冴実さん、バイト、本当に紹介してもらってもいいですか」

丹川谷だけには金のことを相談していた。

それでグループメンバーのバイク店を紹介してもらい、借金をまとめることになったのだった。

さらに丹川谷は言った。

――真瑠ちゃんやったら、うちの店でバイトしたらええねん、って冴実が言ってたで。時給もええし。どう？

北新地のクラブで、ホステスのヘルプである。

「私に務まりますかね？」

「大丈夫、大丈夫。簡単なことやもん。水割り作るだけやから」

冴実は答えた。

「でも……。お客さんとの会話とか大丈夫かな」

「大丈夫、大丈夫。真瑠ちゃんみたいな子がじっと話聞いてくれたら、お客は嬉しいねん。素人っぽいのが逆にええんちゃうかな。なんかあったら私もおるし」

「冴実さんがいてくれるなら、心強いですけど」

何よりも、時給に惹かれた。

十九時半から二十三時半までの四時間で時給八千円。日給にすると一日三万二千円だ。日払いも可能だという。まずは金曜日だけの週一から始めてみたらどうかと言われた。週に一回だけやったとしても月に十二万八千円にはなる。

「じゃあ、真瑠ちゃん、今日マネージャーに言っとくから、明日あたり面接においでよ。また連絡するね」

爽《さわ》やかにそう言うと、「あかん、美容室に遅刻する」と慌てながら冴実は部屋を後にした。

「いっつもバタバタやねん。ごめんな」

閉じられたドアを見て、寝室から出てきた丹川谷が苦笑いして言った。

「バイク屋、どうやった？　うまくいった？」

「はい。おかげさまで。ありがとうございました。うまくいけば来週には入金されるみたいで、やっとお借りした五十万円をお返しできます」

真瑠子がそう言うと、丹川谷は笑顔になった。

「ところで真瑠ちゃん、竹やんから連絡ある？」

丹川谷は冴実が座っていた椅子に腰をおろした。

「はい。前よりはめっちゃ少なくなってますけど、最近は先週の日曜日にやり取りしました」

日曜日の午後一に竹田からは、

〈今日は急な仕事でパワーミーティングに参加せんのでよろしくです〜〉

とだけメッセージが入っていた。

「あっちの方は、大丈夫そう?」

丹川谷は声を落とした。

仙石から聞いた話は、丹川谷には報告していた。やはり竹田のその後を心配している。

「ええ。大丈夫だと思います。この前仙石さんに会った時にも聞いてみたんですが、例の末端メンバーも大人しくしてるみたいで、竹やんもあの子らとはつるんでないと思います。確かめたわけやないですけど、多分……」

伊地知と同じく、信じたい気持ちが大きい。

「よかった」

丹川谷の声に安堵が滲む。

「それでさ」

テーブルの上の紙を丹川谷は手に取った。

マンションの見取り図が掲載された物件情報の紙だった。

「話してた寮の件やねんけど、いいマンションあってさ。物件自体は阿倍野が良かったけど、日本《にっぽん》橋《ばし》の方が便利やろ。ここに決めたわ」

滝瀬の提案で、何名かでシェアできる部屋をSBJN大阪で借りることになっていたのだ。

「希望者は何名いそうなんですか？」

「四人くらいらしい」

「結構いますね。私、入れそうでしょうか」

真瑠子は心配になって聞いた。

「真瑠ちゃんは大丈夫。俺が一番先に名前入れとくから」

「ありがとうございます」

真瑠子は生活を立て直すため、今のマンスリーマンションを引き払うことにしたのだ。

「この前の牧枝グループの一人もやばかったですもんね」

亜希菜の傘下の一人が大阪オフィスで寝泊まりするようになり、問題になっていた。

滋賀県出身のそのメンバーは、地元の会社をやめてＳＢＪＮを本業にしたのをきっかけに大阪に出てきた。しかし次第に家賃の支払いに苦しむようになり大阪オフィスに居着いてしまった。似たようなケースが数人続いたため、滝瀬の提案が通り会社で寮を借りることになったのだ。

やばいと言いつつも、真瑠子も事情は似たり寄ったりだ。こんな状況になった自分が情けない。

「ああ。希望者の四人とも牧枝グループやわ。男子寮の方は仙石さん系列おるけど」

（また亜希菜んとこか）

どうしてか、亜希菜の影がつきまとう。

「そうなんですね。どんな子たちか楽しみですね」

真瑠子は平静を装って言った。

8

真瑠子がリビングのテーブルで一息ついていると、玄関の方で音がした。誰かが帰ってきたようだ。

バイクローンも、丹川谷が保証人になってくれたおかげでなんとか通った。真瑠子が九月下旬に日本橋の3LDKの寮に引越しをしてから、三週間近くが経っていた。

四畳半の部屋が一つと六畳の部屋が二つにリビング。六畳の部屋には二段ベッドが二つ入っていて、全部で九名が生活できる。

真瑠子は四畳半の部屋を確保していた。

リビングに入ってきたのは、牧枝グループのメンバーだった。

アイちゃんという女の子をリーダーに、きらり、ジュリア、という名前で呼び合っている三人組だ。

名字は最初に紹介された時に聞いたが、誰一人として覚えていない。

「鹿水さん、お疲れさまでーす」

アイちゃんが大きなバストを揺らしながら、マクドナルドの袋と自分の小さいバッグをテーブルの上に置いた。

バッグについている飾りが、テーブルの上でジャラジャラとうるさく音を立てた。きらりとジュリアも同じようにマクドの袋を持っている。

「美味しそうな匂いやね」

真瑠子は思わず口にした。

「鹿水さん、ポテト食べます?」

アイちゃんが、赤いLサイズの箱に入ったポテトを取り出す。紙袋をビリビリと裂き、その上に気前よくぶちまけた。

「ありがと」

遠慮なくつまませてもらう。柔らかくてしんなりしているのが真瑠子は好きだ。折れている、長めのポテトを手に取った。

「鹿水さんは、そういうとこがええんよね〜」

アイちゃんが言った。

「え？　ポテトつまむこと？」

真瑠子は思わず聞き返した。

「いえいえ。ちょっとうちらの上の人はお高い感じやから、なんかええなー、って」

亜希菜のことを言っているのか。

「アイちゃん、Aに聞かれたらしばかれるで」

顔にかかった髪を耳にかけながら、きらりが言った。内側が鮮やかな緑に染められている。

（Aて）

面白い話が聞けるかもしれない。真瑠子の胸に小さな期待が生まれた。

「ほんまや。Aはどっかで耳ざとく聞いてそう」

ジュリアが仙石のような赤いリップの唇で、ハンバーガーにかぶりつきながら言った。

「大丈夫や、聞かれたってあの人は、うちらみたいな庶民は相手にしてへんから」

アイちゃんが、携帯電話に目を落としながら言う。

「亜希菜さんって、どんな人なの？」

真瑠子はちょっと探りを入れてみた。

その言葉に三人は顔を見合わせて、口元を緩めた。

「鹿水さん、気になります？」

アイちゃんが聞いた。

「まあね。どんな感じでグループをまとめてんのかな、って」

本当は興味津々《しんしん》だったが、真瑠子は逸《はや》る気持ちを抑えて言った。

「かっこいい人やとは思いますよ。なんでも言い切るから。でも、ちょっと鼻につきますわ」

アイちゃんが言った。

「〝逆に、底辺の人間相手にビジネスやっても、しんどいだけでしょ〟ってね～」

きらりが前髪を真ん中で分けて、亜希菜の物真似をした。

「出た。〝逆に〟！」

ジュリアが言う。

亜希菜の口癖なのだと、三人はケタケタ笑った。

「新しいマッチングアプリ、結構いい感じかも」

携帯画面を指でいじりながらアイちゃんが言った。

「ああ。この前言ってたやつ？」

きらりが聞く。

「そそ。おっさんが多いけど、金払い超いいし、エッチもそこそこうまい」

「なんやの。それ」

ジュリアが突っ込む。

「あ。行ってもーたんや、アイちゃん、あのおっさんと」

きらりがそう聞くと、アイちゃんは携帯から顔を上げて、「そやねん。意外とよかったで」と笑って言った。

アホやなー、と三人で笑い合っている。

真瑠子は少し呆気《あっけ》に取られながら、ポテトをつまんだ。

「ほんで、あれやねん。今度、空気清浄機買ってくれるって！」

「おおおお〜」

きらりとジュリアが声をあげた。

じっと聞いている真瑠子に向かって、アイちゃんは言った。

「あ。鹿水さん、すいません。こんな話しちゃって」

「い、いや。大丈夫よ」

真瑠子は、テレビのバラエティ番組でも見ているような感覚に陥っていた。

「あのワンピース着ていったん？」

「うん。もちろん」

きらりの問いかけにアイちゃんが答えた。

アイちゃんがマッチングアプリで知り合ったその男は、知的な人がタイプとプロフィールに書いていた。セールで手に入れた二千九百八十円のノースリーブのシャツワンピを着ていったらしい。

「うっすいペラペラの生地なとこがまたエロかったもんな」

ケタケタときらりが笑った。

「鹿水さん、安いシャツワンピは男を落とすのにええんですよ。襟《えり》があるから小顔効果があるし、知的にも見える。特にタイト目のシャツワンピだと、生地の薄さが適度にボディライン出してくれてええ具合なんですよね」

きらりが真瑠子に説明した。

「鹿水さんもおっぱい大きいんやから、ぜひ活用してくださいよ」

ジュリアが横からあけすけに続けた。

「コスパ最高や」とアイちゃんが言うと、「空気清浄機、ゲト〜！」とジュリアが片目をギュッと瞑って、派手なネイルの指先でピストルを撃つ真似をした。

下品な笑い声がリビングに響いた。

「マッチングアプリ、ってそんなにええの？　使ったことないんやけど」

真瑠子が聞くと、三人はまた顔を見合わせた。

「鹿水さん、使ったことないんですか？」

アイちゃんが不思議そうに問い掛けてくる。

新規を獲得する基本形、と三人は断言した。街コンも行ったことがないと言うと、信じられないと呆れられた。

彼女たちは元々バイト仲間だった。十三《じゅうそう》の『花魁《おいらん》バー』というガールズバーで一緒に働いていたという。

「へー。じゃあ花魁の格好してたん？」

真瑠子が聞くと、

「ううん。通販で買ったペラペラの着物っぽい羽織着てるだけですよ。多分千円もせえへんやつ」

ジュリアが答える。

「うちらいっつもペラペラのんばっかり着てるやん」

きらりが突っ込んだ。

ジュリアが携帯の液晶に指をささっと滑らせてから、アイちゃんの写真を見せてきた。

確かに薄い生地だ。しかもその花柄があしらわれた羽織の下には、同じ柄のマイクロビキニを着用していた。

アイちゃんのたわわな胸の乳首がかろうじて隠れるくらいしかない。

裸、ではないが、それに近いような衣装だ。

「なかなか露出してんねんな」と言うと、「バーだから触られることもないし、別に見られるくらいは全然」とアイちゃんは答える。

その店の、名ばかりの若い男のマネージャーがSBJNを勧めてきたので、時給がよくないバーを辞め、三人一緒にサインアップしたのだという。

「誘える友達なんかおれへんし、どんどん知り合い作っていかな無理」

三人は口を揃えた。

9

十月最後の日曜午後、真瑠子は京都の慣れぬ景色の中にいた。

滝瀬と会うためにやってきたのである。

携帯電話の地図アプリと格闘していると、真亜紗から珍しく電話がかかってきた。

「もしもし、電話なんて珍しいやん」

真瑠子は歩きながら応えた。

――パパな、この前やった検査で肝臓の数値が悪かったらしいわ。

「え？　大丈夫なん？」

――うん。入院の必要はないけど、お酒は減らした方がいいって言われて、ちょっとしょげ気味。

「そうなんや。しょげて済むんやったらそれでええけど。ママはなんて言ってるん？」

――お酒減らすええ機会や、ゆうて喜んでるわ。

「せやな。飲む量減らして、その数値を今以上悪くならんようにせなあかんもんな」

――そうそう。これ以上悪なったら一生酒飲まれへん、って今は大人しくしてる。

「そんなら安心やな。ほんで、彼氏とはどうなん、うまいことといってるん？　明石が地元の人や、って言うてたもんね」

――うん。まあまあうまいこといってんで。実はさ……。

「実は……？」

――実はこの前、プロポーズされた。

「すごい！　それで？　それで真亜紗はなんて返事したん？」

――それが、ちょっと待って、ってとっさに言うてもうて。

「なんでやのん」

――ええ話やな、とは思ってるで。結構好きやし。ただちょっと早いかなー。

「でも、もうつき合って半年以上は経ってるやろ」

――期間じゃなくて、真亜紗まだ二十一やし。真瑠姉ちゃんも真莉姉ちゃんもまだやし。

「うちらのことなんか気にせんでええよ。真莉姉は規格外やし、私かって今となったら姉ちゃんと同じや。好きになった人なんやったら〝今〟を逃したらもったいない気するな」

知らんけど、と最後についつけ足してしまったが、結婚だってビジネスと一緒で、きっと〝機〟が大事だろう。

――そうかな。

「うん、そうやで」

――そっか。真瑠姉ちゃん、ありがと。

電話を切って、指定された祇園のバーへと足を進める。

昨日、滝瀬から直接連絡があり、どうしてもしておきたい打ち合わせがあると言われた。

冬にSBJNでコンベンションを開催する予定らしい。今回は滝瀬の京都傘下のリーダー、キシという人物が企画に深く携《たずさ》わるので、三人で打ち合わせをしたいとのことだった。

コンベンション――。一朗もかかわるのだろうか。

こんなことを考えてしまう自分が情けない。歩きながらうつむいた。

一朗とは寮に引っ越す前に別れた。泥沼だった。南澤と映画に行った夜、二人の姿を一朗は目撃していたらしい。どこに行ったのか、つき合っているのかと詰問してくる一朗に嫌気がさした。真瑠子と関係を続けながらも妻との間に二人目の子供を作った一朗に非難される覚えはなかった。自分でも驚くほど大きな声で罵倒《ばとう》してしまった。

もう未練はなかった。……はずだったが、今こうやって思い出しているということは、まだ気持ちが残っているのかもしれない。

南澤とはあれから二回、会った。仕事の後、一緒に飲み、夜更《よふ》けに甘えてラブホテルでセックスをした。

だが今は一切連絡を取っていない。

先週、寮でアイちゃんたちの話を聞いてしまったからだ。

女癖の悪い男性メンバーの噂話だった。何気なく耳に入ってきた内容から、それが南澤のことであるとわかった。

——映画から法善寺横丁のバーへの流れやろ。

——そうそう。

——私はいきなりバーやったで。

——回を重ねたら、ラブホ前で待ち合わせに切り替わるらしいで。

——ええ。嫌やな。プロセス飛ばしすぎやん。

——「好きでした」なんつって。

——ハハハ。一応やる前にお決まりで言うやつな。

(はあ?)

怒りが込み上げてきた。しかし、責めようにも南澤は嘘はついていないのだ。

結婚もしていないし、特定の彼女もいない。「ずっと好きでした」などという言葉は、明日の二人を約束するものではない。

(くそう)

腹が立った真瑠子は、その日の夜、オフィスの入り口で南澤の高そうな革靴を見つけると、そこにあったかいコーヒーを入れてやった。

(一朗といい南澤といい、ろくな男運じゃないな)

歩きながら額の汗を掌《てのひら》で押さえた。

携帯の地図アプリを確認すると、真瑠子はようやく目的地のビルに着いたようだった。

「私、実は初めて祇園に来ました」

「大阪の人はみんな来たことがあるのかと思っていたけど、そうでもないんだね」

真瑠子の言葉を受け、滝瀬が薄いグラスに入った丸い氷を回しながら言った。

滝瀬のフロント、キシが経営をしている「BAR LOUIS《バールイス》」はネオンサインが並ぶ通りの雑居ビルの三階にあった。

元々は滝瀬が経営していたらしいが、今は代替わりしてキシが店長なのだという。

到着した時に紹介されたが、彼はすぐに店の奥に引っ込んだ。

時刻は十六時を回ろうとしている。

まだ外は明るい。バーなのにこんなに早い時間から営業していることに少し驚いた。

「滝瀬さんが京都の大学に行ってたなんて、全然知りませんでした。だから、京都のグループも大きいんですね。でも、京都弁はまったく出ませんね」

「生まれも育ちも東京ですからね」

いつもとは違う、まったりとした眼差しで滝瀬は真瑠子を見た。

近くで見ると、ますます見惚れてしまうようなきれいな顔だと思った。

「ごめんね、真瑠子ちゃん。今日は大事なスポンサーとの会食がこっちであって。わざわざ来てもらうことになってしまいました。明日、朝一で帰らなくてはならないので、今日中にキシくんと一緒にコンベンションの打ち合わせをしておきたくてね。なのに、一杯だけアルコールが入っています。申し訳ない」

「いいえ、私もいい機会でした。さっき初めて八坂《やさか》神社見て、気分が上がりました。写真とか撮っちゃって」

真瑠子は肩をすくめた。

「いい店でしょう」

滝瀬は言った。

「ええ。落ち着いた雰囲気で、ゆっくりできる場所ですね」

真瑠子は店内を見渡して言った。窓はなく、照明は控えめだ。きれいな色のガラステーブルが、下からの間接照明に照らされて光っている。天井からはチェーンカーテンが垂れ下がり、テーブル間を仕切っていた。

「ここへは牧枝さんもよく来ていたんですよ。今は足が遠のいているようですが」

滝瀬はそう言ってグラスを口に運んだ。

「亜希菜さんとは……古いご友人なんですか？」

つき合っているんですか？　と言いかけたが、寸前に言葉を変えた。

「実はこの店で知り合いました。牧枝さんは、ここで働いていたスタッフの友人でね。その人に連れられて、遊びに来ていたんですよ」

「へえ。そうなんですね」

滝瀬とこんなプライベートな話をするのは初めてだ。

「確か彼女は、京都じゃなくて兵庫県出身じゃないのかな。真瑠子ちゃんと一緒じゃないですか。真瑠子ちゃんも大阪ではなく、兵庫出身ですよね？　牧枝さんから聞きましたよ」

「え……」

なぜ、亜希菜が知っているのか。彼女と出身地の話をしたことなど一度もない。誰かと話している場に彼女が偶然居合わせたとか？　もしくはアイちゃんたちを経由して伝わったとか？

いや、そもそもこれまで地元の話をしたことは数える程しかないはずだが……。

「お待たせしました」

キシがトレーにシャンパングラスを三つのせて再び現れた。

髪がしっかりセットされて、ホストのように変身している。

「キシくんはサロンの運営から、イベント、映像の企画、このバーの経営まで幅広いジャンルで活躍している人なんですよ」

滝瀬がそう言うと、キシは「いえいえ、僕なんて」と謙遜しながら、シャンパングラスをテーブルに置いた。

「こんなに早い時間から、お客さまがいらっしゃるんですね」

真瑠子はキシに話しかけた。

「いえ、オープンはまだなんですよ。スカウトたちが夜にゲストを迎える前の綿密ミーティングの最中なんです」

「スカウト？」

真瑠子が聞くと、キシが一瞬、間を空けた。

「そうですね。お客様をスカウトしますからね。僕らはたまにここでSBJNの新規スポンサリングも行っています」

「へえ。その時は照明は明るくするんですか？」

真瑠子がそう聞いた時、スーツを着用した他の男性スタッフがキシを呼びにきた。

「すみません。少しだけ失礼します。すぐに戻ります」

キシの後ろ姿を見送り、真瑠子は滝瀬に向き直った。

「〝綿密ミーティング〟ってすごいですね。お客さま情報を共有する、ってことですか？」

「真瑠子ちゃん」

滝瀬が手元で遊ばせていたグラスを置いて、顔をあげた。

「人の〝幸せ〟って、なんだと思いますか？」

「幸せ……ですか……？」

質問の答えに繋がるのだろうか。

「ええ。幸せです。人間、誰しも幸せになりたいと願って生きていますよね。でも〝幸せ〟って一体なんだと思いますか？」

滝瀬は少し酔っているのか、潤んだ目で真瑠子を見た。

「僕はね、こう考えるんですよ。〝幸せ〟は心の中で感じるものであって物質じゃない。つまりは脳で感じる〝虚構〟だとね。でもね、それは究極で言えば、我々ホモサピエンスの進化の歴史でもあるわけです。人類は、愛とか神様とか宗教とか、見えないものを信じて発展してきた。つまり虚構を信じて、人間はこの地球上で生き残ってきたんです。飢餓の時も、戦争の時も、流行病《はやりやまい》の時も。見えない何かを信じてね」

調光しているのか、照明が急に明るくなったり暗くなったりした。

「僕らの役目は夢を、虚構をお客さまに与えることなんです。幸せな気持ちになってもらうために、打ち合わせや段取りに抜かりがあってはいけないんですよ。お客さまは、そのフィクションに対してお金を払ってくれるわけですからね。だから僕は綿密なマニュアルを作成したわけです」

少し喋りすぎましたね、と滝瀬は背中をソファに預けた。

「マニュアル？」

「まあ、そのことは真瑠子ちゃんにはいずれお話ししましょう。所詮、人間は承認欲求の塊ですから。そこを満たしてあげれば〝こと〟は随分スムーズに運びます」

真瑠子は滝瀬の言葉を、頭の中で追いかけてみる。

確かに幸せな気持ちは、心のどこかで感じるものであって、物質ではない。

実体がないことはわかるが、それを虚構と断じていいものだろうか。

——今まで自分が求めてきたものは嘘に過ぎないってこと？

その時入り口の方でカランカランと音がした。誰かが入ってきたのだろう。

スタッフが確認しにいく。

真瑠子が座った席からは、滝瀬越しにそれが見えた。

長い茶髪の女性がスタッフを振り切るように、ずんずんとこちらに向かってきた。気がついた時には、テーブルの脇に立ち、滝瀬を睨みつけていた。

滝瀬は彼女を見上げた。

「ああ。きみですか」

グラスを置き、いつもの余裕ある微笑みを彼女の方に向けた。

「お疲れさまです」

落ち着いてそう言う滝瀬の口調と、彼女から滲み出る剣呑《けんのん》な空気との乖離《かいり》に真瑠子は戸惑った。

彼女は大切そうに、肩にかけた花柄のバッグを自分の体の前で抱えている。

「ねえ」

彼女は言った。

「私のために、お願いしたいことがあるんだけど」

険しい表情で滝瀬を見下ろしながら続けた。

きれいに引かれたアイラインの下の目は、滝瀬を見ているようでもあり、どこも見ていないようでもあった。美しい女性だと真瑠子は思った。ストレートの長い髪は、色は違うが亜希菜を思わせなくもなかった。

「なんですか？　話してみてください」

滝瀬は淡白にそう言って視線を彼女から外すと、目の前のグラスを摑んだ。

真瑠子はもう一度彼女を見上げた。滝瀬の昔の恋人だろうか。彼女の視界に真瑠子はまるで入っていないようだ。

真瑠子が滝瀬の方に視線を戻した瞬間、

「死んで」

という呟きが聞こえた。

目の前を彼女の体が横切った。

その言葉の意味を咀嚼《そしゃく》する間もなかった。

あ。と思った時には、彼女は、ソファに深く座った滝瀬に体ごと覆いかぶさっていた。

ぶち、と何かが切れるような鈍い音が真瑠子の耳に入った。

ほんの数秒の出来事だった。

様子を見ていたスタッフたちが慌てて駆け寄ってくる。

彼女の肩を摑むと、滝瀬から引き離そうとした。

「わっ」という声とともに「危ない」と誰かが言うのが聞こえた。

引き離された彼女は血塗《ちまみ》れで、真瑠子の視界は血でいっぱいになった。滝瀬の方に視線を動かすと、首元に小さなナイフの柄《つか》が見えた。

──え？

「滝瀬さん」

真瑠子は思わず名を呼んだ。悲鳴をあげる暇もなかった。

滝瀬は彼女を見上げた格好のまま固まっていた。何か言葉を発しようとしている。それは言葉にならず、薄い息に変わっている。

真瑠子はすぐさま滝瀬の横に回った。がくんとのけぞりかけている滝瀬の首を後ろから支えた。手に滝瀬の頭の重みを感じた。血の臭《にお》いが鼻についた。事態を理解したキシが「きゅ、救急車、救急車！」と叫んだ。

彼女は男たちに取り押さえられて、鈍い声で唸《うな》っている。顔は返り血で染まっていた。

鎖骨の上に刺さったナイフに目をやった。刃の根本から止めどなく血が溢れてくる。首を支えた真瑠子の腕にも血が伝ってきた。

「ナイフ──」

真瑠子は呟く。

抜くべきか、否か。判断がつかない。

「ナイフはどうしますか？」

震える声でスタッフに聞いた。しかし誰もこちらを見ようとしない。

「ナイフは、どうしますか？」

もう一度繰り返す。血は止まらない。真瑠子のブラウスは絞れるほど血を含んでいる。

傷口から溢れる血が細かく泡立ち始めた。

(蟹みたい)

真瑠子は場違いなことを思った。

携帯電話を持ったスタッフが慌てた声で「そのまま、そのまま。抜かないで、そのままに」と言った。

時間がプツプツと切れてコマ送りのようになる。

血の臭いがどんどん濃密になっていく。指いっぱいにぬるりとした感触がまとわりついた。

滝瀬の白いシャツが、首元から流れ出る血で、椿のような紅い色に染まっていく。

去年、椿山荘で聞いた椿の話が脳裏に蘇った。花首は地に落ちてもなお美しく咲き誇っていた。

冷たい地でもがき咲こうとする椿の隣に、胴体からぽとりと落ちた滝瀬の生首が並んでいる。

切り口からは血が止めどなく流れている。

生前の面影は徐々に失われ、生首は土色に変化していく。

依然として椿の花は美しい。

しかし、血の気を失った生首に美しさはない。

第　五　章

どんなバイトですか？
犯罪は困ります

1

丹川谷が、広げていた新聞から顔を上げた。

「昨日、初公判やったんやな」

真瑠子は、久しぶりに丹川谷のマンションに来ていた。

ごく親しい友人だけで行われる、冴実のベビーシャワーに参加するためである。

冴実は妊娠八ヶ月目に入ったばかりだった。丹川谷との子供を授かり、北新地での仕事も五ヶ月前に辞めている。

最後に出勤した夜は、真瑠子も店に出ていた。

「夜の仕事も、これで引退やな」

冴実は寂しそうな、それでいてどこか嬉しそうな表情でまだ膨れていないお腹をさすった。

昨日は、四ヶ月前に祇園で起こった事件の初公判だった。事件の日から今日まで、できるだけ忘れるように努めて過ごしてきた。

真瑠子は事件の後、滝瀬につき添って救急車で病院まで行った。

キシと二人で、手術室前の椅子に茫然《ぼうぜん》と座り込んでいると、滝瀬が首の刺し傷による大量失血で亡くなったと医師から聞かされた。

待っている間、京都府警の警官が真瑠子とキシに事件の状況を聞きにやってきた。キシは滝瀬を刺した女のことを知っているようだった。女は前々から滝瀬とトラブルになっていたという。

真瑠子は自分が見たことを、順を追って警察に話した。それはもう一度、事件の記憶を脳に刷り込むような作業だった。

しばらくすると、丹川谷が真瑠子を迎えにきてくれた。

丹川谷の顔を見た瞬間、緊張の糸が切れて涙が止まらなくなった。真瑠子はわけもわからず「すいません、すいません」と丹川谷の胸で謝っていた。

トイレで冴実が準備してくれた服に着替えた。到着時に病院に借りた入院着を看護師に渡すと、レンタル代二百円を請求された。

支払いと引き換えに渡されたビニール袋の中に、血のついた真瑠子のブラウスが入っていた。赤から黒茶に変色した血痕が、滝瀬の死が確かなものであることを教えていた。

病院を出ると、数名の記者たちに取り囲まれた。丹川谷は無視を決め込み、すぐにタクシーを捕まえて乗り込んだ。

「寮に帰っても落ち着けへんやろし、しばらくの間はここにおったらええからね」と、丹川谷のマンションで冴実がかけてくれた言葉にまた涙が溢れた。

その後しばらくの間は、事件の光景がフラッシュバックした。

ぶち、という鈍い音、女の思い詰めたような目、支えた滝瀬の頭の重さ、視界にこびりついた椿のような……紅い血。

真瑠子は実家に帰ろうかとも考えた。だが、理由なしにそうすれば両親を不安にさせるだろうし、余計な心配をかけてしまう。

それにもし、あの場に真瑠子が居合わせていたことが知れたら、SBJNを辞めさせられるに違いない。だから家族には何も報告しなかった。

事件の三日後、現行犯逮捕された女の供述により、キシを始め店で働いていた従業員九名が逮捕された。

〝京都スカウトグループ、逮捕〟の文字がテレビやネットニュースで躍った。

七年ほど前から行われていた悪行が徐々に明らかになっていった。

滝瀬はそのスカウト業のシステムを作った創始者だった。真瑠子にも、丹川谷にもにわかには信じられない事実で、受け入れるのに時間を要した。

滝瀬を刺した女性は、滝瀬の勧めでキシのバーで遊ぶうち、多額の借金を背負った。それが返せないとなると、彼らに風俗店で働いて返済するように言われた。滝瀬と特別な関係となっていた女性は、拒絶することができなかった。

風俗店で働き始めても借金は思うように減らない。焦りとストレスが溜まり、キシのバーやホストクラブに入り浸る。更なる借金を負い、過激なプレイを強要される闇風俗に沈められた。

風俗店でのノルマ、ピンハネ、ズタズタに引き裂かれたプライド、酒、クスリ。助けて欲しくても滝瀬は連絡がつかない。そして……。

というのは当時の週刊誌に書かれていた情報であり、真瑠子にその真相はわからない。

近くで仕事をともにしてきたが、滝瀬のそんな悪魔のような側面に気づくことはなかったのだ。

何紙かの新聞がアイランドキッチンのカウンターに置かれている。

丹川谷が目を通し終わった一紙を真瑠子に渡した。

『京都　性風俗店あっせん、起訴内容認める　京都スカウト事件初公判（260人以上の女性に〝借金〟負わせ）現役大学生らあわせて9人が起訴』

〈京都市内の大学生らで構成されるスカウトグループが、女性に高額の借金を負わせ、性風俗店へのあっせんを繰り返したとされる事件で、職業安定法違反（有害業務の紹介）の罪に問われたバーラウンジ経営の男（22）、元飲食店従業員の男（25）、大学生（20）、元大学生（20）の4被告の初公判が27日、京都地裁で開かれた。4人とも起訴内容を認めた。

起訴状によると、共謀して昨年1月と3月、京都市内の21歳と20歳の女性2人を大阪市のデリバリーヘルス（派遣型風俗店）に紹介し、従業員として雇い入れさせた、などとしている。

検察側は冒頭陳述で、バーラウンジ経営の男がグループ全体を主導する立場にあったと説明。グループはチーム制で、大学生らがマニュアルに基づいて街中で女性に声を掛けて被告らが経営するバーラウンジに連れていき、綿密に計画された〝色恋《いろこい》営業〟と呼ばれる手法でその気にさせ、原価の数倍のシャンパン代を女性に請求。支払えない女性を風俗店に紹介していた。

マニュアルでは女性を容姿などでランク分けし、ランクと借金額で、どの風俗店を紹介するかを決めていた。指定風俗店側は「スカウトバック」と呼ばれる紹介料を被告らに還元していた。被害にあった女性は少なくとも延べ262人。このグループは、風俗店などから紹介料として7年間であわせて1億円以上を受け取っていたとみられる。

一連の事件では、4人のほか、スカウトグループの創設者の男（30）が被害者女性の一人に刺殺され、被疑者死亡のまま書類送検されている。〉

新聞では伏せられていた名前も、週刊誌では報道されていた。

滝瀬の本名は「田木瀬《たきせ》尽《じん》」。

事件発生翌週の週刊誌には、滝瀬の名前と『月刊マルチ・レベル・マーケティング』に掲載されたグラビア写真も載った。多くのSBJNメンバーの知るところとなり、大混乱となった。

滝瀬傘下である大阪オフィスのメンバーたちにも、相当数の問い合わせがきた。退会を申し出る者も少なからずいて、真瑠子が受けた連絡も二十件は下らなかった。

混乱を受けて守本が大阪入りした。なぜか隣には亜希菜がつき従っていた。

思い起こすと、大阪コンベンション当日にも彼女は守本、滝瀬と行動をともにしていた。その姿は権力者に寄り添う女性政治家のようにも見えた。

ランク保持者の丹川谷、仙石を始めとしたリーダーたちが集められた。

守本は到着早々真瑠子を労《いたわ》った。

「鹿水さん、事件の時は大変でしたね。難しいかもしれないが、なるべく早く事件のことは忘れて、これからもがんばってください。あなたの花を咲かせるんですよ」

そして守本は皆に向かい、静かに、声を絞り出すように言った。

「今回の出来事は誠に遺憾《いかん》です。残念でなりません。滝瀬くんが京都の大学を卒業したことは知っていましたが、まさかあんなことに加担していたとは露程《つゆほど》も考えたことはなく、大変な衝撃を受けました」

守本のあの大きな佇まいが、小さくしぼんで見えた。

きっとこの話を、滝瀬傘下がいる各地でして回っているのだろうと思った。

「我々は前を向くしかありません。大切なことは、滝瀬くんがいない今も変わらないのです。人生の花を咲かせようと努力しているメンバーを助けるだけです」

リーダーたちはじっとその言葉を聞いていた。

真瑠子は密《ひそ》かに亜希菜の様子を窺った。彼女は仮面をかぶっているかのように、まったく表情を変えることなく守本の話を聞いている。

オフィスは静かだった。

「とにかく、今、考えられる最善のことをしましょう」

仙石が沈黙を破った。

「俺らがやるべきは、京都での出来事の真偽を確かめることやない。自分の目の前のSBJNビジネスのことや。それぞれのやらなあかんことに、今は集中しよう」

丹川谷が仙石に続き、不安気なメンバーを鼓舞した。

真瑠子もその言葉に頷いた。

亜希菜が小さく右手を挙げて、発言の許可を求めた。守本が無言で促した。

「滝瀬さんのラインを引き継ぐのは、本来ならば守本さんということになります。しかし、大変にお忙しい状況なので、今後は私が窓口になります。何かありましたら遠慮なく枚枝までご連絡ください」

亜希菜のその発言に、仙石や丹川谷も驚きの表情を見せた。しかしすでに守本も納得済みだと判断したのか、二人が異を唱えることはなかった。

真瑠子は亜希菜の行動を想像した。

事件後すぐに東京に向かう——。

悲しみと驚きを装いつつ、言葉巧みに守本を慰《なぐさ》め、説得する――。

「何があっても我々の使命は、SBJNを一人でも多くの人に利用してもらうことなのです。決してその使命を見失ってはいけません」

守本は最後に力強くそう言った。

――変な言い方やけど、捕まるより、死んでくれて守本さんは助かったんやない?

滝瀬とも守本とも会ったことのない冴実が、事件の後、悪気があるのかないのかわからない調子で言ったのを思い出す。

SBJNが原因で滝瀬が刺されたわけではない。だが、滝瀬が昔作り上げた組織の人間がこうして捕まり、本人も被疑者死亡で書類送検されているのである。

生きていたとしてもいずれは捕まっていたことだろう。

そうなれば責任追及の刃《やいば》は守本にも向いていたかもしれない。冴実の言う通り、滝瀬の死は守本にとって幸運だったと考えられる。

滝瀬の葬儀は行われず、共同墓地に納骨されたそうだ。手続きはすべて亜希菜が引き受けたという。

家族はいないのだろうか。縁を切られたのだろうか。詳しいことはわからない。

――誰も置き去りにしない。

耳触りのいい言葉の裏で、滝瀬は女性たちを食いものにし、傷つけてきた。

あの時の感動が、急に冷めていくのを真瑠子は感じた。

(ほんまにあほか。何やってくれてるんよ)

滝瀬の喪失を悲しみたいのに素直にできない。

偲《しの》ぶ相手としては、滝瀬はあまりに黒すぎた。

「そろそろ、準備しようかな」

大きなお腹をさすりながら、冴実が奥の部屋からダイニングルームに出てきた。

「真瑠ちゃん、久しぶり。ごめんね。準備の手伝いお願いして」

冴実は店に出ていた時より、幾分かふっくらした笑顔を見せた。

「冴実さん、よかった。顔色もいいですね」

丹川谷からつわりが酷くて辛そうだと聞いていたので、少し心配していた。だがもうそのピークは過ぎたという。

「女の子なんですよね」

「なんや、勝信バラしてしもうたん？」

「いえ。私が聞いたんです。お祝い何にしようか考えてて」

「いらん金使わんでいいで真瑠ちゃん。生まれたら会いにきてくれるだけで十分。赤ちゃんもやけど、主には私に」

無邪気な口調で、お金のことを気遣われた。きっと丹川谷から真瑠子の懐事情を聞いているのだろう。

ふふふ、と機嫌よさそうに冴実は笑った。

「遊び人の男には、罰として女の子が生まれるらしいで。一生心配するように」

北新地で遊んでる人がよう言うとったと、冴実は笑い飛ばした。

「真瑠ちゃん、生活は大丈夫か？」

再び新聞に見入っていた丹川谷が顔を上げて真瑠子に問うた。

SBJNでの不調は、アップラインの丹川谷には隠せない。

真瑠子グループの数字は芳しくなかった。この半年で望月グループの活動が鈍くなり、竹田グループはほぼ機能していない。

「はい。なんとか」

冴実が冷蔵庫から出してきたタッパーウェアを受け取りながら真瑠子は答えた。

実際の懐事情は最悪だ。

SBJNにカタログができたことで、リピート商品が増え、何度も買い込みをしてしまっていた。

カタログには、マイウェイのように、日用品や化粧品が掲載されている。それらは名義が必要なく、いくらでも購入して実績を上げることができた。

新規獲得に苦戦している真瑠子にとって、買い込みは手っ取り早く実績を上げる手段だった。

寮の部屋には、SBJNの化粧品や美顔器が溢れかえっている。

事件の直後、血塗れの滝瀬がフラッシュバックするたび、真瑠子はこの仕事を続けていけるのかどうか自問自答した。

でもやはりSBJNで、ネットワークビジネスで成功したかった。

家族に呆れられながらも続けているのである。諦《あきら》めたくない。

今、目標を投げ出してしまうことは、これからの人生すべてを諦めてしまうことに繋がる気がした。

認められたい。

自分の好きな自分でいるために。

大丈夫。大丈夫。

――神様は越えられる壁しか、目の前に用意せんのやで。

祖母が昔教えてくれた言葉を思い出した。

2

一ヶ月後、真瑠子はなんば駅近くのカフェで、男と向かい合っていた。

「こつまなんきん、って真瑠子さんみたいな人のことというのかな」

犬のパグに似た男は、会ってすぐだというのに、馴れ馴れしく下の名で呼んだ。

(こつまなんきん？　なんじゃそれ。なんきんて確か……)

「かぼちゃですか？」

真瑠子は聞いた。

「そう。西成の玉出《たまで》は昔、勝間《こつま》という名で、そこでとれるかぼちゃは小さくてとても味がいいそうです。そこから転じて小柄でグラマーな人のことをそう呼ぶんだって爺ちゃんが言ってました。真瑠子さんって、胸大きいですよね」

男の顔を正面からもう一度見たが、やはりパグに似ている。

真瑠子は、同じ寮に住むアイちゃん、きらり、ジュリアの三人から手ほどきを受け、マッチングアプリでの新規開拓に勤しんでいた。

既に十回以上のデートを重ねた。

最初に会った相手とは、なんばのお洒落な店でランチをした。

さり気なく、その人の生活ぶりや副業への興味を聞き出した。いけそうと踏んだ真瑠子は、セミナーには誘わず、ABC方式も取らず、二人きりでスポンサリングをした。すると彼はあっさりと入会を決めた。

その人を通じて、幾ばくかの売り上げが立った。久しぶりのフロント誕生だった。

ランクの高い傘下からの売り上げは、自分との権利差が少ないために販売手数料が少ない。

だが、新規のフロントと真瑠子は権利差が大きく、実入りが大きいのだ。

彼が買ったのは空気清浄機、クリアアルファ・セブンだ。彼の権利が〇パーセントなのに対して、真瑠子の権利はゴールドSPの四十七パーセント。代金二十九万円のうち、十三万六千円が真瑠子の懐に入ったのである。

これに気をよくした真瑠子は、すっかりこの方法の虜《とりこ》になった。

中にはSBJNの話を出した途端に、真瑠子を詰《なじ》ってきた人もいた。

しかし、友人でもない人に何を言われても、あまりこたえなくなっていた。

真瑠子がマッチングアプリで学んだことがあった。

ちょっと見た目のいい人、もしくは写りをよくしようという工夫が見えるナルシスト気味の人の方が、サスティナブルや地球環境、世界平和、などの言葉に反応する可能性が高いということだ。

そこで真瑠子はプロフィールよりも写真重視で相手を選ぶ作戦を遂行していた。

ところが――。

右手を顎《あご》に添える気障《きざ》なポーズで、左斜め四十五度上からの自撮り。気取った写真を見てこれはいける、と会う約束を取りつけた目の前のパグは、真瑠子の話に関心を示す様子がない。これまで約七割の確率で成功してきたナルシストの法則だが。

（今回は外れたかな）

パグが前髪を気にしているのが目に入った。

真瑠子の容姿をやたら褒めてくるのが気持ち悪いが、ここは我慢しなければならない。

この半年間、生活費やローンの返済は自転車操業だ。銀行のおまとめローンやキャッシングを重ねた結果、真瑠子の借金総額は、四百万円に達しようとしていた。

よく借りられたものだと思う。

月々の支払いはローンやキャッシングだけで十四万円。その上に携帯代や寮の家賃六万円に食費がかかる。このままＳＢＪＮを続けていても払い続けられる自信はない。もう来月の支払いを心配するのには疲れた。

そこで思いついたのが自己破産だった。

真瑠子は早速先週、中之島の弁護士会に相談にいった。そこで、自分は絶対に自己破産できないことを知った。

保証人が問題だったのだ。

銀行のおまとめローンを申し込んだ時、保証人が必要だった。他のクレジットローンやキャッシングで限度額ぎりぎりだったからだ。

家族にはとても頼めない。そこで丹川谷に頼み込んで保証人になってもらい、ようやくそのローンを組むことができたのだった。

四百万円の借金の中には、当然この銀行のローンも含まれる。もし、真瑠子が自己破産したとしたら、丹川谷に返済義務が発生することになるのだ。これまで何かと自分の面倒を見てくれた人の恩を、こんな形で仇《あだ》で返すなんてとてもできない。だから真瑠子は自己破産を諦めた。

こうなったらSBJNで何がなんでも稼ぎ、返していくしかない——。

そう思い、マッチングアプリでの新規獲得に勤しんでいるのだった。

自分の好きな自分でいるために継続することを選んだものの、実際は自転車のペダルを漕ぎ続けているだけの自分が不甲斐ない。

——ジャンプをする前には、一度屈まないと大きく飛べないんだよ。

丹川谷の言葉を心の中で繰り返し唱える。今は大いに屈んでいる時なのだ。いつかは竹田のようなキーパーソンに出会えると信じたい。

仕事の話に戻そうと、話題をサスティナブルに移す。

「サスティナブル、ってあまり聞き慣れない言葉だとは思うんです。でも実際はとても身近なものです。例えばリサイクルもサスティナブルの一環と言えます。二〇一五年の国連サミットではアジェンダとして採択され、ファッション界ではいち早く……」

「それって、SBJなんとか、ってやつじゃないんですか？」

突然パグが真瑠子の話を遮《さえぎ》って言った。

「え。ご存じでしたか？」

真瑠子は素《す》っ頓狂《とんきょう》な声を出してしまった。

「僕、何度も聞かされてる」

「そうなんですね」

なんだ、と真瑠子は拍子抜けした。すでにスポンサリングを受けているらしい。

「で、サインしたんですか？」

真瑠子の問いかけにパグはにんまり笑った。

「いえ。入会はしていません。でも皆さん熱心に取り組んでらっしゃって、感心するばかりですよ」

「ですね。人生を豊かに過ごしたい、ってみんな考えてますからね」

真瑠子は努めて笑顔を作った。

「でもね、真瑠子さん。言っちゃあなんですけど、そのＳＢＪなんとかって、嘘を信じ込ませようとするでしょ」

（嘘って、なんやの。人聞き悪い）

真瑠子は小鼻を膨らませた。

「いろんな商品が載ってるカタログとか見せてきますけど、結局は高い空気清浄機を売りたいわけでしょ。正直その空気清浄機、ありえへん値段ですよ。カタログにしたって値段は全体的に高めですよね。はっきり言うて同じグレードのものは、ドラッグストアとか量販店でもっと安く買えますし」

パグが急に饒舌になった。

「みんな口揃えて言います。商品はめちゃくちゃ高品質で絶対に買って損はない。返品も受けつけます。でも今どきそんなの当たり前でしょ。ほんでビジネスも必死に勧めてきはるけど、誰を見ても儲かってる感じがせえへんし。つまり売れてない、ってことですよね」

馬鹿にしたように、パグは言い放った。

真瑠子は眉間にしわを寄せて身を乗り出した。

「そうですよ、売りたいですよ。空気清浄機。金額が高くてこっちの方が実入りがいいですからね。いいじゃないですか、何が悪いんですか。誰だって、自分の勧めている会社の製品、売りたいと思ってるでしょ。仕事なんだから！　パ――あなただって……」

興奮してパグと言いかけた。名前が出てこず、あなたと呼んだところで息をついた。

パグはただでさえ丸い目をさらに丸くしている。

真瑠子はグラスを手に取り水を一口含んだ。氷はすっかり溶けていてぬるい。

「真瑠子さん。面白い人ですね。ここまでぶっちゃける人、初めてです」

パグが笑いながら言う。

「いえ。全然面白くありません」

真瑠子は憮然《ぶぜん》として、グラスを置いた。

「実はね、いいアルバイトがあるんですよ」

パグが身を乗り出してきた。

藪《やぶ》から棒に何を言い出すのだろう。真瑠子は警戒心を強めた。勧誘するはずが、逆に勧誘されようとしている。

「真瑠子さん、儲かってないでしょ」

不躾《ぶしつけ》なパグの言葉が刺さった。

確かに儲かってはいない。それどころか借金を四百万円も抱えている。

少しでも返済の足しにしようと、北新地のクラブのシフトを増やせないかマネージャーに相談してみたが、あっさり断られた。

――ごめんね。今、人足りてるからさ。

半年前、辞める冴実の客を引き継いでレギュラーにならないかと言われた時、気乗りせず断ったのは真瑠子の方だ。

マネージャーに冷たくされても仕方がない。

「マルチって、儲かるのは一部の人だけですよ。普通の会員はいっとき調子が良くても必ず破綻《はたん》します。今までいろんな人の話聞いてきたからわかるんです。ダウンは浮き沈みが激しい。そのケアに時間を取られて新規獲得もままならない。売り上げが足りず、自己資金を突っ込む。借金が膨らむ。切羽詰まってマッチングアプリに走る――」

「な……」

言葉にならなかった。

（くそう）

悔しいけれど、パグの言うことは当たっている。

「真瑠子さん、楽になりませんか。毎日苦しい思いをしても収入はわずか。それよりも、もっといい仕事があります。真瑠子さんに向いてると思うんですよね。しかも高収入です」

今月の返済ですら目処《めど》が立っていない真瑠子にとって、その言葉はあまりにも魅力的だった。

「どんなバイトですか？　犯罪は困ります」

「大丈夫ですよ。もちろん法律の範囲内のお仕事です」

パグは、コーヒーを一口飲んだ。

「真瑠子さん、二十三歳だって言いましたよね。いや、人生で一番きれいな時ですよ。どうですか？　考え方によっちゃ、いい記念になります。僕、映像の制作会社に勤めてるんですけどね。真瑠子さんだったら、単体で推薦できると思うんですよ。根性ありそうだし、この世界、向いてるんじゃないかなあ」

「単体……？」

「単体女優です。企画じゃなくて」

「企画？」

「うちの会社は業界でもトップスリーに入るくらいの大手ですから安心してください。今ちょうど、単体でいい子がいないか、って上に言われて探してたんですよ」

パグは、嬉々《きき》として話し始めた。

「単体、っていうのは一人で看板はれる女優のことで、会社と専属契約を結びます。企画、ってのは素人ものだったり、寝取られものだったりと、企画の面白さで売る作品に出演する人のことで、専属契約を結びません。もちろん、単体の方がギャラは十倍くらい高いです。真瑠子さん、Eカップかな。上から、八十八、六十二、八十くらいでしょ。違います？」

（あ……）

当たっている。パグ、よく見ている。

「そ、そんなもんです」

「でしょ。僕、見て大体サイズはわかるんです。色白だから、おっぱいもきれいそうだし。美人すぎないところもいい感じです。何より真瑠子さんは声がいい。ちょっと低めの落ち着いた声とボリュームのある体とのギャップが、絶妙なエロさを醸し出しています。後は度胸なんですけど、それも問題なさそうだし。どうでしょう？」

以前竹田に褒められたこの声が、まさかAVスカウトの耳にも留まるとは。

ああ。そうだよね、そうだよね、と真瑠子は心の中で呟いた。

アイちゃんが言っていた通りだ。自分たちが新規を探しているのと同じで、男たちも誰かを探しているのだ。ジュリアは風俗からスカウトされたし、きらりは宝石と毛皮の展示会に連れていかれたらしい。

「映像、って、アダルトってことですよね」

「そうです。すっごいチャンスだと思いますよ。誰にでもできることではありません。単体女優って、いわばトップです。今日僕と会ったのは運命かもしれませんよ。もちろん単体だと、顔バレは覚悟しなきゃいけません。でも撮影は基本的に一日か二日で終わりますし、それでいて出演料が一本百万円は下らないんですから。もし売れっ子になったら、一本で百五十万ほどに跳ね上がる。僕が過去に担当した女優さんは、最高で一本二百万までいきましたよ」

二百万円？

その数字にくらっときた。

いやいやいや、だめだめだめ。

「ねえ真瑠子さん、今から面接、行きませんか？　ここからタクシーで十分くらいの場所に事務所があるんです。すぐに終わります。希望事項を紙に記入して、一枚だけ写真撮らせてもらえればそれで終わりです。もちろん脱ぎはありません。着衣です。やるもやらないも、後で決めたらいいじゃありませんか」

押せ押せで話を進めてくるパグを真瑠子はなんとかかわした。次の約束があるからと、自分のお茶代を置いて逃げるように店を後にした。

——そうですか。でも僕、諦めませんよ。もし、うまくいってうちの会社と専属契約すれば、半年で六百万は稼げます。その間に人気が出て契約が延長となればもっとです。一本二百万まで跳ね上がったら、半年で一千二百万円ですよ。

ギャラの金額が、真瑠子の頭上でキラキラと輝きを放ちながら回っている。

そんなお金ができたら、真瑠子の頭の中にある暗雲はきれいに消える。この重たい気持ちから完全に解放されるのだ。

――また連絡しますね。後、他にAVに出演したい人を紹介してくれたら、紹介料を差し上げますよ。単体女優クラスだと三十万円、企画女優だと十万円くらいかな。誰かいたら紹介してください。そのSBJなんとかより、ずっと確実に稼げますよ。

無理やり名刺を手渡された。

カフェを出て、ショウウィンドウが並ぶなんさん通りに足を進めた。

歩道のオレンジ色のタイルをぼんやりと見つめる。

ゆっくりと歩き出したら、頬に冷たい水滴を感じた。顔を上げると街灯の下に小さな粒が光るのが見えた。小雨が降ってきたようだ。

気がつくと、携帯でパグの会社名を検索していた。液晶に水滴がついた。ショウウィンドウに体を寄せて足を止めた。

本当に大手の会社なのか、その世界に詳しくないのでよくわからない。ホームページは立派だ。作品の紹介ページを開く。

『痴烈の刃　無限発射編』『痴女の宅配便』『マラサイト　半勃ちの家族』『20センチ性年』『穴とイキの処女』。

タイトルには映画の題名のパロディが多い。

(自分にできる……？　いや、ムリムリムリムリ)

思わず首を振る。

パッケージ写真の女優は、色白できれいな女性ばかりだ。ファッション誌にモデルとして出ていてもおかしくない。

本社の住所は東京都渋谷区恵比寿とある。会社はしっかりしていそうだ。誰か出演しないだろうか。アイちゃんとかジュリアとか、興味はないだろうか……。

我に返って、携帯を胸に抱いた。

風に乗った水滴が、真瑠子の顔を濡らした。

——こんな縁を繋げてどうすんねん。

(あほか、私は)

折り畳み傘をスマートに広げた女性が、真瑠子の目の前を足早に歩いていった。

(あの女の人はきっと借金なんて、ないんやろな)

後ろ姿を見つめる。

それだけのことでその人をとてつもなく羨ましく感じた。

自分がしでかしたことだ。自分でなんとかするしかない。

今度は少し大きな水滴が飛んできて、真瑠子の顔を濡らした。

3

心斎橋、鰻谷《うなぎだに》通りの雑居ビルの前に立った。

HTFの頃、丹川谷に時々連れてきてもらったバーが二階にある。近頃はめっきり足が遠のいていた。

電車賃節約のために日本橋から歩いてきたので、階段を上る足は少し重い。店に入ると、深く赤い色の壁とエスニックな仮面が真瑠子を出迎えた。

大きなカウンターの端に腰掛けて、特製モヒートをオーダーした。

「お久しぶりですね」とマスターがボソリと言った。

マスターの顔を見た途端に、竹田と伊地知の顔が浮かんだ。

昔は一緒によく来てたのにな。

伊地知は遠い地、鹿児島だ。今は宅配のバイトをしながら、祖父の介護と父親のリハビリを手伝う生活だと、久しぶりのメールに書いていた。

竹田は大阪オフィスにもあまり顔を出さなくなっていて、滝瀬が死んでからはほとんど会っていなかった。

しばらくすると丹川谷がやってきて、いつものジントニックを頼んだ。

ここ最近の丹川谷は、SBJNの活動の他に、家業の造園業の仕事も並行して行っており、大阪オフィスで顔を合わせる機会はめっきり減った。

セミナーを担当できる人間が多くなってきたので、真瑠子や丹川谷が出動するのは週に一度あるかないかだ。

「真瑠ちゃん、急に呼んで悪かったな」

「いえ。新規勧誘に成功するどころか逆にAVに勧誘されちゃって、寮でボーッとしてました」

「AV？　それはまた突然の誘いやな」

丹川谷は真瑠子の言葉を聞いて苦笑いした。

「確かに、新規欲しいよな……」

マスターが丹川谷の前にジントニックをそっと置いた。

「今、大阪で覇気があるのは牧枝グループだけかな。仙石さんとこもあんまり動いてないみたいやし」

「そうですね」

牧枝亜希菜は、滝瀬の死後、守本に取り入って、丹川谷と仙石以外の滝瀬グループをすべて自分の傘下に引き入れた。

事件の一週間後に守本が大阪にやってきた時のことを思い出す。亜希菜の切り替えの早さに眉をひそめた者も少なくない。だが守本は、ＳＢＪＮのすべてを仕切っている人物だ。彼がオーケーと言えば、異を唱える者など誰もいない。

亜希菜のやり方は狡《ずる》い。

しかし成功しているのだから、ビジネスの上ではあの行動は正解なのかもしれない。批判ばかりしていないで、悔しかったらあなただってやればよかったじゃない。もし亜希菜にそう言われたとしたら、真瑠子はぐうの音も出ない。あんなやり方は思いもつかなかった。

「で、どう？　最近は無事に生きてる？」

真瑠子は目を落として、モヒートのグラスを見つめた。

「やばいです。今月は」

「そっか……」

丹川谷はそう言うと、うつむいて静かに息を吐いた。

丹川谷が悪いわけではない。真瑠子はなんだか居心地の悪さを覚えて話題を変えた。

「冴実さん、予定通りですか？」

「ああ。でもやっぱり逆子《さかご》のままみたいで、帝王切開は免《まぬか》れへんらしい。冴実もしゃあないな、って言ってる。ネットで経験者の情報を集めてるわ」

「やっぱし、丹川谷さんと冴実さんの子やから一筋縄ではいきませんね」

「ほんまやで。腹ん中で頑固に直立したまま、頭下げよれへん」

真瑠子は笑った。丹川谷がポケットから出した電子タバコを握る。

「ほんでな、真瑠ちゃん、実は俺ら引っ越すことになって」

「え？　引っ越しですか。どこに？」

「和歌山……」

「和歌山？」

驚いて声が少し大きくなった。

「なんで？」

タメロが突いて出た。失礼な言い方をしてしまった。

「すいません。取り乱しました」

そう言うと真瑠子は乗り出していた体を少し戻した。

「かまへんよ。急な話やからな……。知っての通り、この頃ずっと家業手伝ってるんやけど、今度、親父の会社、思い切って和歌山に移すことになってさ。親父にそっちの副社長やれ、って言われて。今の南船場のマンションも売るそうや」

丹川谷は口をすぼめて電子タバコを吸うと、白い煙を一つ吐き出した。

「親父にはネットワークビジネスのこと嫌味言われとったけど、好きにさしてもろた。親父も去年小さい手術してからえらい弱気になってな。そろそろ本格的に自分のあと継いで欲しい、って……。俺、一人っ子やからな」

真瑠子は、そうですか、と相槌を打った。手の中のグラスに挿された、小さい二本のストローを意味もなく動かす。

クラッシュアイスの中でミントの葉がいやいや躍った。

「だから、もうSBJNの活動はできんようになるわ」

「ですよね……」

沈黙の間、白い煙が丹川谷の口から二つ、三つと吐き出された。

「ごめんな。真瑠ちゃんが大変な時に。俺がおれへんようになって」

「いえ、大丈夫です。丹川谷さんが謝ることとじゃないです」

みんなそれぞれ、自分の人生を歩いている。

丹川谷と冴実は新しい家族を迎え、新しい人生のスタートを和歌山で切る。それになんの問題があるというのだ。

——と、常識的な思考ができたのは二杯目までだった。三杯目を口にする頃には酔いが回り、真瑠子は丹川谷に絡んだ。

丹川谷がいたから真瑠子はネットワークビジネスを始めたのだ。

大丈夫とは言ったけれど、大丈夫なわけはない。いなくなるなんて狡い。

さっきは我慢していた言葉が、酔いに任せて口から溢れでる。

「さみしいよ」「行かないで」と、泣きながら何度も訴えていたように思う。

気がついた時には、一万円を握らされてタクシーに押し込まれていた。

4

翌々週の週末、真瑠子は北新地でのバイトに向かっていた。

まだ人通りの少ない永楽町通りを歩きながら、金策に頭を悩ませている。

（やばい――）

さっき話した銀行の担当者は、丁寧な口調で追い込みをかけてきた。

――実は本日、お宅にお伺いしようかと思っております。

そのセリフに背中が凍りついた。

来週に三万円を入金しますと約束してなんとかそれは免れたものの、返済のあてはない。入金をしなければ丹川谷に迷惑をかけてしまう。何より両親に借金がバレてしまうのは絶対に避けたい。

クレジット会社も同様だ。このまま引き落とし分の四万円を入金しなかったら、実家にも督促が行くだろう。すでに何度か真瑠子あてに電話が入っていた。

ママ〈真瑠子、さっきオリコンクレジットから電話あったよ。連絡欲しいって〉
真瑠子〈わかった〉
ママ〈大丈夫？　先月もかかってきてたよね〉
真瑠子〈うん。新しいキャンペーンの案内みたい。営業熱心やわ〉
ママ〈オッケー。後、昨日は東都銀行からも電話あった。それは何も言うてなかったけど、またかけます、って〉
真瑠子〈ありがと。かかってきたら全部、携帯にかけてって言っといて〉

ママ　〈携帯の番号、教えてええの？〉
真瑠子　〈うん。大丈夫〉

嘘をついた。実際は真瑠子が電話に出ないので、彼らは実家にかけたのだ。

来月は真亜紗の結納だ。鹿水家の幸せに水を差すわけにはいかない。なんとかしなくては……。

ため息が止まらない。大変な状況なのに空腹でお腹が鳴った。駅ビルの地下にあるドトールで、ホットドックを一つ食べると財布の中身は、残り二千百円になっていた。

帰りは終電を逃すと寮まで歩く羽目になる。絶対に間に合うように店を出なければ。明日は実家に戻り、自分の部屋にある貯金箱を開けてみようかと考える。

（今日のお客さんが、チップでタクシー代でもくれたらいいのにな）

他力本願。希望的観測だ。

（ないない）

息を深く吐きながら、店のドアを開けた。

「おはようございます」

芸能界のように、その日に初めて交わす挨拶は決まって「おはよう」だ。

週に一度のバイトとはいえ、始めてから既に七ヶ月も経っているので、すっかり働きやすい環境になっている。タイムカードに打刻し、いつものように待機場所で座っていると、マネージャーからテーブルナンバーを告げられた。

「マイコさん、三番にお願いします」

冴実がつけてくれた、真瑠子の源氏名《げんじな》だ。

三番テーブルに行くと、シルバーグレーヘアの男性とスーツを着込んだ眼鏡の中年男性が座っていた。

この客の口座、つまり担当は店で二番手と三番手を行ったりきたりしているホステスだった。彼女はまだ出勤していない。

「初めまして、マイコです」

テーブルを挟んで彼らの向かいの四角いスツールに腰を下ろした。

着る服がなくなってきて、アイちゃんに貸してもらったボディラインの出るワンピースを身につけていた。

座ると裾が太腿までずり上がる。下着が見えないように膝を少しずらす。

アイちゃんの服は大胆だ。胸元が大きく開いており、胸の谷間があらわになってしまう。

シルバーグレーヘアの男性がじっと真瑠子を見つめている。

見られて減るものではないとは言え、ちょっと露出しすぎだ。もう少しおとなしめの服を貸してもらえばよかった。

「お飲み物は？　水割りでよろしいですか」

二人が「ああ」と頷いた。真瑠子はロンググラスに氷を入れて、レミーマルタンのボトルから琥《こ》珀《はくいろ》色の液体をグラスの五分の一くらい注いだ。

シルバーグレーヘアの男性の視線を感じる。

（ちょっと見すぎやけど）

いつになく谷間を露出しているので落ち着かない。

ミネラルウォーターを七分目まで注ぐ。男性の視線は動かない。

（下品な男やな。あからさまに見て）

マドラーで一、二回かき混ぜた。

はたと違う可能性に思い至った。

（まさか、見えたらあかんものが見えてるとか……？）

真瑠子は慌てて胸元の生地をずり上げた。

「なあ君、前に会ったことあるよね？」

男性が言った。

「え？」

真瑠子は顔を上げた。男は真瑠子の胸元ではなく、顔を見ていたようだ。今日はぴったりしたキャミソールを中に着ている。トップが見えているわけがない。見たところ男はこういった場に慣れていそうだし、胸の谷間なんて珍しくもないだろう。

自分の早とちりに内心で舌打ちをする。

真瑠子は気を取り直してグラスを男の前に置いた。改めて顔を見ると、見覚えがあるような気もする。

「どこかでお会いしました？」

真瑠子は笑顔で問いかけた。

「ああ、わかった！　駅前ビルに磁気マットの話聞きに行った時や」

男性が言った。

記憶が蘇った。

牧枝亜希菜と一緒に、ＨＴＦ大阪支社の新規セミナーに来ていた人だ。確か名刺交換もしたはず。

「わあ。お久しぶりです！　そうです。すごい。こんなことあるんですね」

真瑠子ははしゃいで見せた。

「それで、あれはまだやってるの？」

男は髭《ひげ》を指で少しなぞった後、細い葉巻を取り出しながら言った。真瑠子はライターを手に取ったが遮られた。男は自分のライターで火をつけた。

「いえ。もうマットはやってません」

真瑠子は許可をもらって自分の水割りを作った。

マイコの店名刺を渡すと、男は自分の名刺を差し出した。

冨永淳一《じゅんいち》。

オレンジ色の照明の下、少し厚目の紙に刷られた名刺に目を落とした。

肩書は代表取締役。会社名は株式会社サクシード・フロンティア。裏面には、◎飲食店経営、プロデュース、マネジメント　◎広告代理店、ＷＥＢプロデュース　◎クラウドマイニング、と様々な業種が書かれていた。

「確か、あの時は亜希菜さんに百万円ほど投資されたとか」

真瑠子は男の耳元に顔を寄せ、小声で言った。

連れの眼鏡の男性は、新たにテーブルについたホステスと話し込んでいる。

「そう。あれはまあまあの投資やったかな。思ってたよりは儲からんかったけど。店の従業員たち五人にやらせて、結局売り上げは半年で三千万も行かへんかった。後は尻すぼみや。まあコミッションの入金合計見たら三百万くらいにはなってたから別にええんやけど。店の子もちょっとは稼げたみたいやし」

唇を窄《すぼ》めて細い葉巻を銜《くわ》えると、一息吸って煙を吐いた。

「しかし、もう少しいって欲しかったな。せっかくやったんやし」

煙は甘い匂いがした。

「完全に投資やったんですね」

真瑠子は言った。

「せやな。亜希菜が絶対大丈夫や言うから、いっちょ乗っかってみた、ってとこやな。ま、いろいろ楽しませてもらったから別にかまへんわ」

冨永は煙の先を見て、何かを思い出したように下卑《げび》た笑いを浮かべた。

「それで？　今、マイコちゃんはなんかやってるの」

そう聞かれて、自分の窮状を救ってはくれないだろうかと、嫌らしい考えがむくりと生まれる。

亜希菜に百万円も投資する男だ。

(私にも……)

話を聞く限り冨永はＳＢＪＮをやっていないようだ。亜希菜がしたように投資を持ちかけてみたらどうだろうか。

自分の新たなグループができはしないか。今のこの状況を打開できるのではないだろうか――。

「やってます。ＳＢＪＮです。亜希菜さんからは聞いてらっしゃらないですか？」

「もう、全然連絡とってないからな。ＳＢＪＮ？」

「ええ。ＨＴＦから分裂して始まった、サスティナブル・ビジネス・ジャパン・ネットワークです。サスティナブルを掲げた商品を取り扱ってます」

「サスティナ、ブル？　何それ」

「平たく言えば、公正取引されたエコロジー商品、ですかね」

冨永がまったく興味なさそうな顔で軽く頷く。

「形態はやっぱりマルチなんでしょ？」

「はい。マルチ・レベル・マーケティングです」

〝マルチ〟という響きには、「騙し」「ねずみ講」などの侮蔑的なニュアンスが含まれているように思えてならない。真瑠子は「ＭＬＭ」や「ネットワークビジネス」などの名称を使うようにしている。

「マイコちゃんのグループ、何人くらいいるの？」

真瑠子は考えてみた。ＨＴＦからＳＢＪＮに移行する時にカウントしたら三百名程いた。ＳＢＪＮになって伸び悩んだが、カタログができた後、望月のグループで急に登録者だけが増えて……三百人はいるだろうか。

「六百人くらいでしょうか」

そう言った瞬間、冨永が口に運びかけていたグラスをテーブルに置いて、真瑠子を見た。

（しまった。盛りすぎた）

まあいい。ＨＴＦとＳＢＪＮで組織は違うが、どちらも自分の実績だ。

「へえ〜。すごいね。マイコちゃん、才能あるんやな」

水割りを一口飲んだ後、冨永は真瑠子に向き直った。

「うちの会社でさ、今から始めようとしているビジネスがあるんやけど、マイコちゃん、興味ないかな？　あれやで。なんか買ってもらってとか、そういうんじゃない。もっと未来的で、もっと世界を席巻《せっけん》するような仕事でさ」

そこまで話したところで、冨永の口座を持つ姉ホステスがテーブルになだれ込んできた。

「じゅんちゃーん！　なんでもっと早《はよ》うに来ること言ってくれへんのよ〜」

冨永に、腕を絡ませ抱きついた。

「ごめんごめん。急やったからさ」

酔っ払っている美形ホステスに頬ずりされた冨永は、やに下がった顔で言った。

話は中断された。

冨永は店を出る時、真瑠子の耳元で「明日、連絡するから」とささやいた。

葉巻の甘い香りが真瑠子の鼻先に微かに漂った。

5

「マイニング、ってわかる？」

冨永は、薄いノートパソコンを開き、慣れた手つきで黒いキーボードを叩いた。一見何を表すのかわからない緑と赤の折れ線グラフと、数字が羅列された画面を真瑠子に見せてきた。

真瑠子は翌日、土曜日の十五時、梅田新道にある煉瓦《れんが》色のビルの上階の一室にいた。

冨永の経営する株式会社サクシード・フロンティアの事務所だ。

パソコンを覗きこんだ真瑠子は、その画面の意味を読み取ろうとしたが、すぐに諦めた。

「いえ、わかりません。ただ、その言葉を耳にしたことはありますけど」

「まあそうやと思うわ。じゃあ仮想通貨、ってわかる？」

「はい。聞いたことは」

「ビットコインとか聞いたことあるでしょ」

「ええ。お客さんがたまに話しているのは聞いたことがあります。儲かったとか、そうでもないとか……」

「仮想通貨ってのはまあ、わかりやすく言えば、インターネット上で使える新しい通貨のことやねんけど」

冨永はノートパソコンを引き寄せた。

「暗号通貨とか、暗号資産とも呼ばれてる。ブロックチェーンや電子署名といった暗号技術が組み合わさってできたもんや。インターネット上にだけ存在しているもので、現金みたいに実物があるわけじゃない」

冨永は、画面表示を変えた。

「仮想通貨はビットコインの他に、イーサリアムやとかリップルとか、メジャーなものを始めとして、今現在、世界に三千種類以上存在してる。それぞれ特色が違うねん。資産だから株のように取引所も存在している。ここ数年では有名企業なんかも参入して取引所もいっぱいできた」

画面に、大手会社名を冠した取引所の情報を出した。

次のページには白シャツにネクタイの男性がツルハシを持って、硬い岩を砕いているイラストが出てきた。岩の中にはBマークのついた金色のコインがたくさん描かれている。

「マイニング、っていうのはいわばこの絵みたいに金貨の採掘するようなもので、仮想通貨を掘り当てる、ってことやな」

冨永が真瑠子の顔を見た。

「ついてこれてる?」

冨永はそう聞くと、小さな冷蔵庫からミネラルウォーターのペットボトルを取り出して一本を真瑠子に渡し、もう一本を開けて勢いよく飲んだ。

「つまり、仮想通貨、っていうのは暗号ってことですか？」

真瑠子はペットボトルを受け取りながら聞いた。

「そう」

「それって、元々はどこが発行してるんですか？」

「自分たちで発行すんねん。例えば日本円の紙幣は、日本銀行が発行してるよね。このただの紙に価値があるのは、政府が定めた日本銀行法により、中央銀行として紙幣を発行することを日銀が任されているから。つまり、政府のお墨付きをもらってるってこと。仮想通貨の場合は、ブロックチェーンという取引記録台帳で監視し合って信用を担保してんねん。銀行やったら振り込み記録は自分と銀行の間にしかないけど、ブロックチェーンてのは、通貨の保有者全員がその記録を持っていることになる」

冨永のその答えに、真瑠子はいよいよ混乱してきた。

「自分たちで発行、ってコンピューター上で自分らで暗号を作るってことですか？」

「そやな。生まれる、って言った方がしっくりくるかな。それでマイニングは、この生まれた暗号をブロックチェーンに記録する時に必要な、承認の値を見つけることをいうねん」

（へえ……）

と言いたいところだが、まだ薄らぼんやりしている。

真瑠子の納得していない顔を見て、冨永が図を見せてきた。たくさんのコンピューターが並んでいる。その中の一台だけ「計算コンテスト勝利！　マイニング成功！」と書いてあり、キラキラと輝く星がついている。

「まとめると、暗号資産となる数字の、承認の値を計算して、金を掘り出すように見つけることがマイニング。それができてその数字は価値を持つねん」

冨永はどうだ、と言わんばかりに真瑠子を見た。

「で、そのマイニングでお金もらえるってことですか？」

真瑠子はさらに確認する。

「その通り。計算に成功した人はその報酬として新規に発行される仮想通貨を受け取ることができる、ってわけ。あ、でもこの計算は人間にはできひんで。この図みたいに特別なコンピューターじゃないと無理や」

冨永の言葉に、真瑠子はやっと頷いた。

しかしながら、ややこしい。

「そもそも、どうして暗号資産って必要なんですかね？　なんで生まれたんでしょう」

真瑠子が聞くと、冨永は真瑠子の顔を見て笑った。

「マイコちゃん、そこから突いてくるんやな。まあ、時代が生んだ、ってとこかな。お金が生まれた時も人はそう思ったと思うで。もともとは物々交換をしてきたわけやから……」

確かええイラストがあったわ、と冨永はパソコンの画面を変えた。

画面には◎BARTER（物物交換）→◎GOLD（金塊）→◎METAL COIN（硬貨）→◎PAPER MONEY（紙幣）→◎PLASTIC CARD（クレジットカード）→◎ELECTRONIC MONEY（電子マネー）→◎CRYPTO CURRENCY（仮想通貨／暗号資産）と書かれたボックスが並んでいる。

「例えば日本の話ね。そもそも江戸時代は〝お金〟が小判や銅銭で、それそのものに価値があった。明治に入ると日本銀行が設立され、兌換紙幣《だかんしへい》が発行された。同額の金と交換できることを政府が保証した紙や」

イラストを少し拡大させた。

「でもその後、経済が発展していくとともに紙幣流通量に見合う金の調達が難しくなってしまった。今度は金と交換できひんけど、国がその価値を認めます、っていう不換紙幣ってのを作った。これが今、我々が使っているお金ね」

なんとわかりやすい。

「冨永さん、学校の先生みたいですね」

「ああ。俺ね、説明の天才やねん」

日に焼けた艶のある顔から白い歯を見せた。

「ほんで、やっと暗号資産の話やな。これは二〇〇八年にサトシ・ナカモトと名乗る人物がインターネット上に投稿した論文から始まったんやね。そもそも、銀行での金の取引は〝信用〟に基づいて行われている。でもこの仕組みは国が財政難になると破綻する」

真瑠子は頷いた。

「日本はさ、円の価値が安定してるからそんなこと考えたことないやろけど、例えばカンボジアなんかは自国の通貨より信用おけるから、米ドルの方がたくさん流通してたりする」

冨永はパソコンの画面をたくさんの紙幣の絵に変えた。

「そこでこのナカモト氏は〝信用〟ではなくて、コンピューターによる〝計算〟を用いた承認の仕組みで通貨を作った。しかもその計算は国の中央銀行などではなく、ブロックチェーンというすごい技術を使って皆で相互に管理している」

でさ、と話を続けようとしたが一旦言葉を切り、ペットボトルを手に取った。飲みかけの水を飲み干す。

「それで今日はそんなビットコインと通貨の歴史を話したいんやないねん。これはホンマにオフレコやけど、実は俺、そのサトシ・ナカモトの友人でさ」

「はい……」

真瑠子は鈍い返事を返す。

そのすごい人物が冨永の友人？　にわかには信じられない。

「彼は世間では謎の人物として扱われている。名前は日本人のようだけど、国籍もわからない。論文を発表すると表舞台に出ることなく姿を消した。けど実は今、シンガポールにいる。もちろんサトシ・ナカモトって名前も偽名やけどな」

冨永はじっと真瑠子を見た。

「これはまだ絶対に公にはできないんやけど、実はサトシが新しい暗号資産を作ったんだ。もちろん公開前やから驚く程のチャンスを秘めている話やで。それでこの新しい暗号資産のマイニングと運用を、マルチのネットワークでできひんかと思って」

「ネットワークで？　ですか」

冨永は真瑠子の問いに「そう」と言った。

そして続けた。

「マイコちゃん、ご飯でも行こうや。今日、店休みやろ」

6

細く小さなグラスに瓶ビールが注がれた。

冨永と乾杯した。冷えたグラスに入ったビールは、素晴らしい喉越しだった。

「美味しい」

思わず口にした。

「そーやろ、そーやろ」

冨永は二杯目のビールを既に半分ほど飲み干していた。

「ここの料理、口にしてみ。感動するよ。俺も若い時、食べるもんなんかなんでもええと思ってた時期あったけどな。実際、丁寧に手をかけられた仕事、ちゅーのは人に感動を与えんねん」

冨永の饒舌さが増す。

「例えばこのビールもそうやで。ビール自体は誰もが手に入る瓶ビールやん。でも、ママさんが程よい大きさと形のグラスを選び、俺らが手に取る瞬間までそれを冷蔵庫で冷やし、ビールも絶妙な温度で管理して、それをタイミングよくテーブルの上に出す。そんな手間と計算があってこそ、俺らがこんなに美味しくビールを飲めるわけよ」

料理も、確かに感動の連続だった。

前菜で出された鱧《はも》の湯引きは柔らかくとろけそうだった。旬だという、メバルの刺身の濃密な甘さに唸った。

冨永と女将の会話から、冨永が二十年来の客だということ、冨永には別れた奥さんとの間に娘がいることもわかった。

「そんなことより、仮想通貨のことやけど、なんとなくでも理解できた？」

「ええ。冨永さんが説明してくれはったとこはよくわかりました。言葉だけは耳にしたことがあったけど、内容を詳しく聞くのは初めてで。勉強になりました」

「そっか。ほんならよかった」

他の客の笑い声が、冨永の言葉を追いかけるように響いた。

「――それで、マイコちゃんの今のＳＢＪＮやっけ？　そっちのマルチの調子はどうなん、儲かってる？」

酒は宮崎の麦焼酎になっていた。冨永は氷山のような氷をロックグラスの中で躍らせている。目の前に置かれたキープボトルのラベルには〝百年の孤独〟とある。

「ボチボチかな。正直、前のような勢いはありません」

「そうか。でもなんか目新しい、エコロジー的なやつなんやろ？」

「はい。取り組みはめちゃくちゃ素晴らしいです。けど、ぶっちゃけ言うと、前のＨＴＦのようにブレイクするような広がりはありませんね」

ネガティブなことはあまり口にしないようにしているのに、酔いが少し回っていたのか、つい口を滑らせてしまった。

冨永が腕を組み、指で髭を撫でながら言った。

「次に具体的に話そうと思ってるのは、その新しい仮想通貨のマイニングと投資、運用をどうネットワークビジネスでやるのか、ということでさ。マイコちゃんさ、俺のとこで大阪のトップとしてやってみいひんか？」

「え？」

誘われるのは想定内だったが、トップ？

「マイニングの権利は、もちろん世界の人々に平等にあって、独占できるわけではないんやけど、大事なポイントはまだ発表前で、しかも俺たちは優先的に扱える、ってことや」

冨永が真瑠子の顔を横から覗き込む。

「マイニングは流通量が多くなればなる程、段々と難易度が上がってくる。最初がとにかくチャンスがでかいねん。俺がクラウドマイニングをお願いする、ＴＭＯグループの仮想通貨担当の部長は、実は俺の幼馴染みでね。お互い幼少期をシンガポールで過ごしてさ。で、来週月曜日から彼と一緒にシンガポールに行って、ナカモトに会ってくる。それで話が決まると思う。マイコちゃん、一緒にやろうよ」

冨永は真瑠子の目を見て言った。

真瑠子はいったん目を合わせたものの、うつむいた。

「なんか問題あるんか？」

「……今、ＳＢＪＮの寮に入ってますし、後……それを始めるのに投資するお金もまったく用意できません」

今日の昼間の出来事が頭に蘇った。

冨永の事務所に行く前に、太融寺《たいゆうじ》の雑居ビルにある、マイナーな消費者金融に金を借りにいった。だが一円も借りられなかった。

ニコニコと愛想のいい男性社員は、真瑠子が記入した申込書を持ってカウンターの向こうに消えた。戻ってきた彼に笑顔はなく、「うちではちょっと無理でした。申し訳ございません」と言い、頭をテーブルにつけるように下げた。

理由も何も言わず、男性はそのまま、動かなかった。

そちらの言葉は一切受けつけませんよ、という態度だった。真瑠子は「ありがとうございます」と小さく言ってその場を立ち去った。

もう、自分の借り入れ可能額は一円たりとも残っていないのだと知った。

お金が。

お金が欲しいと思った。

「なんや、金か。もし、マイコちゃんがその気でやってくれるんやったら、支度金で百万くらい先払いするよ。どうせ仕事用に広めのマンションも借りなあかんと思うし、落ち着くまでそこで寝泊りしたらええやん」

真瑠子は富永の顔を見た。

富永がシンガポールから帰るのを待つまでもなく心は決まった。

(助かった)

心の中に安堵感が広がった。これでなんとか借金を回せる。富永の言うことが話半分だとしても、ちゃんと儲けは出るはずだ。

しかも自分がトップということは、亜希菜には声をかけていないということだろう。彼女を出し抜くこともできる。

真瑠子は心の中で叫んだ。

(大丈夫だ。私は大丈夫)

自分は土壇場で、運を持っている人間だ。

酔いも手伝って、頭の中では小さい自分が踊り狂っている。

このまま走り出したいほど嬉しかった。

冨永の熱い指が、真瑠子の太腿の間で時々動いていることを除いては。

7

「姉御、久しぶり！」

巻き毛と少し掠れた声は変わらない。

冨永と北新地で別れた後、真瑠子はその足で大東市の住道へと向かった。

待ち合わせた駅の入り口で、懐かしい声に表情が緩む。

竹田とは半年以上、まともに顔を合わせていなかった。

「元気やった？　久々に姉御から連絡あったから、なんかワクワクしてもうたわ」

真瑠子も同じだった。竹田の顔を見た途端、気持ちが昂《たかぶ》った。

この感覚、実に久しぶりだ。

「竹やん。始めるで」

真瑠子は言った。

「なんや姉御。いきなり本題かいな。赤眼鏡かけてるから、ビジネスの話とは思ったけど。電話では何も言わんかったくせに」

竹田は笑う。真瑠子も竹田を見つめ、にんまりと笑った。

「ほんで、その冨永って人、信用できんの？」

公園のブランコに駆け寄り、竹田は振り返って言った。

手には缶ビールの入ったコンビニ袋を提げている。近づいた真瑠子に一本を渡した。

「亜希菜さんの下やった人、ってことやろ？」

「系列的にはそうなるかな」

真瑠子はブランコに座り冷たいビールを手の中で遊ばせながら答える。

「ＨＴＦの時、亜希菜さんに百万円投資しはったけど。彼自身、ＨＴＦでは活動してないんよ」

「ほんで、今回はそのマイニングってのが商品、ってこと？」

「そう。インターネット上にしかないけどそれが商品」

「一回詳しく聞かなわからんけど、なんかすごそうやな」

「そう、すごいねん。絶対面白いで。新しい世界や」

真瑠子はグイと竹田に顔を近づけて目を合わせた。

「姉御がそういうんなら、聞いてみるよ。もちろん」

竹田が缶ビールのプルトップを引いて、乾杯のポーズをとる。真瑠子もプルトップを引いた。泡が飲み口から溢れ出て、真瑠子の手はびしょびしょになった。

「アホやな、姉御。乾杯」

「うるさいわ、竹やん。乾杯」

久しぶりに阿吽《あうん》の呼吸で交わす会話。再会に二人ははしゃぎ、一気に冷たいビールを流し込んだ。

「ほんで聞いてみるだけじゃなくて、やるでしょ。竹やん！」

真瑠子は、竹田の顔を正面から見つめる。

「早いな、もう酔っ払ってるん」

「今日は夕方から飲んでるからね。でもさ、この話聞いて、まず竹やんの顔が浮かんでん」

真瑠子は言った。

竹田がゆっくりとブランコを漕ぎ始めた。

「トップってすごいな」

竹田が呟いた。

「大阪のな。チャンスやと思ってる。だから絶対竹やんと一緒にやりたいと思ってん」

真瑠子は力強く言った。

「話、聞くんは早めがいいかな」

「うん。私もそう思う。ちょっと待って」

真瑠子は携帯を取り出して冨永に電話を入れてみた。

繋がらなかった。

「明日連絡するわ。冨永さんと竹やん、結構気が合うと思うで」

真瑠子はそう言いながら一人頷く。低い鉄柵に腰掛けた。

「しゃーけど、姉御も中毒者になったたな」

ブランコを漕ぐのをやめて竹田が言った。

「どうゆう意味よ。竹やんみたいに可愛い紙切れは持ってへんで」

「あ……。また言う」

「クスリ、もうやってないやろな？」

真瑠子は懐疑の目をして言った。

「やってないよ。あんなしんどいのごめんやわ」

竹田は真瑠子から目を逸らした。

「それで、私が何の中毒なん？」

真瑠子は竹田に聞く。

「マルチ」

「なんやそれ」

真瑠子は異議を唱えた。

「だってそうやろ。HTFでゴールドになって、SBJNに引き抜かれて、今度は仮想通貨で大阪のトップや。この二年で三つも渡り歩いてるんやで。ハマっとるとしか思えん」

竹田は言った。

中毒……なのだろうか。誰にも相手にされなかったそれまでの人生が、このビジネスに出会ったおかげで激変した。

人に認められるのが嬉しい。その一心でここまでやってきた。もっと、もっと人に認めて欲しい。そんな気持ちが自分の中に巣食っているのは否定できない。そしてその気持ちは、この仕事を続けていく限り満たされるであろうことは予想できた。グループを作る。サポートする。感謝される。どんどん下にメンバーが増えていく。彼らをサポートする。感謝される。その繰り返しだ。

しかし、いいことばかりではない。

成金ガールには程遠く、借金ガールへまっしぐら。いや、既に立派な借金ガールではないか。

四百万円を返済するためには、この仕事しかないからやるんじゃないだろうか。

そんな気もするが竹田には言いたくなかった。

以前、竹田がセミナーで言っていた通り、幸せな未来は現在の自分が作るのだ。景気の悪い話をしてしまったら、未来が暗くなる気がする。

「何考えてるん、姉御？」

竹田が窺うように言った。

「明日の昼ごはん何にしようかな、と思て」

真瑠子ははぐらかした。

「考えんの、早すぎやろ。まだ夜の十時やで」

「備えあれば憂《うれ》いなしや」

「どんだけ備えんねん」

「念には念を入れてな」

やっぱりこの感じが、いい。

(私には竹やんが必要やな)

竹田とのくだらないやりとりに真瑠子の心は安らいだ。

「ま、大丈夫や」

そう言うと、竹田はブランコを降りた。

「真瑠子の真瑠は、マルチのマル。つまり、姉御はマルチの子ってことや。何をやっても、うまくいくに違いない」

「なんやそれ。相変わらず適当やな、竹やんは」

「もう行くで」

竹田が駅に向かって歩き出した。

「なんか、全然嬉しくないいんやけど」

竹田の背中を追いかけながら真瑠子は抗議する。
（マルチの子）
まるで生まれついての詐欺師みたいに聞こえる。
でも。
自分に何かできることがあるとするならば。
それはマルチなのかもしれない。
今のところ。

第六章

嘘やろ

1

ぶん、とバイブが震える音がした。

(いや、違うな。振動が小さいからバイブでなくてローターか)

目を閉じたまま、真瑠子は音の源《みなもと》を想像する。

何回めかの冨永とのお遊びの時間だった。

目隠しをさせられて、大人のおもちゃをくまなく人体に使用されるというのが主な遊びの内容だ。冨永は粘膜をあまり戦わせない。それよりは視姦に欲望の重心が置かれている。真瑠子が感じる姿を見る方が面白いらしかった。

——もともと、女の人の中ではいかれへん。膣不感症? ってのかな。娘ができたんも体外受精やしな。

小さい振動から大きな振動に切り替わった。それは真瑠子の胸の谷間をふわふわと歩き、乳房の先端で何度もしつこく跳ねた。

「あ……」

思わず本気で声が漏れた。腰がひけて、顎が上がる。少し浮いた目隠しの隙間から冨永が目を細めているのが見えた。喘ぎ声を大きくする。

「マンションの住み心地、どう？」

冨永がわざと、状況とまったく関係のないことを真瑠子に聞く。

「え……あ。いいです」

真瑠子は声を詰まらせながら、答える。

（って、言わせたいだけやろ。あ……）

体をよじらせた。

「ブロックチェーンのこと、説明できる？」

冨永は甘い声で聞いてくる。

ぶん、と振動の種類が変わった。

「あん……」

何か新手《あらて》のおもちゃが登場したのだろうか。

「分散型の……はあ……」

（もう、考えられへんやん）

今度のおもちゃはなかなかいい仕事をする。

「え？　何？」

冨永がわざと惚《とぼ》けた。

「台帳技術のことで……あ、ああ」

冨永はバスローブの紐《ひも》で縛られている真瑠子の手首を、ぐいと頭の上にあげた。

もう片方の手で乳房を横から持ち上げる。

「じゃあマイニングは？」

「マイ、ニングは……、はあ……、あああ……、通貨の採掘の……ことで、新しいブロックチェーンを、作る……あああん」

「はい。よくできました」

冨永が真瑠子の耳元でささやいた。

ようやく質問が終わると、ローターは真瑠子の身体中をくまなく練り歩いた。

その後は大きなおもちゃも登場して、大事なところにぬるりと入ってきた。

外光が遮断され、時間の感覚が消滅したホテルの一室で戯れる。本気と嘘の声が真瑠子の喉の奥でいったりきたりした。

一時間程でお遊びは終了した。

冨永は白いTシャツにボクサーパンツを穿いている。細い葉巻を取り出した。

真瑠子は生まれたままの姿で、硬い感触のシーツに包《くる》まっていた。

パリッとした白に指を這わせる。ふと、亜希菜ともこんな遊びをしたのだろうと思った。北新地の店で会った夜、冨永が見せた下卑た笑いを思い出す。

既に真瑠子は、このビジネスのために冨永が借り上げた新大阪のマンションに引っ越していた。

事務所を兼ねた2LDKで、アイちゃんも一緒に住んでいる。

SBJNの寮で仲良くなった三人組にこの話を持ちかけた。ジュリアは実家に戻り、きらりは新しくできた彼と同棲すると言ったが、アイちゃんは真瑠子の話に大いに興味を持った。

望月にも声をかけたが彼には断られた。新しい飲食の仕事に夢中で取り組んでおり、今は心にも金にも余裕がないからという。

　一方竹田も公園で再会した二日後には冨永のオフィスで彼の話を聞いた。竹田の頭の回転は速く、真瑠子の倍近い速度で知識を吸収していった。

　その後、アイちゃんと竹田は数回、冨永の話を聞いている。

　北新地のクラブで冨永と再会してから、二ヶ月が経ち、六月となっていた。

　ビジネスは走り出していた。

「竹田くん、この前の説明でちゃんと理解したかな」

　そう言いながら、冨永の目は煙を追っている。

「ええ。アイちゃんも竹やんもちゃんと理解してます。特にアイちゃんがあんなに詳しいとは思えへんかった」

　意外にもアイちゃんはすでにウォレットと呼ばれる口座に、ビットコインを所有していた。この前仲良くなったおじさまからの勧めで口座を作ったのだという。話の理解は真瑠子より早かった。

「せやなあ。このビジネスがうまくいく鍵は、何はともあれ君らが仮想通貨への理解を深めることや。だからもう一回勉強会やっとこう。〝Dear《ディア》 Bit《ビット》〟が公式に発表されるまでは半年あるけど、この世界は勉強しすぎて悪いことはいっこもないから。発表されたら絶対にブレイクする」

　持っていた葉巻を、枕元の灰皿に置いた。

「この一年が勝負のビジネスや。マイコちゃんも儲けるんやで」

（一年が勝負……）

　真瑠子は目を閉じた。

　冨永のチクチクした髭が真瑠子の額に当たった。葉巻の甘い香りが鼻先をかすめる。

その髭はもう一度、真瑠子の唇に触れ、耳から首筋へ下りていき、再び身体の上を散歩しにいった。

2

冨永が作った資料に懸命に目を通す。明日のスポンサリングの準備である。

身体が一瞬ぶるっと震えた。

八月になり、常時エアコンをつけているので事務所内は冷え切っていた。真瑠子はリモコンを手に取ると、温度を上げた。

SBJNの活動は、徐々にフェードアウトしていくことにした。

カタログが浸透しつつあったこともあり、グループメンバーからのオーダーもぼちぼちとあった。小遣い程度でも今の真瑠子にはありがたい収入だ。退会せずに籍は残している。

新しい暗号資産の名前は、〝ディアビット〟。商品はこの新規暗号資産公開のために発行されるトークン、〝ディアトークン〟。

ネットワーク組織は〝ディアビット・ネット〟と名づけられた。

ホワイトペーパーと呼ばれるビジネス計画書は五十一ページにわたっている。言語は英語だ。

発行人のサインはディアビットコーポレーションのCEO、マイケル・バーナード。

傍《かたわ》らの簡単な二つ折りのカラーパンフレットには、モデルのように微笑む、カナダ人のマイケルの写真があった。冨永がマイケルは他の事業でも活躍している若き実業家なのだと言っていた。

後でグーグルの画像検索で調べてみよう。

真瑠子はマイケルの顔写真を携帯カメラで撮った。

ホワイトペーパーの中身はというと難しい数式が多い。正直、何が書かれているのかはわからないがとにかく凄そうではある。英語の資料だけでは紹介時にいささか不親切だろう。日本語になおそうと、少しずつ翻訳ソフトにかけているのだが、訳された日本語を見直す作業が面倒で、つい後回しになってしまう。

真瑠子はホワイトペーパーをテーブルに放り投げた。

玄関の方で物音がした。アイちゃんが帰ってきたようだ。

「あ。真瑠子さん、ただいまーっす」

肉の甘い香りがした。蓬萊《ほうらい》の豚まんだとすぐにわかった。アイちゃんはドアを開けるなり、白地に赤のロゴ入りの紙袋を真瑠子に見せた。

「やっぱり」

「わかりました？」

くしゃっとした笑顔。真瑠子はアイちゃんのこの笑い方が好きだ。顔やスタイルはまったく違うが、妹の真亜紗と重ねてしまう。

アイちゃんが早速、蒸気でふやけた箱を取り出した。開けて大きくパンパンに膨らんだ白い豚まんを二つ摑む。

「晩ご飯の時間やのに、お腹いっぱいになってまうな」

真瑠子は、ふっくらとした白い豚まんを見ながら言った。

最初の一口は、何もつけずに甘い皮を味わう。その後はウスターソースとついている辛子《からし》のミックスでいただく。

「相変わらずヤバイ。食べてまうなあ」

豚まんを頬張りながら真瑠子が言った。

アイちゃんも豚まんを口に運びながら、テーブルの上に広げられたホワイトペーパーに目をやった。パラパラとめくり出す。

「明日のスポンサリングに備えて、勉強しててん」

真瑠子は言った。

「へー。改めてちゃんと読むとこのコンセプト、すごいですね。これは代表のマイケルさんが作ったんですかね？」

「ってか、アイちゃん意味わかんの？」

真瑠子は思わず聞いた。

「あ。この後半の数式はわかりませんけどね。村上春樹の言葉とか引用してて、なんか面白いな、って」

真瑠子はアイちゃんを見た。

「アイちゃん、英語読めるん？」

「はい。小学校から高校入学くらいまで、カリフォルニアにいましたからね」

意外すぎる。

「え。じゃあこのホワイトペーパーの日本語版、作れる？」

「できなくはないです」

「やった。アイちゃんお願いしてもいいかな？」

「えー。しょうがないっすね〜」

言いながら、アイちゃんは缶ビールのプルトップを引く。

長文だからどうせ翻訳ソフトの手を借りるんだし、真瑠子さんだってできますけどね、とつけ加えた。

「明日の新規スポンサリング、竹田さんが声をかけた一組だけですか?」

「うん。他系列のSBJNの人やって。タイトル取ったばかりらしいし、こっちに気を回すかどうかわからんけど、ひとまず当たって砕けろやな」

「冨永さんは同席するんですか?」

「うん。最後だけ顔出すようにお願いしといた。東京での広がりがすごい速度らしくて、向こうにかかりっきり」

話している間に、真瑠子は大きな豚まんをすっかりお腹に収めた。

アイちゃんは携帯画面を食い入るように見ている。自分で買った暗号資産の値動きをチェックしているのだろう。

数時間後、アイちゃんはソファで携帯を握ったまま寝入っていた。

真瑠子はテーブルで、パソコンを開いている。グーグルの画像検索画面を食い入るように見つめた。

——この一年が勝負のビジネスや。マイコちゃんも儲けるんやで。

冨永の二ヶ月前の言葉を思い出す。

目を閉じて、自分の目標を改めて頭の中で繰り返した。

ディアビットが走り出して四ヶ月経っている今、真瑠子はもらったこのチャンスにかけようと再び固く決心する。

竹やんやアイちゃんと一緒に、きちんと成功してお金を手にするのだ。

パソコンの横に置かれた自分のノートをめくってみる。

「ブロックチェーン技術」のメモに多くのページが割かれている。

ブロックチェーンは、ホストコンピューターを持たずに相互にアクセスして情報を管理する分散型のアプリケーション技術だ。

勉強会での竹田と冨永のやり取りを思い出した。わからないことはわからないと、素直に質問する竹田のおかげで、真瑠子にとっても実り多いものになった。

——ホストコンピューターがなくて、分散型台帳で管理する、ってみんなで保管するってことですか？

竹田は冨永に聞いた。

——そう。例えばさ、会社の入出金の記録は経理のコンピューターの中にあるけど、ブロックチェーンは空の上に台帳があって、それにみんなで書き込んでる感じやな。だからいつでもみんな見られるし、そこに記録することもできる。ほんでその記録はすごい数になってくるから、一定時間になるとブロックごとにまとめていかなあかん。

——そのブロックを、チェーンで繋ぐ……からブロックチェーン、ですか？

——そう。言うたら、仕事の書類でも増えてきたらわかりやすいようにファイルに分けていくやろ。あんな感じ。それで、そのまとまったブロックを繋ぐのに暗号化された関数が必要で、その関数の値を求めるのが、つまりマイニングなんやけど。

——あかん。いっぱいいっぱいいっぱいになってきました。

——いっぺんに理解すんのは難しいけど、何回か聞いてたらだんだん馴染んでくる。まとめると、ブロックチェーンは、みんなで管理してる分散型台帳のシステム。ほんで、その台帳はブロックごとにまとめられて繫いで管理する。書き換えは不可能で、どんどん数字を記録して残していく。

——それが不正ができない、ってことに繫がるんですね。

——その通り。嘘はつけない、ってこと。みんながその記録を見られるし、すべてのやりとりが記録されるからな。厳密にいうとできるけど、正直それは不可能に近い。

冨永は真剣な顔で竹田に言った。

——竹やん、よう覚えとき。この技術はな、今や世界の経済界はおろか、国家運営をも変えようとしてるんや。日本においても遠くない日に、選挙や役所の情報管理なんかで活用されるで。勉強しといて損はない。

冨永の言葉に竹田は大きく頷いた。

竹田は、冨永の下で勉強することが面白いようだった。彼の言葉一つ一つに反応し、懸命にメモをとっていた。

真瑠子はノートにひときわ大きく書かれた文字を見つめた。

〝改ざんできない。嘘はつけない〟

3

「それはよく聞くＩＣＯトークン、ということですか？」

エアコンの程よく効いたマンションのリビングで、新規客のスズキが質問した。

隣には竹田がすました顔をして座っている。

楕円形の六人がけテーブルに、真瑠子を含めた三人がついていた。

目の前にいるスズキは竹田が誘ってきたＳＢＪＮの人間だ。

暗号資産の概要、ディアビットの特徴の説明を経て、今回の投資内容であるディアトークンの話に入っている。

「おっしゃる通りです」

竹田が答える。

「ＩＣＯトークンはまず詐欺だと疑え、ってこの前友人から聞いたばっかりでね」

真瑠子は「きましたね」とばかりに、スズキの言葉を受けて余裕の笑みを浮かべる。

「そりゃあそうですよ。この時代にＩＣＯトークンと聞いて、ホイホイお金を出す人はいません。私だってそうです。正直、新規アルトコインの投資に詐欺話が多くて困っています」

そう言うと、真瑠子は大袈裟に肩をすくめてみせた。

アルトコインとはビットコイン以外の暗号資産の総称だ。現在世界には三千種類以上のアルトコインが生まれている。

それらが市場に公開されることを、ＩＣＯという。新規暗号資産公開の意味を持つ〝Initial Coin Offering〟の頭文字を取った略称である。

ＩＰＯ（Initial Public Offering／新規株式公開）の暗号資産版と考えればわかりやすい。トークンとは、ブロックチェーン技術を利用して発行される売買自由の通貨のようなものだ。

真瑠子はさらに続ける。

「儲かるのは最初のうちなんです。百パーセントの確証を揃えている間に、皆が始めることになるでしょう。そうしたら、儲けはそんなに出ません」

スズキは顎を引いて、眼鏡を中指で上げた。

「確かに、流行ってからでは遅い」

「その通りです」

竹田が大きく頷いた。

「私も竹田もスズキさんと同じようにSBJNのタイトル保持者です。SBJNの取り組みは素晴らしいと思っていますし、今も大切にしているネットワークです。けれどもう一つ、自分の経済状況を安定させるものが必要だと感じていました」

真瑠子がそう言うと、スズキは真剣な面持ちで首肯した。

この人もタイトルだけで、あまり収入のない口なのかも。

眼鏡の上の大きい額が、うっすらと汗ばんでいるように見える。

「暗号資産との出会いはこのディアビットが初めてでした。二〇一八年より前に暗号資産のことを知っていたら……と、この数字を見て何度悔やんだことか」

真瑠子は手元のPCを操り、モニターにデータを映し出した。

《Bit Coin 推移》by Investing.com
※BTC（＝ビットコイン／単位）（$1＝¥110- で計算）
2010年1月　1BTC／$0.0025（¥0.2-）
2011年3月11日　／$0.9（¥99-）
2012年3月11日　／$4.9（¥539-）
2013年3月11日　／$48.4（¥5,324-）

２０１４年３月11日　／$ 608.7（¥66,957-）
２０１５年３月11日　／$ 295.6（¥32,516-）
２０１６年３月11日　／$ 419.1（¥46,101-）
２０１７年３月11日　／$ 1179.2（¥129,712-）
２０１８年３月11日　／$ 9529.6（¥1,048,256-）
２０１９年３月11日　／$ 3870.3（¥425,733-）

「これはビットコインが生まれた二〇一〇年からの価格推移表です」

見やすいように、グラフを拡大する。

「確かにこの値上がり幅を見ていると流行る前にビットコインを購入していたら、と思ってしまいますね」

スズキは顔を緩めながら言った。

「国が管理している法定通貨ではないので、その価値を守るために予め発行量が決められています。さらに四年に一回、マイニング量が半減するように設定されています」

真瑠子は言った。

「半減ですか？」

「ええ。それが流通量を抑えることになり、コインの価値を上げるんです」

真瑠子が答える。

「経済学者の中には、ビットコインは五万ドル、つまり日本円で五百五十万円ほどまで上がると予想する人も少なくありません。可能性は天井知らずです」

「こんな景気の悪い時に、えらく強いんですね」

スズキの言葉に真瑠子は頷き、微笑んだ。

「実はディアビット・ジャパン代表の冨永は、ビットコインの生みの親、サトシ・ナカモトとは旧知の仲で、ビットコインの存在を二〇一〇年の時点で知っていたそうです」

「え？　本当ですか？」

「はい。でも、冨永は暗号資産の可能性を理解しきれなかった。だからビットコインを購入したのは、二年後の二〇一二年に一ビットだけでした。五百円ちょっとで購入したビットコインが千倍以上の価値になっているんです。それはそれで、すごい儲けだと言えますけどね」

真瑠子は続ける。

「でも、もし十ビット、いや、百ビット購入していたら……と想像せずにはいられない、って冨永は笑ってました。後悔ばかりだよ、って」

その時、スズキの表情が明らかに変わったのに真瑠子は気づいた。

「ディアビットの情報は、冨永だからこそ知り得た、特別なものです」

「なるほど」

スズキが頷く横で、竹田がさらに大きく頷いている。

真瑠子は、唇にそっと人差し指を当てた。

「公《おおやけ》にはできません。そんなことをしたら買い手が殺到してしまいます。だからこそ今回、こうやってまずは信用のおける方を選んでいるんです」

竹田が、ホワイトペーパーの表紙が掲載されている二つ折りのパンフレットをスズキの前に差し出した。

「ディアビットは未公開株のようなものです。金融庁や暗号資産取引業協会への登録などはまだしておらず、表に出ていません。不審に思われるかもしれませんが、逆にそれだからこそ儲かるんです。会社の信用度については、このパンフレットに載っているホワイトペーパーの概要を読めばご理解いただけると思います」

ここからの説明は竹田にバトンタッチする。

「今回、ディアビットのMLMであるディアビット・ネットで扱うのは、クラウドマイニングへの投資を含めたICOトークン、ディアトークンという商品になります」

竹田の話に合わせて真瑠子はモニターの画面を変える。

「ドルでの投資になっており、パッケージは千ドルからです。五千ドル、一万ドル、五万ドルの四段階があります。投資する期間により利回りが変わります。投資期間は、三段階で九十日、百八十日、二百七十日以上」

真瑠子は画面モニターに、利回り一覧を表示させた。

「月利表です。年に一度見直されますが、基本的に一ドル百十円のレートで計算を行います」

- $1,000-（¥110,000-）　／(90) 3%　(180) 6%　(270) 9%
- $5,000-（¥550,000-）　／(90) 4%　(180) 8%　(270) 12%
- $10,000-（¥1,100,000-）　／(90) 5%　(180) 10%　(270) 15%
- $50,000-（¥5,500,000-）　／(90) 10%　(180) 15%　(270) 20%

「ドル数字の後ろのカッコは日本円の数字です。その後ろのカッコは投資期間の日数。で、その横が月利です」

「月利ですか？　すごい利回りですね。信じられない。この高利回りはマイニングによってペイされるということなんですか？」

「その通りです」

竹田はすかさず、スズキに応える。

「五万ドルのパッケージは五百五十万円の投資です。仮に一年間寝かせておくと、月利二十パーセントで一千万円以上のバックになるということです。まさに不労所得ですね」

スズキが、具体的な数字を頭の中で弾き出したようだ。

確かに投資家にとっては、考えられないような利回りである。

「この上、さらにネットワークの報酬があるということですか？」

スズキが質問する。明らかに興味を覚えてきている。

「そうです。その報酬システム表がこちらです」

竹田が答えると、真瑠子はさらに画面を変えた。竹田が話を続ける。

「とてもわかりやすくなっています。紹介料は申込みパッケージ金額の三パーセント。五人を紹介したら五パーセントに昇格、合計十人で七パーセント。グループで三十人を超えると九パーセントのボーナスランクに昇格」

画面の表示は、

100名（11%）、200名（12%）、300名（13%）、400名（14%）、500名（15%）

と続いた。

「シンプルにその数字がランク名です。三パーセント会員が〝スリー〟、五パーセント会員〝ファイブ〟、七パーセント会員〝セブン〟、十パーセント会員〝テン〟と続き、一番上のランクは十五パーセント、〝フィフティーン〟です。高利回りな分、ネットワークとしての報酬率は低めに設定されています。毎月二十五日締めで一ヶ月分を計算し、支払いは翌月の二十五日となっています。追加や解約なども日割りで計算します」

冨永が部屋に入ってきた。ベージュ色の麻ジャケットにジーンズの爽やかな出立ちだ。

真瑠子と竹田に目を合わせて微かに頷く。

竹田が冨永をスズキに紹介した。

冨永はすぐに席についた。まるで最初からその場にいたかのように、世間話などを交えながらスズキと話を弾ませた。

「そういえば、いいものをお見せしますよ。この前、シンガポール時代にサトシと撮った写真を見つけて」

「え。サトシ・ナカモトですか?」

「ええ。まあ彼の本名はサトシではないですが。これです」

冨永は携帯電話の画面に写真を表示させると、スズキに差し出した。

竹田が、スズキの後ろから画面を覗き込んだ。真瑠子も一応目をやる。

あどけない少年が三人写っている。面影が少しだけ残る冨永と、爽やかに笑う短髪の少年と、キャップを被った少年。

「この真ん中が私で、隣のキャップを被っているのがサトシです。仲間内でも群を抜いて頭の良いやつでした」

「現在の写真はないんですか？」

スズキが目を輝かせた。

「謎の人物、サトシ・ナカモトの顔を見られたらどんなに凄いか」

「残念ながら幼い頃と違って、今のあいつは極度な写真嫌いでしてね。現在の写真はないんですよ」

冨永はスズキに言いながら携帯電話をジャケットのポケットにしまった。

「なるほど。ところで冨永さんも、投資されてるんですよね」

スズキが聞いた。

「ええ、もちろん。しかし自分で言うのもなんですが、私は投資下手でね。最初にサトシにビットコインのことを聞いた時に、もっと買っておけばよかったんですよ。その後だっていくらでもチャンスはあったのに」

冨永は言いながら笑った。

「例えば、暗号資産全般の話で言うと、二〇一七年のような、何を買っても素晴らしい投資になったいい時期はもう来ないかもしれないとは思っています。でもね、リップル、イーサリアムを始めとした中身がある、いいアルトコインには強気相場が絶対に訪れると考えてます」

冨永はスズキの目をしっかりと見た。

そして続ける。

「一つだけ、僕の希望があるとすれば、身の丈に合った投資をして欲しいということですね。決して生活に必要な金を使ってまでこのディアビット・ネットに参加して欲しくないんです。利回りがいい案件は、借金をしてまで投資してくる人たちもいる。そういう人は必ず破綻します。欲をかいてはなりません。投資には余剰資金を使うのが正しい姿だと思います」

スズキの眼鏡の奥の目が見開かれた。

「同感です。冨永さん」

何度も頷き、スズキが笑った。

「いやね、ネットワークビジネスでは多いんですよ。借金をしてまでビジネスに投資する子が。買い込み、ってことですが。その方法だと続かないですし、それこそ破綻してしまう。本質を考えなきゃいけないですよ、ビジネスも投資も」

スズキは言った。

真瑠子は一瞬うつむいた。耳が痛い。まさにかつての自分のことだ。いや、借金はまだ残っているから今の自分か……。

話が終わり、冨永は奥の部屋に消えていった。

その後、スズキは一万ドルパッケージの二百七十日を選んだ。真瑠子と竹田は入会の手続きを案内した。

4

「乾杯！」

シャンパングラスを合わせる。琥珀《こはく》色の泡が、ライトを浴びて光った。

真瑠子とアイちゃんは、新大阪駅前ビルの高層階にある、イタリアンレストランに来ていた。

十月の最終週、ディアビットのビジネスを始めて半年近くになろうとしている。

「この店、予約が取れてよかったわ」

真瑠子が言った。

「久しぶりの食事会ですからね。私たち、今月もがんばりましたよね〜」

アイちゃんはそう言いながら微笑む。二人は再びグラスを合わせた。

「竹やんは場所、わかってますよね？」

アイちゃんと竹田もすっかり仲良くなった。

「うん。タブレットの件で、事務局に寄ってくるからちょっと遅れるって」

暗号資産を扱うだけあって、ディアビットでは、ほとんどの手続きがペーパーレスで行われている。

ディアトークンを購入して投資だけをする人も多い。だが付随しているディアビット・ネットに登録し紹介ビジネスをする場合は、登録料の一万円を支払い、加入申し込みをオンラインで行うことになる。

申し込むと、いくつかの専用ソフトウェアがダウンロードされたタブレット端末が、東京の事務局から送られてくるのである。メンテナンスは梅田にある大阪事務局でも受けつけている。

竹田がやってきた。

最近はべっ甲縁の眼鏡にうっすらと髭も生やしていて、若き実業家のように見える。金属加工会社での勤務はまだ続けているが、以前よりは随分時間の融通《ゆうずう》がきくようになったらしい。

「お疲れさまーす」

「お疲れさま。海堂《かいどう》さんの件、大丈夫やった？」

真瑠子は竹田に聞いた。

「うん。事務局でタブレットごと交換してもらったわ」

「海堂さんて？」

アイちゃんが聞いた。

「ほら、先々月かな。スズキさんが連れてきた、白髪まじりで角刈りのおじさん覚えてるかな？

アイちゃんもその時おったと思うけど。あの人のタブレットの調子悪なってもうてな。何回も電話でやりとりしたけどなおらんから、丸ごと交換してもろてん」

竹田は話しながら、眉間にしわを寄せて海堂の顔を真似た。

「ちょっと怖い雰囲気の人やんな。一緒に来てた銀縁眼鏡の伊丹《いたみ》って人も、なんか迫力あったしな。伊丹さんのタブレットは大丈夫なん？」

真瑠子は聞いた。

「伊丹さんは申し込んでないよ。つき添いで一緒に来てただけやから。新しいタブレットは調子ええし、余裕、余裕」

竹田は答えた。

「そうそう。竹やんなら余裕やな」

アイちゃんが横から言った。

竹田のグラスに、シャンパンが注がれた。三人は改めて乾杯をした。

「あー。この半年間、あっという間やったなあ」

アイちゃんは言った。

「ほんまに。状況がだいぶ変わった」

真瑠子は答える。

「姉御の強運でここまできたもんなあ。トップランクからスタートできたんが大きい」

「マンション事務所も出て無事に自分の部屋も借りられたし、服も買えたし、バイトも卒業。まじ感謝っす。真瑠子さん」

真瑠子は二人の言葉を聞いて安堵した。

ビジネスは結果がすべてだ。ディアビットをやってよかった。

真瑠子もまた、このビジネスによってもたらされた成果を振り返った。

フィフティーンの真瑠子の下にセブンの竹田とアイちゃんがつく形で始まったディアビットも、今では会員数が四百名を超えている。

おかげで毎月の収入はほぼ百万円を超え、借金も完済した。アイちゃん同様、真瑠子も事務所を出て、東三国《ひがしみくに》に1LDKのマンションを借りている。

「私は実家にお金を渡せたことが、なんせ一番嬉しかったわ」

シャンパンの泡を見つめながら、真瑠子は言った。

「そういえば、お父さん、大丈夫ですか？」

アイちゃんが聞いた。

「うん。病状は悪化してない。平行線、ってとこやね」

「心配ですね」

「でも、お金を入れたことで仕事が順調やってわかって安心してくれたみたい。竹やんとアイちゃんががんばってくれたおかげやわ。ありがとう」

真瑠子はそう言って二人を見た。

アイちゃんと竹田が目を合わせる。

「姉御、柄にもないこと言わんといてや。調子狂うわ。うちらは、自分らのためにがんばってるんやし」

竹田が言った。

「ところでさっき久々に、ジュリアから連絡きたんですけど、Aさんがどうも警察沙汰になったって噂が」

ジュリアは実家に戻ったが、SBJNを続けているとアイちゃんから聞いていた。

「Aさんて、亜希菜さんのことやんな」

竹田が確認した。

「警察？　なんで？」

真瑠子は驚いて聞き返した。

「Aさん、滝瀬さんが亡くなった後、グループを引き継いだでしょう。その残りのグループの人たちが悪さしたみたいで」

「何やったん？」

「どうも新規で来た人を監禁してもうたみたいで。警察に駆け込まれたらしくて」

「監禁？　クロージングがいきすぎたんかな」

真瑠子はミーティングでたまにある光景を想像した。

説得している方は必死に話しているうちに、時間も相手への配慮も忘れてしまう。

「いえ。もうちょっとディープにやってしまったみたいですね。朝まで閉じ込めて、ほぼ脅迫に近い状態やったらしいです」

熱心にやりすぎてしまったのだろうか。

「その新規の人、解放されたその足で警察に行ったみたいで」

それで脅迫まがいのクロージングをしたメンバーと、前夜スポンサリングした亜希菜も事情聴取された、ということらしい。

「だってあれですもんね。京都で滝瀬さんを刺した犯人に、滝瀬さんのスケジュール伝えたのはAさんやないかと……。これは超オフレコですけど」

アイちゃんはジュリアとのやり取りを読み返しているのか、携帯画面を見ながら言った。

(え？)

真瑠子は一瞬息を止めた。

アイちゃんが真瑠子の顔を覗き込む。

真瑠子の脳裏に、あの時の滝瀬の姿が唐突にフラッシュバックした。

茶色い髪の女の思い詰めた顔、首に突き立ったナイフ、滝瀬の頭の重み、椿のような鮮やかな紅い血……。

「でも滝瀬さんと亜希菜さんってつき合ってたんちゃうの？」

竹田が口を挟んだ。

「うん。つき合ってた、っていうか、できてはいたみたいやんな。あの京都の事件でも元々Aさんだって騙されたうちの一人だったみたい。滝瀬さんに色恋仕掛けられて結構惚れてたらしい。借金も作ったけど、野心が強いし口もうまいから、犯人の女性みたいに風俗に売られへんとマルチを紹介されたんやて。滝瀬さんのアドバイスで整形して、ノウハウ教えてもらってやり始めたらうまくいっちゃったと」

アイちゃんはそう言って携帯を置いた。

「あの女性も亜希菜さんと知り合いやった、ってことなんかな」

真瑠子が聞いた。

「みたいですよ。店で滝瀬さんに紹介されて知り合ったらしくて。そこそこ仲良くやってたそうです。ここから先は私とジュリアの憶測ですけど、あの人がAさんに頼んだんじゃないですかね。滝瀬さんと連絡が取れないから、店に来る日を教えてくれって。Aさんは彼女の境遇を不憫《ふびん》に思って、滝瀬さんのスケジュールを伝えた。滝瀬さんと関係を持っていることは伏せて……。さらに言えば、ああなることを望んでいたのかもしれません。滝瀬のラインを総取りするために――」

「こわっ」

竹田が大袈裟に自分の肩を抱きながら言う。

「やろ?」

アイちゃんがニヤリと笑った。

「それにしても、亜希菜さんてなんであんなにグループ大きくできたんやろな。よっぽど滝瀬さんのアドバイスが良かったんか……」

竹田がシャンパンをあおりながら疑問を口にした。

「そんなん決まってるやん」

アイちゃんはそう言いながら、竹田のグラスにシャンパンを注いだ。

「やっぱ、噂通り枕……?」

竹田がアイちゃんに向かってグラスを持ち上げながら聞く。

「ほんまに枕やってたかどうかは知らんけど、ただ、新規口説く時は恋愛に近いくらい、親密な関係に持ち込んでたのは間違いない」

真瑠子はＨＴＦ大阪支社の近くで、太った男に腕を絡ませて歩く亜希菜の姿を思い出した。そういえば、冨永だってそうだ。初めてセミナーに参加した帰り、二人は親密そうな雰囲気で支社を出て行った。

「いろいろ楽しませてもらった」という冨永の言葉と下卑た笑いは、やはりそういうことなのだろう。

（人のこと言えんけどな）

お遊びに誘われた時、断らなかった自分を自嘲した。

「私ら下のもんは、そのやり口を色恋営業って呼んでた。相手に恋愛感情抱かせて契約をゲットする――」

アイちゃんの言葉に真瑠子は息を吞む。

（色恋営業）

滝瀬が作ったマニュアルの通称じゃないか。彼が亜希菜に仕込んだのはＭＬＭのやり方ではなくてスカウトのテクニックだったのか。

滝瀬にしたらＭＬＭもスカウトも同じだと考えていたのかもしれない。

虚構で相手を籠絡《ろうらく》し、金を騙し取る……。

――真瑠子ちゃんにはいずれお話ししましょう。

突如、滝瀬の言葉が頭の中に響いた。祇園の店でマニュアルについて質問した際に滝瀬が真瑠子に言ったことだ。

亜希菜に手ほどきした色恋営業を真瑠子にも教えようとしていたのだろうか？

（彼には、私が人を騙すのに向いているように見えていた……？）

嫌な想像を振り払うように、真瑠子はグラスのシャンパンを口に含む。

「しかし怖いな、女は」

竹田が言った。

「そうやで、竹やん。女は怖いねん」

アイちゃんは竹田を見て不敵な笑みを浮かべた。

「やば。アイちゃん、一人くらい殺してるやろ」

「わかる？」

笑いながら二人はシャンパンを飲み干した。

言葉には出さずに、真瑠子もグラスを空けた。

（男も女も怖いわ）

テーブルに、生ハムや、ハーブで飾られた前菜が並べられた。

竹田が早速手をつける。

「亜希菜さん、アイちゃんが私と一緒にディアビットやってるの、知ってるんかな？」

真瑠子は聞いた。

今、続々と入会してきているのはＳＢＪＮのアイちゃんグループである。ということは亜希菜のグループでもあるということだ。

「わかったらええ気せえへんやろうな」

真瑠子は言った。

「さあ、どうでしょ。きらりもジュリアも時々顔出してるみたいですし。そこから漏れて誰かから聞いている可能性はなきにしもあらず、ってとこですかね。でも気にすることないですよ。知られたところで商品がかぶってるわけでもないですし」

「アイちゃん、ドライやな」

竹田が突っ込む。

確かにアイちゃんの言う通りだ。

「ところで真瑠子さん、Aさんと昔、何かあったんですか？」

「なんでそんなこと聞くの？」

「いえ、前からAさんって真瑠子さんのこと、気にしてるというか。どこか目の敵《かたき》にしているような気がして」

「そう思う？」

真瑠子は前のめりになった。頭の片隅でずっとくすぶっていたものが、突然形をなした。

「ええ。ミーティングでもよく真瑠子さんの名前出してたし、一回、聞かれたことあるんです」

アイちゃんは生ハムを頬張りながら言った。

「『鹿水さんのこと、どう思う？』って」

真瑠子は飲みかけていたグラスを置いた。

「めっちゃ姉御のこと意識してるやん〜」

竹田がからかう。

「ほんで、アイちゃん、Aさんになんて答えたん？」

竹田が興味津々な様子で、アイちゃんに聞いた。酔っているのか、竹田までAさんと呼び始めた。

「気さくでええ人ですよ、酔っぱらってよく泣いてますけど、って言うたけど」

アイちゃんがグラスを持ち上げて笑った。

「なんやつまらん答えやな」

竹田が面白くなさそうに言う。

「つまらんことないわ」

真瑠子は小さく口を尖らせた。

「もっと根性悪とか、嘘つきとか、嘘泣きうまいとか言っとけば面白かったのに」

竹田が悪ノリしてくる。本気も混ざっているのか。

「だから面白くせんでええねん、そこは」

真瑠子は竹田を睨んだ。

「そういえば、前に竹やんもAさんに誘われてんよね？」

アイちゃんが思い出したように言った。

「そうそう。優秀な俺はAさんに誘われて——」

SBJNが始まる時だ。竹田が亜希菜に食事に誘われたことがあった。その当時、竹田が口を割らなかったので、話した内容までは知らなかった。

「ほんで竹やん、その時は亜希菜さんになんて言われたん？」

真瑠子は聞いた。

「うん。竹田くんて、かっこいいですね、って」

「嘘つけ」

アイちゃんが、即座に突っ込んだ。

「だ、か、ら、なんて言って誘われたん？」

真瑠子はしつこく聞いた。

「なんやったかな？　俺のグループのこととか。姉御のことも聞いとったかな。赤い眼鏡いつもかけてるよね、あれはおばあさんにもらったものらしいね、とか。お姉ちゃんと妹さんいるんでしょ、とか」

「なんやつまらん答えやな」

今度はアイちゃんが竹田に言った。

「つまらんことないわ」

竹田が答えた。

（――お姉ちゃんと妹さんいるんでしょ）

どうして亜希菜がそんなことを知っているのだろうか？

『月刊マルチ・レベル・マーケティング』のクイーン企画の時に家族構成を答えるアンケートでもあっただろうか。真瑠子は記憶を辿ったが、思い出せなかった。

「きっとその時は、Aさん、竹やんのグループ欲しかったんでしょうね。基本的にはグループ横取りすんのは移籍の時しかチャンスないし」

アイちゃんが言う。

「んー。でも、そんな感じでもなかったけどな。いくらなんでも俺がAさんの下に鞍替《くらが》えするのは気まずすぎるやろ」

「Aさんはそんなん、気にせえへんのちゃう。竹やん、ほんまは枕営業して欲しかったんやろ？」

アイちゃんがそう言うと、竹田は一瞬間をあけてから、「して欲しかったー」と叫ぶように言った。

二人はゲラゲラと笑い合った。

「そういえば今度、守本さんが大阪に来るコンベンション、あるみたいですよ」

アイちゃんが話を変えた。

「へえ」

返事をしながら、丹川谷のいなくなったＳＢＪＮではもう誰もそんな情報を真瑠子にはくれないのだな、と寂しくなった。

「私は会ったことないですけど、守本のおじいちゃんて、伝説のマルチサラブレッドなんですよね？」

「伝説……？　すげーな」

竹田が言った。

「私がスポンサリングしたおじさんで、めちゃくちゃマルチに詳しい人がおったんです。ＳＢＪＮのパンフレット見ながら言うてはりました。守本は豊田商事の残党やって。その後、原ヘルス工業のバブルスターの幹部になって一財産作ったらしいです。それからまた新しいマルチを始めて――。とにかくマルチ商法のシステムを作っては潰し、作っては潰し、ってやり方でずっと生き抜いてるやつや、って」

「ええ。そうなんや」

真瑠子は思わず大きな声を出した。

「そのおじさん、守本さんの花のセミナーにも行ったことあるらしくて」

「花のセミナー、って〝花咲く会〟のことやろ」

アイちゃんに竹田が呆れたように言う。

「そうそう、それ。お母さんとの絆の話を聞いて、最初は泣いてたらしいですよ。でも何回も同じ話聞いたら、涙も出んようなったって」

アイちゃんの言葉を聞いて、真瑠子はコンベンションでの、守本の姿を思い出した。

あの人を惹きつけるような話しぶりや、カリスマともいうべき存在感は、昨日今日身につけたものではなかった。長年マルチの世界を渡り歩いた結果にできた年輪のようなものなのだろう。

「しゃーけど、怪しいなあ」

竹田が疑念を口にする。

「その点、うちのダディは安心感ありますよね」

アイちゃんが言った。ダディとは冨永のことで、親しみを込めて三人はそう呼んでいる。

「最近会えてないけどな」

竹田の言葉に真瑠子が続けた。

「東京が盛り上がってて、なかなかこっちに戻られんらしいわ」

「順調なんはええことですよね。またはよ戻ってきて、うちらに奢《おご》って欲しい」

「ただのたかりやん」

アイちゃんに竹田が突っ込み、三人で大きく笑った。


「今夜も行っちゃっていいですか?」

店を出て、アイちゃんが真瑠子に聞いてきた。新大阪駅に向かう竹田とは店の前で別れた。

「もちろん。おいでよ」

案外寂しがりのアイちゃんは度々真瑠子の部屋に泊りにきている。

二人でコンビニに寄って、酒やつまみを購入した。

秋の風は酔い覚ましにはちょうど良い心地よさだ。

部屋に着くと着替えをすませてメイクを落とした。アイちゃんのもっちりした頬が光っている。真瑠子より一つ歳下だが、すっぴんだともっと幼く見える。

買ってきたワインをグラスに注いだ。

「今夜は、ダディが言ってたこと思い出しちゃった」

アイちゃんが言った。

「ダイヤモンドって、ダイヤモンドでしか磨かれないんだよ、って話してくれたことがあって」

真瑠子はワインを口に含みながら頷いた。

「人間も同じなんや、って。人は人でしか磨かれない。人との出会いによって、輝くんやで、って」

(同じこと、私にも言ってたな)

ワイングラスを置いた。

アイちゃんは酔ったのか、涙目で真瑠子の方を見た。

「私、真瑠子さんに会えてよかったな、って思ってます」

真瑠子はアイちゃんの顔を覗き込んだ。

「アイちゃん、酔っ払ってるね」

「へへへ。今夜はなんだか嬉しくて」

そう言うと、手にしていたワインを一息に飲み干した。

アイちゃんはグラスを置くと、ガラステーブルの下にあったディアビットのパンフレットを手に取った。

「ところでマイケルさんてイケメンですよね」

アイちゃんがCEOマイケルの写真をしげしげと眺めた。

「他になんか事業とかやってる人なんですかね？」

「さあ、どうやろ。知らんなあ」

「パソコン借りますね」

アイちゃんがサイドテーブルに置かれた真瑠子のノートパソコンを開いた。真瑠子は横から自分のパスワードを教えた。

アイちゃんは慣れた手つきでキーボードを打った。しばらくの間、いろいろ検索をしていたようだった。その後、おもむろにバッグから自分のタブレットを取り出して、パンフレットのマイケルの写真を写した。

「何やってんの？」

真瑠子は聞いた。

「バーナードの名前で検索したら目ぼしいものが出てこなかったから、画像検索してみよかなと」

「アイちゃん、なんでもよく知ってるね」

「常識ですよ。マッチングアプリで会う人は写真撮って、一応画像検索しますよ。犯罪者とかやったら嫌やし。でも前に、真瑠子さんに教えましたよね？」

アイちゃんはタブレットの画面から目を逸らさずに、指を滑らせている。

真瑠子はドキドキしながら買ってきたつまみの袋を開けて、二杯目のワインをグラスに注いだ。

「え？」

アイちゃんは目を大きく開いて画面を見ている。

「アイちゃん？」

真瑠子は、アイちゃんの横顔を覗き込んだ。

「どしたん、大丈夫？」

真瑠子がアイちゃんのタブレットに視線を落とすと、そこには爽やかなマイケルの笑顔がある。

「ま、真瑠子さんこれ……」

「うん。ええ顔してるなあ、マイケルさん」

「いや、だからこれですって」

アイちゃんがタブレットを真瑠子に、差し出した。

「よく見てください」

アイちゃんが画面の下を指差す。そこにはサイトのロゴが載っている。

「〈スカイフォト〉？」

「これ、ストックフォトです。有料写真サービス会社ですよ」

「え……」

真瑠子はグラスを置いた。

「この写真、マイケルさんじゃなくて、ストックフォトのモデルさんですよ」

真瑠子は言葉を失って、アイちゃんを見つめた。

「誰もが買える写真、ってことですよ」

「じゃあこれ、マイケルさんじゃない、ってことなのかな」

声が震えそうになるのを堪えた。

「そーなんですよ。これって何なんですか？　ていうか、マイケルさんって実在してるんでしょうか」

さっきまでの明るい表情から一転、アイちゃんの眉尻は下がりきっている。

「ダディに連絡してみるわ」

真瑠子はリビングを出て、奥の寝室に行った。ベッドの上に腰掛けて携帯画面を触る。

心臓の鼓動が大きくなって、耳にはっきり響いてきた。

深呼吸した。

「ごめんアイちゃん、ダディ、出ないわ。ほんで私の携帯、ちょっと調子悪いみたい」

真瑠子はリビングに戻ってそう言った。

「私もかけてみます」

アイちゃんも冨永に電話をかけた。

5

「もしもし」

横でアイちゃんの話し声が聞こえた。

真瑠子は横になっていたソファから身を起こした。

「はい……。はい……」

アイちゃんの相槌が聞こえる。

しばらく話した後、アイちゃんは電話を置いて、真瑠子に向き直った。

「真瑠子さん、ダディからでした」

真瑠子は少し寝ぼけた二日酔いの頭をクリアにしようと、テーブルの上の水を一口含んだ。

そうだ。ストックフォトの件である。

昨夜はあの後、アイちゃんと二人で痛飲したのだった。

「ダディ、なんて言うてた？」

「それが聞いてください。〝あ。見つかったか〟ってすっとぼけちゃって」

「え？」

真瑠子は驚いた声を上げる。

「〝マイケルがどうしても自分の顔写真載せたくない、って言うんで、仕方なくストックフォトの素材写真使わせてもろてん〟って」

「何それ……やばいね」

真瑠子は本当にやばいと思いながら言った。

部屋の時計を見ると、もうすぐ朝の九時になろうとしていた。

「会社は知ってるんやろか？　いずれにしてもパンフレットの使用、やめさせた方がいいね。会員に知られたらやばいよね」

真瑠子は言った。

「ええ。絶対そうした方がいいと思います。後さっき、もう一つ判明したことがあって」

アイちゃんは眉を顰《ひそ》めた。

「もう一つ？」

「これ、見てもらっていいですか？　NEM《ネム》のホワイトペーパーなんですけど」

アイちゃんが見せてきたノートパソコンの画面を覗き込んだ。

三色のロゴマークが表示されている。

NEMとは二〇一五年に開発が始まった、通貨以外の機能も持たせたブロックチェーンの暗号資産である。ホワイトペーパーは他の暗号資産同様、ネット上で確認することができる。

アイちゃんは画面をドラッグダウンして、Introductionと書かれたページを表示させた。

"He'd say hello and introduce himself, but most of the cats turned a deaf ear, pretending they couldn't hear him, or stare right through him."

—Haruki Murakami
(挨拶をし、名前を名乗った。しかしほとんどの猫は彼を黙殺し、ひとことの返事もかえさなかった。見えないふりをし、聞こえないふりをした。)

アイちゃんが、コメントの最後にある名前を指差した。

——ハルキ、ムラカミ。


「あ」

真瑠子が声を上げたのと同時に、アイちゃんが真瑠子の目を見て深く頷いた。

「そうなんですよ。このホワイトペーパー、ざっと確認したんですけど、ディアビットのホワイトペーパーとまったく同じなんです。文章の中のNEMをDearBitに変えただけです」

「嘘でしょう」

真瑠子は、本気で声を上げてしまった。

(知らなかった)

血の気が引いていく。

「このことも聞いたら、テストで入れてたやつが変わってなかったか、って大笑いしてました。もうダディ、めちゃくちゃですよ」

アイちゃんは呆れた様子だ。

「すぐにちゃんとしたやつと差し替えるように言うわ。ほんでこのことはうちらだけで収めておこう」

真瑠子は言った。

「ええ。もちろん」

アイちゃんはそう返事をすると、顔を洗ってくるとバスルームの方へ消えた。

設定していた携帯電話のアラーム音が聞こえた。数秒後に、プンッというメール受信音が真瑠子のタブレット端末から聞こえた。

タブレットを手に取りロックを外した。メールを確認する。


【株式会社ディアビット・ジャパンから重要なお知らせ】

拝啓　時下ますますご清栄のこととお喜び申し上げます。平素は格別のご高配を賜り、誠にありがとうございます。

さて、十二月十日に公開予定であったディアビットのシステムに、脆弱《ぜいじゃく》性が発見され、エラーが生じる可能性が出て参りました。現在アップデートの作業を進めております。つきましては、コイン公開が来年の三月に延期になる旨をご報告させていただきます。マイニングは問題なく行われており、ご投資いただいておりますす金利につきましては、変わらぬ数字で配当される予定でございます。

引き続き、どうぞよろしくお願い申し上げます。

敬具

株式会社ディアビット・ジャパン　代表・冨永淳一

アイちゃんがバスルームから戻ってきて、充電していた自分のタブレットを手にとった。真瑠子の方へと向き直る。

「真瑠子さん、メール見ました？」

今、ディアビットからきたメールのことだ。

「うん。なんかタイミング悪いね」

真瑠子は言った。

「詳しいこと、事務局に聞いてもらえますか？」

アイちゃんの言葉に「もちろん」と答えながら、真瑠子は携帯を手に取った。

会社の代表ナンバーをコールする。大阪事務局の営業部長が電話に出た。今見たメールの内容を確認した。

――鹿水さん、お疲れさまです。そうなんです。今朝一番に冨永さんから連絡があって、公開時期が遅れる、ということでした。当初の十二月十日ではなく、来年の三月二日になると。でも、ディアビット・ネットの配当は問題なく行われるということなので安心してください。今日は、問い合わせの電話応対に追われると思います。

背後では、コール音が響いていた。

夕方、マンション事務所に竹田がやってきた。

アイちゃんは外でのアポイントで出かけていた。真瑠子は今朝のメールを見た会員からの問いわせ対応に、午後のほとんどを費やしていた。

「姉御、メール見た？」

会社からのメールについて竹田が話しだした。

「三ヶ月も延びるんやな」

真瑠子はその言葉を受けて、パンフレットの件も伝えた。

「マジで？」

竹田は言った。

「ギャグみたいな話やけど、ほんまやねん。だからパンフレットはもう使わんとこ」

真瑠子が提案すると、竹田は「わかった」とだけ呟いた。

落ち着かなければ。コーヒーを淹れた。

「竹やんも飲む？」

声をかけると、竹田が携帯を持って真瑠子のそばにやってきた。

「姉御、スズキさんとこの人なんやけど、今日の入金がない、って連絡あって」

六十代のその会員によれば、入金日の午前中にはいつも振り込みがあるのに、今日はまだだという。

「多分、会社がバタバタしてるから遅れてるだけやと思う。今日中に絶対に入金はありますからご安心ください、って伝えといて」

少しの遅れじゃないか、と思いながら真瑠子はその会員の名前を聞き、自分のタブレットからその会員のナンバーをつけて事務局に確認のメールを送信した。

しばらくして、竹田が携帯から顔を上げて声を弾ませた。

「姉御、スズキさんとこの人、入金あったって」

「良かった。ちょっと遅れただけやったんやな」

真瑠子はひと息ついて、明日以降のアポイントを確認した。

6

マイケルの写真の件から、一ヶ月が経った。

パンフレットはあれ以降使用しなかった。ホワイトペーパーの差し替えは未だに行われていない。あれに気づく人なんていないだろうと、アイちゃんと竹田と話し合って、しらばっくれることにした。

もし、問い合わせがあっても冨永がアイちゃんに話したのと同じ対応をするしかない。

幸い、誰一人としてホワイトペーパーのことを指摘してこなかった。

神戸でのアポイントを終えた真瑠子は新大阪のマンション事務所に向かっていた。竹田との打ち合わせが夜に控えている。

三ノ宮駅で電車を待っていると、携帯が鳴った。アイちゃんからだった。メールやＬＩＮＥではなく直接電話をかけてくるとは、何か急用だろうか。不安を募らせながら液晶画面に指をスライドさせた。

「もしもし」

――鹿水さん。お疲れさまです。

いつも「真瑠子さん」と名前で呼ぶのに、今日に限って「鹿水さん」と名字だ。心なしか声に元気がない。

――今日、何時ごろマンションに戻りますか？

「お疲れさま。今、そっちに向かってるとこ。アイちゃん、何かあった？」

――い、いいえ。戻ってくるなら大丈夫です。

「ねえ、体調でも――」

と、言いかけたところで、電話は切れた。

携帯を見つめていると、電車がやってきた。駅員のアナウンスが真瑠子の頭上で流れる。

(竹やんと喧嘩でもしたんやろか)

真瑠子は様子を窺うため竹田にメッセージを送ってみた。それは電車が新大阪に着いても、既読にはならなかった。

昨日、十一月二十五日は十月分の配当日だった。

だが、真瑠子の口座には入金がなかった。夜、そのことに気づいて竹田とアイちゃんに確認すると、二人も同様だった。午前中にした大阪事務局への問い合わせには、「それもシステムエラーです。少々お時間ください」と返された。

ディアビットが始まって七ヶ月。〝一年が勝負〟という冨永の話よりも、早く物事が進んでいる。

駅から十五分ほど歩き、マンション事務所に到着した。

玄関の扉を開けると、いつもきれいに並べているゲスト用スリッパが、散乱している。白いスリッパの上についた靴の跡に目がいった。

(何……?)

頭の中で疑問符をつけた時にはすでに遅く、目の前に見たことのない男が現れて、腕をがっちり摑まれた。

背後の玄関ドアを手際よくロックした。あっという間に、摑まれた腕を引っ張られリビングへと連れ込まれた。

そこにはいつもの平和なリビングの姿はなかった。

涙で化粧をぐずぐずに崩したアイちゃんが、会議テーブルの椅子に腰掛けていた。テーブルの向こうには、拘束されているのか、後ろに手を回して座り込んだ竹田がいる。血のついた顔がぱんぱんに腫れていた。

「おかえり、鹿水さん。待っとったで」

見覚えのある男が、真瑠子に近づいてそう言った。

白髪まじりの角刈りは、数ヶ月前に五万ドルを申し込んだ海堂。横にいる銀縁眼鏡がその時につき添っていた伊丹。もう一人の若い男は初めて見る顔だ。

「あんたが大阪のボスやもんな。いわゆる、責任者なわけや」

海堂は、無表情で言う。

「入金あらへんでな」

静かに続けた。

「ただのシステムエラーで、しばらく待って欲しいと案内があったと思うんですけど」

真瑠子は、震えそうになるのを堪えて、静かに返答した。

視界に入ってくる竹田の顔が痛々しい。目が腫れ、血が頬骨の下で黒く乾き、口元にも同じように血の塊が張りついている。

この男たちは、いつからここにいるのだろうか。竹田はどれだけ殴られたのだろうか。アイちゃんは何もされていないだろうか。次々と不安が胸に押し寄せる。

「そうか」

海堂が言った瞬間、激痛が走って、真瑠子は体勢を崩し床に倒れ込んだ。

頬を分厚い掌で張られたようだった。

思考能力が一瞬、頭から吹っ飛んだ。

「逃げたやつらから、入金があるとは思えんのよなあ」

もう一度、顔に衝撃が走った。視界が暗くなる。激しい耳鳴りが始まった。

小さい頃、姉の真莉と喧嘩した時に一度だけ父親に頭を叩かれたことがあったが、大人になって殴られたのは初めてだ。

それを見た竹田が、海堂に向かっていこうとしたが、若い男に押さえつけられた。

(な、なんとかしなきゃ)

真瑠子は回らない頭で必死に考えた。とにかく、事態を確認しなければならない。

「か、会社に、連絡させてくだあい」

舌がきちんと回っていない。

「ああ。おもろいな。連絡とやら、してみぃな」

真瑠子は張られた頬の痛みを我慢して、バッグから携帯電話を取り出した。目の焦点が定まらない。ディアビットの代表番号を探して電話をかけてみる。指が震えた。

応えるのは音声ガイダンスのみだ。

——お電話ありがとうございます。ディアビット・ジャパンでございます。只今の時間は、営業時間外となっております。営業時間は、平日の午前十時から午後六時となっております。恐れ入りますが、営業時間内に改めてご連絡下さい。お電話ありがとうございました。

一方的に電話は切れた。

真瑠子の耳に、ツーツーという話中音だけが虚しく響く。

時刻は十七時だ。営業時間内なのに誰も出ない。

こっちを見ている海堂と目が合う。視線を携帯電話に戻して、今度は営業部長の携帯電話番号をコールしてみた。

——こちらは、NTTドコモです。おかけになった電話番号は……

既に使われていない番号として案内された。

待ちくたびれてイライラしている海堂の顔が目に入る。だが、無視して今度は冨永の電話を鳴らした。

コールするが応答はない。

(嘘やろ。出てよ、どうすればいいの)

電話を耳から外し、液晶に出ている冨永の名前を見つめた。

「気ぃ、済んだか、ねーちゃん」

もう一度、今度は軽めに手の甲で頬を張られた。

「痛っ」

真瑠子は声をあげた。

「痛いなぁ、痛いなぁ。でももっと痛いんはこっちやで！」

鈍い音とともに反対側の頬を張られた。

また、頭がぼんやりしてきた。耳鳴りはやまない。

横から、伊丹が海堂を制した。

「海堂さん、その辺で……。大事な商品になるかもしれませんし」

伊丹が、真瑠子をきちんと椅子に座らせて正面から顔を近づけてきた。

「鹿水さん、もう過去のことはどうでもいいですわ。話したいのはこれからのことでね」

銀縁の眼鏡の奥から、二つの切れ長な目が真瑠子を見据える。

「あんたの後ろにおった、ディアビットの皆さんはどうも飛んだみたいやわ」

伊丹が言った。

真瑠子はもう声も出なかった。

「ほんでね。先月の分は利息も入ってこんし、きっとこれからも入ってけえへんやろと思う。東京から連絡入ってきたけど、あっちの事務所ももぬけの殻《から》らしいし。でね、あんたらにはとにかく元本保証してもらわんと、こっちも収められませんのや。海堂さんの投資金五百五十万円と、十月分の利息八十二万円。合わせて六百三十二万円やな。後は慰謝料として二百万円。合計で八百三十二万円」

伊丹が言った。

あまりに法外だ。真瑠子は唾をごくりと飲んだ。

「海堂さんとしては、配当が入ってくると思って、今後の予定もいろいろ立ててたんやけどな。まあそこは勘弁したろという温情ですわ。申し込みの八月から今まではまだ二回しか配当ももろうてへん。ほんまゆうたら、二百七十日分申し込んだから、残りの配当も全部もらわなあかんとこやけどな」

伊丹はそこまで話すと、立ち上がった。

「ほんで鹿水さん、どうかな。今すぐ用意できる？　八百三十二万円」

真瑠子は計算しようとするが、頭が回らない。張られた頬が熱を持っている。

「わ、わかりません……」

(で、できるわけない。そんな大金)

しかし、できないと言えばまた殴られる気がして、弱々しい声で答えを濁した。

「ふうん。ほんならええ提案あんねん。鹿水さんとそこの子、うちの系列風俗で契約してもろたら、月に百万くらいは二人で堅いやろ。一年以内には返せるやん」

「む、無理です……。それに彼女は関係ありません。今すぐ帰してあげてください」

鋭い痛みが今度は頭に走った。

伊丹の手が真瑠子の髪を正面から乱暴に摑み上げていた。

「なめとんのか。こっちが提案したってんのに。無理とかいう前に考えろや。なんとかできひんのか」

「ひゃ、やめて」

アイちゃんが叫ぶ。海堂の右手がアイちゃんの顎を下から持ち上げた。

「黙れ」と海堂が言った。アイちゃんは苦しそうに「ひっ」と小さな声をあげた。

(ここは嘘でもなんでも答えなければ)

唇が震えた。

「時間もらえたら、よ、よ、用意できると、思います」

真瑠子は言った。

「わかった」

伊丹はあっさりそう言うと、床に放り投げられていた真瑠子のバッグを手に取った。中から財布を取り出し、テーブルの上に、保険証、クレジットカード、キャッシュカードを並べた。最初に玄関に出てきた若い男に携帯で写真を撮らせた。

「あんたのカバンは?」

伊丹がアイちゃんに聞いた。海堂がアイちゃんの顎から手を離した。アイちゃんは椅子に置かれていた白いハンドバッグに目をやった。若い男がそれを摑んだ。

同じようにテーブルに身分証明書などを並べ、写真を撮った。若い男が竹田を足で蹴ってズボンのポケットを探り、小さな財布を取り出して同じことを繰り返した。その度に財布の紙幣は抜き取られて男たちのポケットに消えていった。

「じゃあ、二日間だけやるわ。明後日の金曜、午後一時。持ってくる場所は後で知らせる。現金八百三十二万円、耳を揃えて用意してな。海堂さん、それでいいですよね?」

海堂は、じっとことの成り行きを静観していたが、伊丹のその言葉に軽く頷いた。

伊丹が真瑠子を振り返った。

「ええか、鹿水さん。逃げても時間の無駄やで。ばっくれよう思ても、これからあんたらの実家も親兄弟の勤め先も、全部調べるからな。あんたらおらんようになったら、そこにまた徴収にいくだけやで。よう、覚えときや」

真瑠子は伊丹を見つめ返す。

(くそう。冨永のあほ。どうしてくれんねん)

真瑠子は悔しさに震える下唇を噛んだ。

「ほんで言うとくわ。あんたらは、詐欺師で犯罪者やからな。警察に行ったって自分らが捕まるだけやで。警察に捕まったら、親も兄弟も泣くやろな。親戚中の恥さらしや」

(最悪や、最悪や、最悪や)

耳鳴りがひどくなる。

真瑠子にとって一番まずいのは、家族に知られることだ。想像しただけで涙が溢れ出てきた。うっ、と嗚咽《おえつ》が漏れそうになる。

伊丹が言い終わると、海堂が立ち上がった。

「鹿水さん、泣かんでもええよ。お金用意したらええだけやからな」

海堂が打って変わって優しい声を出して、真瑠子の肩に手を乗せた。

真瑠子の目を見てにっこり微笑んだ。

(気持ち悪い)

涙で塩からくなった唇を再び噛んだ。

伊丹も立ち上がった。

「じゃあこの子は明後日に金もらうまで預かっとくわ」

伊丹が座っていたアイちゃんの腕を摑んで引っ張り上げた。

「だめ!」

真瑠子が言ったのと同時に竹田が体を起こし、

「その子連れていかんでもええやろ！　ばっくれへんわ」

と叫んだ。若い男に襟を摑まれ、派手に殴られる。鈍い音が部屋に響いた。

「やめて！　行きますから」

アイちゃんが叫んだ。

「変なことすんなよ……」

竹田が弱々しい声で言う。倒れ込んだ竹田の背中を若い男が蹴った。

「うっ」

竹田の声に真瑠子は思わず顔をしかめる。

伊丹が振り返って真瑠子に言った。

「詐欺働いたんは、あんたらやからな。ほんで、確認しとくと、この子は本人の同意のもと、ちょっとうちに遊びにくるだけや。まあ、あんたらが明後日けえへんかったら風俗に沈むけどな」

伊丹が口を歪めて憎々しげに言った。

「な、お嬢ちゃん」

伊丹がアイちゃんに同意を求めた。

アイちゃんは伊丹を見つめたまま何も言わない。

ほな、という伊丹の言葉を合図に男たちは、凍りついた顔のアイちゃんを連れて出ていった。

「アイちゃん、すぐ行くから」

真瑠子は声をかけた。掠れて思いのほか細い声になった。

振り向こうとしたアイちゃんの頭を、伊丹が大きな手で押さえつける。

「アイちゃん！」

玄関の扉が閉まる音が聞こえた。

静けさが戻った部屋の中で、呻《うめ》き声が耳に届いた。

真瑠子は竹田に駆け寄った。

想定外だ。

——どうしてこんなことになったんだろう。

7

マンションに救急箱はなかった。ティッシュを何枚も手に取り、折りたたんで水に浸す。

真瑠子は竹田の顔の傷をティッシュで軽く押さえた。

「あいつら、何者なんや？　完全にヤクザやんな？」

回らない舌で竹田が言った。

「そうやろな。あんなこと、一般人は絶対やらへん」

「ダディも何やってくれてんねん、ほんまに腹たつわ」

竹やんが、痛々しい顔に怒りをあらわにする。

「ごめんな、竹やん。痛かったやろ……」

真瑠子は言った。また涙が目からこぼれた。

「よう泣くな、姉御は」

「ごめん……」

「ほんまや。姉御がこんな話もってきたから、俺らも踊らされて騙されて——」

真瑠子は思わず目を瞑った。

「姉御が、全部悪いねん」

エアコンの動く音だけが、薄く鈍く響いている。

「……って、俺が言うと思う?」

真瑠子は顔を上げた。

竹田は鼻で笑った。

「ふん。しょうがない。俺らもダディのこと、まるっと信用してもうたもん。あの説明聞いたら、姉御の誘いやのうても多分やってたわ」

痛いのか、喋りにくそうに竹田が言った。

真瑠子に言葉はなかった。

「それより、アイちゃんのことが心配や」

竹田は言った。

海堂は竹田のグループである。アイちゃんは関係がない。今日もたまたま事務所に居合わせたことで、完全に巻き込まれてしまった。

「姉御、ところでどんだけ用意できる?」

「うん。さっきから頭ん中で計算してるんやけど、銀行にあるお金とビットコイン売って四百二十万は用意できると思う。後はクレジットカードのキャッシングで合計五十万くらいは引き出せるかな」

「四百七十万か……」

「竹やんはどう?」

「俺は銀行の残高が多分百五十万ちょい。消費者金融系のカード持ってるから、それでマックス六十万円は引き出せるか。後はクレジットカードで十万円キャッシングできたとして、全部で二百二十万円」

真瑠子は携帯の計算画面を出して数字を打ち込んだ。二人で合計して、六百九十万円。

「約束の八百三十二万円まで、後百四十二万円」

真瑠子は言った。

「足りひんな」

竹田がうつむいた。

以前、丹川谷のグループの人に頼んだバイクローンを使えないかと考えたが、審査にも入金にも日数がかかる。間に合わない。

「ひとまず消費者金融、回ってみようと思うわ。一回完済しているから、信用は復活してると思うし。前より限度額上がってるかも」

真瑠子は言った。

金を借りた後、また地獄が待っているだろうが仕方がない。あいつらに風俗に沈められるくらいなら、自分で決めたところに行く方がまだましだ。

真瑠子は何度も富永に電話を入れてみるが、繫がらない。

虚しくコール音が繰り返されるだけで、もはや留守番電話にも切り替わらない。

(くそう。なんやの)

電話を切って、舌打ちをした。

事務所を出て竹田を送っていく。といっても、並んで歩くことしかできない。街路樹の銀杏《イチョウ》がほとんど葉を落とし、きれいな黄色で道を彩っていた。

冷たい風が熱《ほて》っていた真瑠子の頬と頭をなでた。

竹田の目の上は腫れて膨らみ、下は赤黒く痣《あざ》になっている。歩くと節々に痛みが走るようで、その度に顔を歪めた。

「竹やん大丈夫？　って大丈夫じゃないか」

真瑠子は声をかけた後、静かに自分に突っ込んだ。

「せやな。大丈夫そうには見えんよな、こんな顔じゃ」

ゆっくりと足を進めながら竹田は答えた。目の腫れが酷くて、どこを見ているのかわからない。打たれまくったボクサーみたいだ。

「くっそ。ほんまに腹立つわ。あいつら三人でよってたかって」

すれ違う人が、竹田の顔を不審げに見た。

明日の夕方、事務所で会う約束をして別れた。

真瑠子は、歩道に落ちている銀杏の葉を踏み続けた。


翌日の朝七時半。真瑠子は実家に顔を出した。

いくらか都合してもらうことはできないかと考えたのだ。腫れている顔が気になったが、髪で隠してごまかした。

「真瑠姉ちゃん、おかえり。これ見て」

二階に上がり久しぶりに自分の部屋に入ると、すぐに真亜紗がウェディングドレスのカタログ片手に追いかけてきた。

「ただいま。きれいなドレスやな」

前髪に大きいカーラーをつけたまま笑顔で頷く真亜紗。出勤前でメイクの途中だったらしい。

「うん。土曜日に試着する予定」

そこには、外国人モデルが着用する美しいドレスの写真が並んでいた。そのうちの何点かにペンで大きな星印と小さな丸印がつけてある。

「これが本命？」

真瑠子は大きな星印のついたドレスを指差した。

「そう。どう思う？　こっちのドレスとどっちがいいか迷っててさ」

真亜紗は小さな丸印のついた別のドレスを示す。

「えー。そうやな。私もこっちかな」

真瑠子は本命を再び指差して言った。

「良かった。やっぱりこっちで正解！」

真亜紗はにっこりと笑った。

「ばあちゃんにも昨日見せてきてんで。喜んどったわ。真瑠子はどうしてんねん、って言うてたで。たまには連絡しときや」

「せやな。後で電話しとくわ」

真瑠子の言葉を聞いて頷くと、真亜紗は自室へと戻っていった。

去っていく真亜紗の後ろ姿を見て、真瑠子は妹を羨んだ。

どうして自分は真亜紗みたいに、親孝行ができないのだろうか。

（同じＤＮＡやのにな）

小さくため息をついた。

ドアを閉めて、扉の裏の鏡で自分の顔を見る。ひどい顔だ。なんとか真亜紗にはバレずにすんだけれど。

肩からバッグをおろし、コートを脱いで、気になった顔の痣にファンデーションをもう一度塗った。

一階に下りると、母が鼻歌を歌いながら朝食の準備をしていた。父の茶碗は出ていないので、まだ寝ているのだろう。

「ところで真瑠子、えらい朝早うに帰ってきてんな。なんかあるん？」

（お金のこと言い出すチャンスや。このタイミングで……）

真瑠子は母に一歩近づく。

「うん、実は――」

と、真瑠子が答えかけたところで、真亜紗がバタバタと二階から下りてきた。

「やばい。ギリギリや」

コートを羽織ってバッグを抱えたまま、慌ただしく冷蔵庫を開けて牛乳を取り出した。

「一口だけでもかじっていき」

母が慌ててロールパンにジャムをつけ、真亜紗に渡した。真亜紗はコップに注いだ牛乳を一口飲んだ後、ロールパンを口に放り込む。

「んじゃ、真瑠姉ちゃん、またね」

真瑠子の返事も聞き終わらないうちに、真亜紗は玄関へと向かった。すぐに玄関の扉が閉まる音が聞こえた。

「もう、なんぼ早よ起きても結局ギリギリになるねん。あんなんで結婚しても大丈夫なんか心配になるわ」

玄関に続くドアの方に顔を向けて、母が呆れたように言った。

「真瑠子、朝ご飯食べるよね？」

母が真瑠子に向き直った。

「うん。食べる」

真瑠子は答えた。

「お父さん、今日は午後出勤でまだ寝てるねん。せっかくやけど起こすのかわいそうやしな」

母の手はボウルの中で、サラダ用のレタスをちぎっている。

「ええよ、起こさんでも。服、取りにきただけやし」

真瑠子は言った。

(あほ。なんでそんなこと言ってんねや。はよ相談せなあかんやん)

父が寝ている今がチャンスだ。

(こっそりママに借金の相談をするんや)

真瑠子はそっと母に歩み寄った。

染めた髪が伸びて、根元が白くなっている。スウェット姿のまま、母は忙しなく手を動かしていた。

血管がくっきりと浮いた母の手に、真瑠子はつい見入ってしまった。

「真亜紗のドレスの写真見た？」

母が突然顔を上げて言った。

「う、うん。今見せてもろた。きれいなあ」

真瑠子は答える。

「せやろ。私もあのドレスがええな、と思っててんねん」

母は嬉しそうに言った。

真瑠子が高校生の時、深夜に食卓で家計簿をつけながら大きなため息をついていた母の姿を不意に思い出した。

この家のローンと姉の留学費用で家計が苦しいのに、当時始めた父の事業がうまくいかず、母はパートを掛け持ちしていた。後に父はその事業を畳むことになるのだが、経済的に鹿水家は火の車だった。

側に頭痛薬を置いて、眉間にしわを寄せながら電卓を見つめる母の姿。

そして、たまに聞こえてきたお金のことで言い争う父と母の声——。

（あかん……）

真瑠子は、借金の相談をすることができなくなった。

母がテーブルにサラダと、ハムエッグ、トーストを置いた。真瑠子は自分でコーヒーをカップに注ぎ、黙って朝食を平らげた。

部屋に戻って一息つくと、五百円貯金箱をベッドの下から取り出した。

（とうとうこれにまで手をつけてしまうのか）

丸い缶を両手で持ってみる。多少の重みはあるので、いくらかにはなるだろう。

さっき一階で取ってきた缶切りで、貯金箱を開けた。五百円玉を並べてみると、四十一枚あった。

意外に多かったことは真瑠子を喜ばせた。

（焼け石に水やけどな）

二万五百円だ。キッチンから持ってきたジップロックに五百円玉を全部入れて、バッグの中に放り込んだ。

真瑠子は時計を見た。もうすぐ九時だ。

クローゼットの奥から出した、大きめのストールを首に巻いた。祖母に昔もらったもので、色が地味だから使っていなかった。でも今はこのストールを巻くことで元気が出る気がした。

真瑠子は携帯をセルフモードにして、自分の写真を撮った。

祖母の携帯電話に送った。

少ししたら電話してみよう。

いや、かかってくるかもしれないな。

祖母とはずいぶん話していないので、声を聞きたい気分だった。

家を出る際になって、母が真瑠子に耳打ちしてきた。

実は父に肝臓がんの疑いがあるかもしれず、来週に再検査なのだという。ここのところ、仕事を休む日もあるらしい。

――多分、大丈夫やと思うけど。

また電話してな、という母の言葉を背に、真瑠子は家を後にした。

やっぱり家族に頼ることはできない。

開き直って借金で金を工面すると決めた。

新大阪駅に着くと以前カードを持っていた大手のＴ富士と、Ａフル、Ｌイクの三社の無人キャッシュディスペンサーに直行した。

借金に慣れている自分が嫌になるが、手際はいい。

一度完済しているので、すぐにカードを作ることができT富士で三十万円、Aフルで三十万円。同日に数社から借りることには制限があるのか、最後のLイクでは十万円とふるわなかった。

合計七十万円を手にすることができた。

クレジットカードのキャッシングは問題なく、総額で五十万円を引き出せた。自分の銀行口座の二百五十万円。ビットコインを売却しての百七十万円。五百円貯金の二万円も合わせて、合計で五百四十二万円。

竹田が問題なく二百二十万用意できるとすると、七百六十二万円。

残りは七十万円だ。

誰かに借金を頼めるか……。

自分がこんなことで甘えられる人は少ない。

さっきからずっと丹川谷の顔が脳内に居座っている。最後に会ってからもう半年以上経っている。LINEのやり取りに残っている、可愛い赤ちゃんの写真を思い出す。

(やっぱり、できない)

一朗にならと……と思うが、二人目の子もできて金銭的な余裕はなさそうだ。彼のSBJNのグループが衰退しているのも知っていた。今は昔の本業である車のディーラーに戻っているのだろうか。

南澤は?

一度あたってみるか。断られてもショックが少なそうだ。

仙石は?

怒られるだろうな。電話で嫌味を言われて終わりかもしれない。だけど、情に厚いところがある人だ。ひょっとしたら助けてくれるかもしれない。

亜希菜？

ないないないない。

そもそもあの天敵が自分を助けてくれるわけがない。

いやしかし、アイちゃんを助けるためにと、お願いしたらひょっとして……。

だめだ。それ以前に彼女の連絡先を知らない。

真瑠子は思い悩んだ挙句、まずは南澤に電話をしてみることにした。

日本橋の寮にいた頃から、彼とはまったく連絡を取っていなかった。もちろんディアビット・ネットに誘ってもいない。

どう言おうか……と緊張しつつ、南澤の番号を表示させ、そっと発信マークに指を触れた。

コール音が響く。

――出ない。

四コール目で、留守番電話に切り替わった。

無機質な音声が聞こえてきた。メッセージを入れるかどうか迷った。入れるとしたら、何を言えばいいのだろう。

いきなり「借金させてください。七十万円です」なんて切り出したら正気を疑われるだろう。

「お久しぶりです。鹿水です」と名前だけ言うのも思わせぶりだ。焼けぼっくいに火がついたら困る。

ストレートに「助けてください」とか？

結局、何も言わずに切ってしまった。

（ふう……）

しばらく思案して、仙石美枝子の名前を液晶に表示させた。

発信マークに指を触れる。

コール音が数回響く。緊張してきた。

……出た。

「もしもし」

――あら、珍しい。真瑠子ちゃんじゃない。

「ご無沙汰しています。仙石さん、お元気ですか？」

――ええ。なんとかやってますよ。真瑠子ちゃんはどうですか？

真瑠子は差し障りのない近況を報告した。いよいよ、借金のことを話さなくてはと思うと、手が汗ばんでくる。

――それで真瑠子ちゃん、突然の電話は、旧交を温めるとか、そんな用件じゃないでしょう？

「はい。実は……」

仙石は良くも悪くも話が早い。真瑠子の目的が、別にあることはお見通しだった。

「実は新しく始めたビジネスが詐欺だったんです。支払った金を返せと、会員から迫られています。それで、後七十万円足りなくて……。仙石さんにお借りできないかと……」

仙石はふむ、と一息置いた。

――そうですか。真瑠子ちゃん、私ね、お金を貸すのは信条としてやらないことにしてるのよ。わかってもらえると思うんやけど、私には助けてあげたい若い従業員や、友人がいっぱいいる。でもね、みんなに貸すことはできないでしょう。だから、誰にも貸さないと決めているんです。悪いけど。

仙石はゆっくりと、はっきりとした口調で言った。

(そうだよね)

予想していた答えではあった。あの仙石が「はい、そうですか」と貸してくれるわけはない。

「いえ。仙石さん、突然すいませんでした」

真瑠子は言った。

——後ね、警察に行きなさい。本当に騙されたのなら。

仙石は言った。

「はい。ありがとうございます」

真瑠子は小さくそう言うと、電話を切った。

断られるのも、警察に行けという助言も当然だ。

突然の借金申し込みを、すんなり受け入れる人間などいるはずがない。

自分だって、久しぶりにかけてきた知人がこの額の借金を申し込んできたら断るだろう。

仙石が言うように、警察に……？

いや。だめだ。

真亜紗の結婚式が控えている。もし警察沙汰になって変な噂が立ち、婚約者に知れたらどうなるのか。

破談にでもなったら、家族の幸せを真瑠子がぶち壊すことになる。

後七十万円、七十万円……と、ぶつぶつ言いながら、新大阪の事務所に向かった。

道中、メンバーから入金の問い合わせメールが何本か入ったが無視した。

頭の中で、何か現金に換えられるものはないかと探す。母に借りたままになっているヴィトンのバッグはそんなに高い値はつかないだろう。他にブランド物や貴金属は持っていない。

時刻は十七時過ぎになっていた。

うす暗くなった道を進み、マンションまでもうすぐのところで、真瑠子の携帯が光った。

アイちゃんからだった。

(もしかして解放されたとか？　逃げ出してきたとか？)

真瑠子の胸は高鳴った。

「もしもし」

——もしもし、真瑠子さん。

抑えた暗いトーンの声でそうではないと悟った。ヤクザは甘くない。

——明日の、時間と場所の連絡です。時間は午後一時。住所は大阪市〇〇区……コーポホライズン一〇一号室。

「ちょっと待って。書くから」

真瑠子は屈み込んで手帳を取りだすと、復唱しながら住所を書いた。

「アイちゃん、大丈夫？」

——大丈夫です。金の工面は順調かと、聞いています。

彼らに言わされているアイちゃんの姿が声の向こうに浮かんだ。

「アイちゃん、大丈夫やって言っといて。明日、待っててな」

——真瑠子さん、待ってます。

アイちゃんのか細い声が聞こえたと思ったら、すぐに電話は切られた。

事務所に到着すると、竹田の姿はなかった。

真瑠子はソファにへたり込む。

昨日の悪夢が嘘のようにしんと静まり返っている。

鈍い動作で竹田にメッセージを打った。

〈竹やん、今どこ?〉

〈ごめん姉御、金策してて、今日はそっち行かれへん〉

〈こっちは大丈夫。それより二百二十万円はいけそう?〉

〈うん。なんとかいけると思う。姉御は?〉

〈今日、消費者金融で借りれたからプラス七十。全部合わせたら、不足分も七十や〉

〈オッケー。俺もがんばってみる〉

さっきアイちゃんから連絡のあった住所を地図アプリで探した。最寄駅を調べて、新大阪からの経路を確認する。

竹田にその住所をメッセージで送り、最寄駅で十二時半に待ち合わせることにした。

8

翌日の朝、洗面所の鏡は真瑠子のやつれた顔を映し出していた。

両手で自分の顔を包み込む。目の下のくまは、まるで薄墨でなぞったかのようだ。

一睡もできなかった。

残り七十万円――。

歯を磨き、熱いシャワーを浴びた。とにかく、あの人たちと話し合おうと決めた。

八百三十二万円のうち、七百六十二万円は準備したのだ。残り七十万は待ってもらえるのではないか。

……と、思いかけて、そんな考えは通らないのだろうな、とすぐに打ち消す。

騙されたと彼らは怒っているのだ。

海堂はいきなり真瑠子の頬を張ってきた。あの暴力で一瞬にして抵抗する気が失せた。彼らは本気で元本を取り返す気だ。

冨永にもう一度電話した。

もう、その番号は繋がらなくなっていた。

(なんなの、冨永のやつ。ふざけてる)

ひょっとしたらこっそりと冨永が連絡してきて、自分を助けてくれるのではないかとこの期に及んでも淡い期待を抱いていたが、それは完全に潰《つい》えたようだった。

真瑠子は覚悟を決めた。

着替えてマンションを出た。

銀行に寄って、窓口で現金を引き出した。ATMだと一日の利用限度額が決められているからだ。

一気に現金を引き出す理由を聞かれたが、個人的な都合でと言うと、黙って頷き手続きを進めてくれた。女性行員から二百五十万円を受け取り、駅へと向かった。

残高は三千八百五十万円になっていた。

暗号資産用に作った別の銀行の口座から、ビットコインを売却して戻った百七十万円を引き出した。着金が間に合って安堵した。ビットコインの相場が跳ね上がっていたので一瞬喜んだが、両替手数料などを差し引かれて結局現金にできたのは百七十万円だった。

五百四十二万円の現金が入った重いバッグを、肩から下げる。

祖母のストールを首に巻き、顔半分を覆った。抱えるようにバッグを持ち、銀杏並木の道を進む。

新大阪から、アイちゃんが連絡してきた住所の最寄り駅へと向かった。

約束の時間よりは随分早めに到着した。一つだけしかない改札を出たところで、竹田を待った。

頬に冷たい空気が刺さる。

改札口にある大きな時計が、十二時半を指そうとしていた。竹田は現れない。

メッセージの着信音が聞こえた。携帯を確認する。

〈姉御、ごめん。やっぱり無理やった〉

(え?)

もう一度、見直す。

〈どういうこと?〉

反射的にそう返信したが、既読にはならない。真瑠子は素早く画面を切り替えて電話を入れた。

……出ない。

もう一度コールする。

……出ない。

(え?)

もう一度、繰り返す。

(嘘でしょう。竹やん)

どこへも繋がってくれない携帯の、液晶画面を見つめる。

自分の手元には五百四十二万円の現金しかない。竹田の二百二十万円がないとなると、二百九十万円も不足していることになる。

連れ去られた時のアイちゃんの凍りついた顔が脳裏をよぎる。今も心細い思いをしながら真瑠子を待っていることだろう。

(どうしよう……)

呆然と立ちすくむ。

(でも、逃げるわけにはいかへんし)

真瑠子は一歩を踏み出した。とにかく彼らと話すのだ。

――神様は越えられる壁しか、目の前に用意せんのやで。

祖母の言葉を頭の中で繰り返した。

指定された住所を地図アプリで表示し、目的地へと足を進める。

線路沿いの通りをしばらく歩く。右手に小さな交番があるのが見えた。

真瑠子は胸の鼓動が高まるのを感じた。

交番に近づいていく。男性警察官が座って書き物をしている。

近づくにつれ、段々歩みが遅くなる。交番の前に来た時、真瑠子は一瞬足を止めかけた。男性警官がその気配に気づいて顔を上げる。

目が合ったが、真瑠子はすぐに目を逸らせた。

そのまま足を止めずに、交番の前を通り過ぎた。

小さな路地を二回曲がったところに、目的地があった。住所を確認する。間違いない。外廊下にドアが並ぶ形のよくある二階建てアパートだった。

一階の端、一〇一号室。

あのドアの向こうにアイちゃんがいるのだ。

心臓が早鐘を打つ。喉から出てきそうな勢いだ。一昨日、海堂に張られた痛みが頬に生々しく蘇る。恐怖で足がすくむ。

（竹やんのアホ。なんで逃げんねん）

また涙が出そうになったが、かろうじて堪えた。泣いている時間はない。

想定外のことばかりが真瑠子を襲う。

信じていた冨永には見事に裏切られた。

頼りにしていた竹田には逃げられた。

真瑠子は自分がこの金を持って、あの部屋に入ることを想像した。

バッグから取り出した金を数えた彼らは、不足に気づいてどうするだろう。

真瑠子の頬を張った上で押し倒し、服を脱がす。

抵抗する真瑠子の手を押さえてのしかかる。

商品なんだからと止めに入る伊丹の声を無視して、海堂はズボンのベルトを外し始める。

動画と風俗、両方でいったらもっと儲かるやろ。そう言って海堂は若いチンピラに命じてカメラを回させる。

目が合った。

気づけば隣には身ぐるみ剝《は》がされ、手足を拘束されたアイちゃんが横たわっている。

アイちゃんの瞳が語りかけてくる。

――諦めましょう……。

アイちゃんの目から涙がこぼれ落ちた。

真瑠子も涙を流しながらアイちゃんの拘束された手を握った。

海堂がズボンと下着を脱ぎ、真瑠子に侵入してきた――。

（気持ち悪い。絶対いや！）

真瑠子はこぼれ落ちる涙を手で拭《ぬぐ》いながら地団駄を踏んだ。

あんなおっさんに犯された上、動画を拡散されるくらいなら死んだ方がましだ。

せっかくだから、もう一度想定外の事態に見舞われないだろうか。ただし、良い方の想定外に。

例えば、不足を許してくれるとか……。せめて分割払いにしてくれるとか……。

ないいな。

そんな甘いやつらだったら、アイちゃんを拉致《らち》したりなどしない。

真瑠子は都合の良すぎる妄想を頭の中から振り払った。

（冷静にならなきゃ）

現金の入ったバッグをぎゅっと握りしめた。

真瑠子の頭の中に、違う考えが広がる。一昨日は突然の暴力で考える力を失っていた。

どうしてあいつらの言うことが真実だといえるのだ。

――あんたらは、詐欺師で犯罪者やからな。警察に行ったって自分らが捕まるだけやで。

真実は違う。

違うはずだ。

真瑠子は踵を返した。

駅の方に走って戻る。

自分だって騙されたのだ。

自分だって被害者なのだ。

自分は知らなかったのだ。

真瑠子は繰り返し呟いた。

――自分は知らなかったのだ。

言い聞かせる。

何度も。何度も――。

あいつらに金を払ったところで、他の誰かに同じように訴えられるかもしれない。

不足分の金を持っていったところで、アイちゃんを解放してくれる保証はどこにもない。

今、自分が考えなきゃいけないことはただ一つなんじゃないのか。

――アイちゃんを無事に救出することだ。

真瑠子は意を決して交番に入った。


時刻は十三時半を過ぎている。

真瑠子は一〇一号室のドアの前に立った。

アイちゃんに電話して、出金に手間取り少し遅れると伝えておいた。電話に出た伊丹は「わかった。それ以上遅れたら、わかってんねやろな」と凄んで真瑠子を脅した。

吹き荒《すさ》ぶ風が真瑠子のコートの裾を激しく揺らした。

インターホンを鳴らす。視線を左にずらすと、こちらを鋭く窺う私服刑事と目が合った。

部屋の中から低い声が聞こえた。チェーンを外す音。ガチャリとドアが開いた。

「おお。鹿水さん、遅かったな」

ドアを開けたのは若いチンピラの男。開いたドアのすぐそばから聞こえた伊丹の声に、さっきの電話の凄みはない。つるりとした無表情の顔を真瑠子に向けた。

中は玄関からすべてが見渡せる二間だ。手前の部屋には古ぼけた木目のテーブルセット。右手には乱雑に段ボール箱が積まれていて、足元には週刊誌や漫画本が積み上げられている。すりガラスのはまった引き戸の向こう側。畳の部屋に置かれた赤いパイプベッドの上に、手首と足首を拘束されたアイちゃんが座っているのが見えた。

(よかった。ちゃんと服を着てる)

ドアをぐいっと開ける。

「アイちゃん!」

真瑠子は周囲に響き渡るような声で叫んだ。

その声を合図に死角に立っていた刑事の一人が、開いたドアを引っ張り大きく開け放った。もう一人の刑事が素早く中へ入った。

あっという間に二人の刑事が玄関に入り、もう一人はドアの前に立ちはだかった。

「警察や、通報があったんで悪いけど検《あらた》めさせてもらうで」

一人の刑事が言う。

「なんや。なんの用や、令状あんねやろな」

伊丹が立ち上がり、ポケットに手を入れたまま顔と胸を刑事の方へ突き出して言った。

「アイちゃん」

真瑠子は再びアイちゃんの名を呼んだ。刑事と伊丹の間から中へ入ろうとしたが、狭くて叶わない。

「だから、なんなんや」

伊丹が続ける。

「女性が拉致されたと通報がありましてね」

「本人同意の下で遊びにきてる子やったら、ここにおりますけど」

海堂が伊丹の後ろからしらばっくれて言った。

「刑事さん何か問題でもありますか？」

「なめとんのか。同意の下できてる子がなんで拘束されとんねん」

刑事が一転、今度はどすのきいた声で言い、伊丹をかわして海堂へとにじり寄った。

海堂がはっとしたようにアイちゃんを振り返った。

「おふざけで遊んでましてん」

「嘘や！」

とぼける海堂に真瑠子が背後から叫ぶ。

「私たち、身分証明書の写真まで撮られて脅されたんです。殴られて」

海堂が真瑠子を睨んだ。

「騙された私たちを勝手に犯罪者扱いして！」

真瑠子がそう言った次の瞬間だった。

「きゃ」

アイちゃんの小さい悲鳴が聞こえた。

皆の動きが止まった。

刑事を含めた全員が息を呑んだ。

若いチンピラがアイちゃんを後ろから抱え込み、刃物を喉に当てている。

真瑠子は凍りついたように動けない。刃先を食いいるように見つめた。

首元から血を流す滝瀬の姿が一瞬にして頭の中で蘇る。傷口から溢れる血の泡が蟹のそれのように見えた。抱えた頭が重かった。しばらく血の臭いが手から取れなかった。

(もう目の前で人が刺されるのは見たくない——)

「お、おい。お前、何してんねん」

海堂がチンピラに言ったその声で真瑠子は我に返る。

「おい、その手を離せって」

「な、なんですのん、海堂さん」

チンピラの手は、アイちゃんを抱えながら震えている。

海堂はチラチラと、私服刑事の顔を見た。

「そんなことしたら、あかんのちゃうか」

チンピラを宥めるように、ゆっくりと語りかける。

「その刃物も収めた方がええ。ええか」

チンピラの瞬きが多くなった。刃先が揺れて、アイちゃんの首筋に触れた。

アイちゃんは声を出せない。切れた皮膚から血がたらりと一筋垂れた。

(ひっ)

真瑠子は出しかけた悲鳴を呑み込んだ。

「おい。お遊びはその辺にしとけ。手を離せ」

もう一度言った海堂の言葉に、チンピラはようやく我に返った。海堂の顔を見つめ、アイちゃんを抱える手を緩めた。

私服刑事の一人がその瞬間を見逃さず、駆け寄ってナイフを素早く取り上げた。チンピラの手を摑み上げる。すかさずもう一人の刑事がチンピラの体を押さえ込んだ。

アイちゃんが逃げるように前に体を折った。

真瑠子は駆け寄った。アイちゃんを抱きしめようとして、顎の下に滴《したた》っている血に気づき、そっと指先で拭う。

「す、すんません！」

チンピラは海堂に向かって声をあげた。

「アホか、お前は……」

海堂はをチンピラを睨みつけ、立ちすくんでいる。

刑事がチンピラの腕を摑んだまま、腕時計を見て時間を告げた。

「営利目的の略取罪、及び傷害、監禁の現行犯逮捕な」

チンピラに手錠をかけた。

海堂と伊丹にも手錠がかけられる。三人は部屋に入ってきた警察官に連行された。

アイちゃんの髪はカールがすっかり取れて、化粧は見る影もなく落ちていた。疲れきった顔をしている。

一人の刑事が真瑠子にティッシュを差し出してくれた。真瑠子はアイちゃんの傷口を押さえた。

「アイちゃん、遅くなってごめんな」

真瑠子はアイちゃんのもつれた茶色い髪を撫でた。緊張がほどけて目が潤む。

「怖かったやろ」

「真瑠子さん……」

アイちゃんの瞳も光った。

「お腹すいた」

真瑠子はアイちゃんと目を合わせてその言葉に微笑みを返した。

制服警官が二人を外へと連れ出した。

いつの間にかたくさんの制服警官や刑事らしき人が集まっていた。パトカーも横づけされている。

真瑠子が案内されたパトカーに向かった時、アパートの前の家の庭に椿が咲いているのが見えた。

さざんかではないな、と思った。

冷たい地面の上には、花首がぼとりと落ちていた。

9

真瑠子は実家の自室にある古いテレビの画面に釘づけになっていた。

ワイドショーで、仮想通貨詐欺が取り上げられていたのである。ディアビットの名前が聞こえた瞬間、心臓を鷲掴みにされたようにギュッと胸が痛んだ。

画面の中ではディアビット被害者だという女性が、変声機にかけられた妙に高い声でその経緯を語っていた。

大阪の真瑠子グループの人物でないことは確かだった。

東京でのセミナーや説明会の写真が流された。次の瞬間には自分の姿が映し出されはすまいかと、観ている間中、生きた心地がしなかった。

ポンジ・スキーム詐欺。

先週、取調室で刑事が真瑠子にそう言った。事件から一週間後のことだ。

――鹿水さんがあわれたのは、ポンジ・スキーム詐欺といって、古典的な投資詐欺の手法です。

真瑠子は警察で、ディアビット・ネットのことを話した。竹田もアイちゃんも、個々に呼び出されて事情を聞かれたようだった。

あの日、真瑠子は交番に駆け込み、友人がこの住所に監禁されていると訴えた。

警察官は速《すみ》やかに動いてくれ、二十分ほどで私服刑事が二人やってきた。すぐに応援の刑事二人も加わって四人の刑事、制服警官とともに海堂たちのアパートへ向かった。

――監禁されているお友達を確認したら、名前を呼んでください。それを合図に私たちが部屋に踏み込みます。

私服刑事の言葉を胸に、開いたドアの向こうにアイちゃんの姿を確認した真瑠子は、決死の覚悟で彼女の名を呼んだ。

海堂と伊丹たちはアパートで現行犯逮捕された。

真瑠子たちを恫喝《どうかつ》し、アイちゃんを連れ去ったことは略取罪と監禁罪に問われ、アイちゃんにナイフを向けたチンピラには傷害罪も加わった。

海堂と伊丹は某暴力団の三次団体の構成員で、様々なしのぎを模索している中で、飲食店主のスズキからこの話を持ちかけられた。かき集めた金で投資をしたのに、詐欺だとわかった。

そんな失態が組にばれたら一大事と、焦った二人が自力での解決を試みようとしたことが一連の出来事に繋がったという。この件に関して所属団体は無関係を主張している。後に二人が釈放されたとしても破門は免れない。こんなしょうもない騒ぎを起こしたんだから当然だろう、と刑事は鼻で笑った。

真瑠子は、ディアビットに詐欺にあったとして被害届を提出した。

会員にも連絡をして被害届を出すよう促した。

――鹿水さんのことを信じましょう。あなたも被害者です。今のところ、あなたが刑事事件で立件されることはないと思います。ですが、あなたは幹部の一人と言っていいポジションでした。民事で訴えられ、損害賠償を求められる可能性があることは覚悟しておかねばなりません。

刑事の言葉が真瑠子の胸に刺さった。

自分は被害者であると同時に、加害者でもあるのだ。

会員には悪いと思ったが、被害届を出すようにとメールをした後、携帯電話を解約し、使用していたメールアドレスも削除した。新しく手に入れた格安スマホには連絡先を引き継がなかった。もちろん番号が変わってもその気になれば探し出せるし、訴えられる可能性がゼロとは言い切れないが、少しでも時間稼ぎをしたかった。

家族には節約のために携帯を変えたと伝えて新しい番号を教えた。嘘ではない。

警察にも新しい番号を届けておいた。何かあった時に、実家に連絡をして欲しくないからだ。

冨永の行方はようとして知れず、竹田とはもう永遠に話せないような気がした。

アイちゃんにだけは新しい電話番号を教えたが、連絡はない。

あの日、消費者金融とキャッシングで調達した金はすべて翌日に返済した。もう借金に追われる生活はしたくなかった。

震えそうになる手を宥めながらリモコンを摑み、テレビの電源をオフにした。

黒くなったテレビ画面に、不安そうな自分の顔が映る――。

静かになった途端、ドアの向こうからかすかに真亜紗の声が聞こえた。

明日、真亜紗の婚約者の家族との食事会が藤江で催される。それに出席するために真瑠子は実家に戻っていた。深呼吸をして心を静める。

――大丈夫。

真瑠子にできるのは、自分にそう言い聞かせることしかなかった。

牧枝亜希菜が警察沙汰になったと聞いて呆れていたが、今では自分がその渦中にいる。

幸い家族には知られていないが、いつばれるかと思うと気が気ではない。

ノックする音がした。返事をする間もなく扉が開いた。

「真瑠姉ちゃん、おかえり。ごめんな、わざわざ帰ってきてもうて」

コートを着たままの真亜紗が顔を出した。

「ううん。全然。それでどうやったん？　フィッティング」

「うん。これ」

真亜紗が携帯で撮った写真を見せてきた。

白いドレスにマリアベールをかぶった真亜紗が、これでもかというくらいに弾けた笑顔で写っている。くしゃっと笑う顔を見て、アイちゃんを思い出した。

「可愛いやん」

「やろ？」

「なんやねん。自分で言うんか」

「へへへ。ちょっと高いイタリアンシルクのやつやけど、やっぱこれがいいかなぁ、ってね」

「うんうん。一生に一回のことやしな。知らんけど」

「また真瑠姉ちゃん、それ言う。一回やわ」

「せやな」

「とにかく明日よろしくね」

「オッケー」

「後、ママがもうすぐご飯やって」

騒がしく喋り終えると、真亜紗はドアを閉めて自室へ戻っていった。

真瑠子はじっとそのドアを見つめる。

どうか真亜紗の結婚式が無事に終わるまでは、何事も起きませんように。

真瑠子は手を合わせて祈った。

リビングに下りると、祖母がソファに座っていた。

「ばあちゃん！　来てたんや」

真瑠子が声をかけると、赤い眼鏡をかけた祖母が振り返った。黒いバレッタでまとめた髪。首元にはいつものエルメス風の小さなスカーフが巻かれている。

「今来たとこや。真瑠子、調子はどうや？　そういえばこの間送ってくれた写真、ありがとうな」

事件の前日、祖母に写真を送った後に連絡するのをすっかり忘れていた。

「ごめん、ばあちゃん、電話しよと思ってたのに」

「いやいや。私も気づいたん、えらい遅い時間でな」

真瑠子は祖母の隣に腰を下ろした。

「仕事はどうや？　お母さんが〝真瑠子はがんばってようやってる〟って言うとったで」

「うん。せやな」

（本当のことを言えるわけがない）

真瑠子はそれ以上、何も言わずに微笑んだ。

「真莉も元気なんかいな。ここんとこ連絡ないわ」

「あの人は元気やろ。暮れには帰ってくるんかな」

真瑠子は素っ気なく言った。

「お姉ちゃんのこと、〝あの人〟とか言うんちゃうよ、真瑠子」

言葉遣いを咎められた。

小さい頃から折り合いの悪い姉をついそんな風に呼んでしまう。

「はい」

真瑠子は肩をすくめて小さく返事をした。

父がリビングにやってきた。顔色が前に会った時よりくすんでいる気がした。

「真、具合はどうや。また検査するんやて？」

祖母が聞いた。

父は真瑠子と祖母が並んで座っているのを見て、表情を柔らかくした。

「ああ。大丈夫、大丈夫。ちょっと食欲ないくらいで。病院は大袈裟やねん」

「酒、飲んでへんやろな」

祖母が厳しい口調で言った。

「大丈夫や。ビール一本しか飲んでないし」

「パパ。それを、飲んでる、って言うねん」

いつの間にかリビングに下りてきた真亜紗が口を挟んだ。

「まあ、ちょっとぐらいええやろ、って思うかもしれへんけど、やっぱり控えた方がええ。孫の顔も見たいやろ」

祖母は言いながら真亜紗に視線を送った。

「これテーブルに運んで」

キッチンから姉妹を呼ぶ母の声がした。

二人は立ち上がった。

平和な鹿水家の夕食が始まる。真瑠子はほっと胸を撫で下ろす。

毅然《きぜん》とした祖母がいる。

無口で実直な父がいる。

マイペースで優しい母がいる。

賢い姉はいないが、無邪気で可愛い真亜紗がいる。

そして……。

——どうしようもなく、不器用で浅はかな自分がいる。

着信音が鳴った。真瑠子が顔を上げると、真亜紗が「私や」と言い、ポケットに手を突っ込んだ。

真亜紗は携帯電話を取り出して、液晶を覗き込む。

突然顔が険しくなり、液晶を見つめたまま、玄関の方へと出ていった。電話をかけるようだった。

真瑠子はキッチンから鶏の唐揚げやサラダを運んだ。

祖母の箸を探し出して食卓の上座にセットする。ソファでは父と祖母が今シーズンのプロ野球の話題に興じていた。

真亜紗が肩を落としてリビングの扉を開けた。携帯を握り、呆然としたその目は潤んでいて、今にも泣き出しそうだ。

「ママ……」

真亜紗が母を力なく呼んだ。

「明日の食事会、なくなってもうた」

「え？」

母が手を止めて、装っていた味噌汁の椀とお玉を置いた。

「なんで？」

「昨夜出たらしい週刊誌のオンライン記事に、投資詐欺事件のことが載ってて」

真瑠子は息を止めた。その言葉の先を一瞬にして想像し、体が凍りつく。

「真瑠姉ちゃん、仮想通貨詐欺って何？」

真亜紗が真瑠子の顔を見た。

「姉ちゃんの名前と写真、住所も電話番号もネットで出回ってるって」

寒気がする。体中の血液が凍ってしまったようだ。声を出そうとするが出ない。

どう言えばいいのか。

どう言えば納得してもらえるのか、どう言えばわかってもらえるのか、どう言えば――。

最悪の事態を想定すればするほど、それが現実味を帯びて真瑠子に迫ってきた。家族の幸せをぶち壊すのかと思うと苦しくて堪らなかった。だから極力考えないようにしてきたのである。

そんな真瑠子の前で、最悪の事態が展開されようとしている。

背後で、家の電話が鳴った。

真亜紗は真瑠子と見つめ合ったまま動かない。

「真瑠子、答えて。何ごと？　なんなの」

視線を母に移すと唇がわずかに震えている。

「ご、ごめん――」

声をようやく出せた。

「わ、私、騙されて……」

真瑠子は言った。

「会社に？」

母が聞いた。

真瑠子は震える肩を腕で抱きながら頷いた。母は真瑠子を見つめている。電話の呼び出し音はなおも鳴り続けている。

「ママ、電話！」

父が母に向かって声を上げる。

母が動かないので、父が腰を上げて電話を取る。

「はい、はい……。何言うてんねや。――お前アホか！」

険しい顔でそう吐き捨てると電話を切った。

「詐欺師の家か、金返せや訴えてやるからなとか、意味のわからんことを」

父が憤懣《ふんまん》やるかたない様子で言った。

「真瑠子、なんのことか知ってるか？　お前の名前言うとった」

父が真瑠子を呼んだ。

またすぐに電話の呼び出し音が聞こえてきた。仕方なさそうに再び父が出た。

「何なんや一体！」

出てすぐに電話の相手と言い争っている。

祖母の曇った顔が目に入った。

インターホンが鳴った。

受話器をあげて母が応答した。

「え、週刊誌の方？　はい、はい。今、取り込んでおりまして。真瑠子は不在です。失礼します」

母は愛想のない低い声でそう言うと、受話器を置いた。

「冨永って人が捕まったって」

母が言った。

「冨永って、誰？」

母は重ねて真瑠子に聞いた。

「し、し、仕事で……」

震えは止まらず、次の言葉が続かない。

「彼のご両親が、詐欺師の方とのご縁はちょっと無理やて反対してるって」

真亜紗が言う。

「なんで……？」

そう言いながら涙を浮かべた真亜紗の目が、真瑠子を射抜く。

その目を見つめ返すことができず、視線が泳ぐ。唾を飲んだ。

心配そうな祖母。
憤った父。
不安げな母。
家族四人の目が真瑠子に向けられていた。
食卓が色彩を失った。
時間が止まる。
自分は何が欲しくて今まで走ってきたのだろう。
何がやりたくてがんばってきたのだろう。
父に認められたかった。
母を安心させたかった。
妹の笑顔を見たかった。
祖母に恩を返したかった。
真瑠子の胸に無数の希求が去来した。
止まった時間が動き出す。
柱時計の針が動く音が室内に響いている。
真瑠子は見回した。
真瑠子が望んだものは、何一つここにはなかった。

エピローグ

階下から、赤ちゃんの泣き声が聞こえた。

同時に、コンコンと小さなノックが聞こえた。真瑠子はゆっくりと扉を引いた。

そこにいたのは、三歳を迎えたばかりの可愛らしい女の子。

「真瑠子、来たったで」

「なんや、真玲《まれい》ちゃん、また呼び捨てか。真瑠子ちゃん、やろ」

真瑠子はしゃがんで真玲の視線に自分の目を合わせる。

「ほんで、来たったで、ってえらい上からやな」

真瑠子が言うと、真玲がにっこり微笑んだ。

「真瑠子ちゃん、これ直してや」

真玲がトコトコと歩いて真瑠子のベッドの上に乗った。背中が不自然に開いているワンピースを着た、ジェニー人形を握っている。

「ボタンが取れたん？」

真玲が頷いた。

「わかった。ほんなら、ばあばになんかええボタンがないか、聞きにいこうか」

その言葉を聞いて、幼い顔は再びにっこりと笑みを咲かせた。

笑った顔はお父さんにそっくりだ。

小さな体を人形ごと抱きかかえて、真瑠子は階下のリビングに下りていく。

「お姉ちゃん、お邪魔してます」

生まれたばかりの男の子のおむつを換えている真亜紗の横で、望月が真瑠子に挨拶をした。

「豊くん、来れたんやね。年末は店、忙しいんちゃうの?」

ソファに真玲をおろしながら、真瑠子は言った。

「大晦日と元日は休みにしてんねん。従業員にも休んでもらわんと」

「そらそうやな」

五年前、真亜紗は地元の人との縁談を真瑠子のせいで破談にされた。傷心の真亜紗を支えてくれたのは元彼の望月だった。その後、真亜紗は望月とよりを戻した。

その頃、望月はSBJNで知り合った飲食業を営むメンバーとの縁で、大阪市内に押し寿司専門店をオープンしていた。これが当たった。

魚介類はもちろんのこと、肉や食用花など、様々な食材を駆使して作られた寿司は味も見た目もよかった。SNSにこぞって取り上げられ、この五年の間に三店舗を構えるまでになっていた。

真亜紗は「姉ちゃんのおかげで、真実の愛を見つけられてよかったわ」と、冗談か本気かわからないことを口にした。

四年前、真亜紗の妊娠をきっかけに、二人は結婚した。

結婚式は父が亡くなる年の春に行われた。

望月家は母子家庭で親戚も少なかった。鹿水家は肝臓癌が進行していた父が車椅子生活だった。

それぞれの事情を考慮して式は細《ささ》やかな身内だけのものとなった。

父、真は最後の大仕事として自ら名づけた初孫の顔を見て、みんなに見守られながら、五十四歳の短い生涯を閉じた。

五年前の事件発覚後は、地獄のような日々だった。思い出すだけで胸が締めつけられて息苦しくなる。

家族には心配も、迷惑もかけた。

しばらくは〝ディアビット詐欺〟が週刊誌やニュースで取り上げられた。ネット上で晒された真瑠子の写真や個人情報は、今でも残っているだろう。

家にはしばらく嫌がらせの電話が続いた。門柱に〝詐欺師の家〟と書かれた紙が貼られ、ものを投げ込まれたこともあった。〝金の亡者〟〝メス豚〟〝死んで詫びろ〟〝おかっぱブス〟。罵詈《ばり》雑言《ぞうごん》がSNSで飛び交った。

一人暮らしの東三国のマンションには、住所を知った会員が押しかけてきた。身の危険を感じてすぐに引き払った。母の助言で一ヶ月ほどは三宮近くのビジネスホテルで過ごした。

――今更何を言うても時間は戻されへんし、とにかくあんたの身を守るんが先決や。

母の言葉に涙が止まらなかった。

次から次へと起こる日々の事件に世間の関心は移っていった。熱《ほとぼ》りが冷めた一ヶ月後、真瑠子は実家に戻った。

ロサンゼルスに住む姉からは辛辣《しんらつ》なメールが届いた。

真瑠子の自分勝手な行動が、妹や家族を悲しませたのだと糾弾された。反論の余地はなかった。

冨永とディアビットの幹部社員三名は、その後逮捕、起訴された。冨永には懲役三年、執行猶予五年、幹部社員三名に懲役一年六ヶ月、執行猶予三年の判決がそれぞれ言い渡された。執行猶予つきの判決だったので収監はされていない。

もちろん冨永が、今どこでどうしているのか、真瑠子はまったく知らない。

かつての守本のように、手を替え品を替え、今もどこかで詐欺を働いているのだろうか——。

当時の週刊誌に、冨永のことを知る人の証言として、様々なことが書かれた。

《冨永って人は、根っからの詐欺師です。その場で話を作りながら、それが事実として脳に刻まれていく。昨日ついた嘘も、今日には真実として変換される。あの人は嘘を言っている自覚すらないんです》

アイちゃんからは今だに連絡は来ない。あれだけ騒がれたのだ。下手に真瑠子に連絡を取って世間にばれたら、憎悪の目が今度は彼女に向けられる。アイちゃんは賢い子だからそれを警戒しているのかもしれない。真瑠子も自分からは連絡をしなかった。どうしているのだろうと、ふと思い出すことがある。

去年、偶然竹田を梅田の茶屋町で見かけた。変わらない、ふわふわした巻き毛を弾ませながら、女の子と一緒に歩いていた。

真瑠子は声をかけなかった。

五年前、竹田が待ち合わせした駅にやって来なかったことを、当時は恨んだ。だが後になって考えると真瑠子はそれで助かったと言える。

竹田が逃げたことで、真瑠子は決心し、警察に助けを求めた。そのおかげで、借金した金と自分の貯金をやつらに渡さなくて済んだのである。実家に戻った後は貯金を元手に暗号資産ＦＸを仕事にした。人と会わずにできるのが何より大きかった。この五年間、大きな儲けも大きな損もなく、実家の家計を助けるくらいの利益は上げている。

「真瑠子、ボタン」

真玲が催促してきた。そうだった。

「ママ、なんか小さいボタン余ってるかな?」

真瑠子は、赤ん坊をあやしている母に尋《たず》ねた。

「ボタン? 小さいやつは、ないなあ。だってその真玲が持ってるお人形に合うやつやろ。お義母《かあ》さんなら持ってそうやけど」

「確かに。ばあちゃんなら持ってそう」

祖母は昔から裁縫が得意で、今でもたまに自作のテディベアをプレゼントして周囲を喜ばせている。

「ばあちゃんの顔も見れるし、ちょっと行ってこよかな」

去年から彼女は、介護つきの老人ホームに入居している。

ちょっとしたことで転び腰の骨を痛めた。その怪我がなかなか治らなかった。排泄にも介護を必要とするようになったため、自らホームに入ることを希望した。

息子の嫁や孫に面倒をかけることが嫌だったのだろう。

「明日、昼間に顔出すからって言うといて」

元日の明日、新年の挨拶も兼ねて父の墓参りに行くことになっている。その帰りに皆で祖母に会いにいく予定だった。

それならボタンは明日でも……と、思いかけたが、依然として真玲の期待の眼差しが自分に向けられている。真瑠子はコートを羽織って出かける支度をした。

家からバスで二十分ほどの場所に、祖母が入っているホームがあった。

ことあるごとに真瑠子はそこへ足を運んでいる。

事件後、祖母は真瑠子に言った。

——真瑠子。なんにも気張ることはない。真瑠子はそのままでええんやで。真《まこと》と嘘は紙一重でな。真に生きてるつもりでも、目の前が全部嘘の世界になることもあるし、逆に嘘を信じてがんばれば、それが真になることもある。ミックスジュースと一緒。美味しい人生には酸っぱい果物も、甘い果実も入ってる。嘘も真も、泣きも笑いも、全部があんたの時間であんた自身や。真瑠子はええ子なんやから。そんなに気張らんかてええねんで。

ホームのエントランスに立った。

自動ドアが開いた真正面に飾ってある、紫《むらさき》の花で顔が隠れた白いドレスの女性の絵を横目に受付へと足を進める。

絵の下のプレートには『世界大戦』と書かれている。ルネ・マグリットの絵なのだと、初めて来た時に祖母が教えてくれた。

受付で自分の名前を面会者名簿に記入した。その時、名簿に見覚えのある名前を見つけた。

牧枝亜希菜。

思わず見直した。

亜希菜?

全く同じ名前ではないか。ただの同姓同名……。いや、そんなことってあるのか。

首を捻《ひね》る。

訝かしみながら、真瑠子は足を進めた。

祖母の部屋は二階の一番奥にある。近づくと扉が開いていた。

開けられている扉を一応、ノックした。

中から祖母と女性の話し声が聞こえる。

部屋に入ると、まっすぐな黒髪の後ろ姿が見えた。

祖母が真瑠子に気づき視線を寄越す。視線に気づいたのか、その人はゆっくりと振り返った。

「亜希菜さん？　なんで」

驚いた。やっぱりあの亜希菜だった。

どうして？　なんでここにいるんだろう？

最後に彼女と会ったのは五年前、いや六年前だろうか。長かった髪は肩くらいの長さに切りそろえられていた。少しやつれた印象はあるが、変わらず美しい。

「真瑠子、どしたん？　ほら、あっちゃん、久しぶりやろ。覚えてるか？」

祖母は言った。

「あっちゃんのおじいちゃんもここに入居してるんやて。この前、偶然再会してなあ」

（あっちゃん？）

真瑠子は記憶を辿るが思い出せない。

「おばあちゃん、真瑠ちゃんは私のことまったく覚えてへんのよ。前の仕事の時も、何回も会ってたんやけど、ちっとも気づいてくれへんかった」

亜希菜が言った。

「私が、ちょっと顔いじったからかもしれへんけどね」

亜希菜がそう続けると、祖母が高らかな笑い声をあげた。

真瑠子の記憶にあるあっちゃんは姉の真莉の友達。今の亜希菜の顔からは想像できない、一重《ひとえ》瞼《まぶた》で切れ長な細い目の、ふっくらした女の子……。名字も違ったのではないだろうか。

「あっけらかんと言うところがさすがあっちゃんや。あんたは昔から面白い子やった。手術にしろなんにしろ、きれいになるのはええこっちゃ」

祖母は続ける。

「真莉と一緒に、喫茶店のカウンターに並んで座ってたのが昨日のことみたいやな」

「ほんまやわ。あの頃はおばあちゃんのミックスジュース、よう飲んでたもんね」

祖母の言葉に亜希菜が懐かしそうに答えた。

「あっちゃん、お母さんが再婚しはって東京に引っ越してったからなあ。ほんまに久しぶりやで」

ノックの音が聞こえ、エプロン姿の介護士が祖母を迎えにやってきた。

大晦日だから入浴を早めに済ませるのだという。

「今日はお天気ええし、せっかくやから一緒に中庭の寒椿でも見てきたらええ。赤いのも白いのもきれいに咲いてるで」

祖母は真瑠子と亜希菜にそう勧めた。

真瑠子はこの奇妙な事態を、すぐに理解することができなかった。

ぼんやりと立ち尽くす真瑠子に祖母は笑顔を向ける。亜希菜の表情から、彼女の感情は読み取れない。

祖母と介護士について、亜希菜が部屋を出る。真瑠子も後に続いた。階下に下り、浴場へと向かう祖母たちと別れた。

真瑠子は無言のまま、亜希菜とともに中庭へと足を進めた。

踏み出した庭の生垣に、小さな寒椿が見事な花をつけていた。

深い緑の葉の中で、濃いピンクの花が鮮やかに色を放つ。

小さな風で花弁が揺れた。「寒椿は花首から落ちず、さざんかのように花弁が散るんやで」と、エレベーターの中で祖母が言っていた。

あっちゃん。

小さい頃、姉と三人でよく遊んだ。あの頃は姉も真瑠子に優しかった。

それにしても、どうして亜希菜は今までそれを黙っていたのだろう。

突然、亜希菜が背後からそう呼んだ。

「嘘泣き真瑠子」

「は?」

真瑠子は振り返り、亜希菜を見る。

「やっと思い出した? 私のこと。それとも完全に忘れてたか。あんたは昔から自分に都合のいいことしか覚えてないもんね」

祖母への態度からは一変して、亜希菜は冷たい口調で真瑠子に話しかけた。

「HTFで滝瀬が話題にした女の子が真瑠ちゃんや、って知った時はびっくりしたなあ。でもがんばってたみたいやったし、見守るつもりだった。一応ね、感心してたのよ。だけど、詐欺にまで手を出すとはねえ。知ってたんでしょ、詐欺ってことは」

「何のこと言ってるんですか?」

真瑠子は亜希菜の顔から目を逸らした。

五年前の出来事ではないか。

「事件の後、しばらくしてから冨永と会ったのよ。あの人は懲りもせずにまた変な仕事考えてたらしくてね。私を誘ってきた。もちろんその誘いには乗らなかったけど、その時彼から聞いたわ。捕まるとかわいそうだからあんたの名前は警察では出さんかったけど、あの子は俺が飛ぶのは知ってったはずやけどな、ってね」

わずかに心臓が波打った。

「元々一年が勝負の仕事だと伝えてたらしいじゃない。もっとも、想定より早く飛んだらしいけど。冨永はあんたを詐欺の仲間だと思ってたのよ」

亜希菜の視線が刺さる。心臓の高鳴りが大きくなる。

「それが何か？　あの人ははっきり〝詐欺〟とは言わんかったもの。私にはわからへんことや。今更言われてもなんのことか。しかも――」

真瑠子は一度言葉を切る。

風が一瞬、頬を撫でた。

「私があれを詐欺だと知ってても、知らなくても、誘われた人の行動は一緒やったでしょ」

亜希菜から視線を外した。

真瑠子は記憶の中から消したはずの当時のことを、亜希菜によって呼び覚まされていた。

この五年、考えずにおこうと目を背けていたことである。

――この一年が勝負のビジネスや。マイコちゃんも儲けるんやで。

冨永がそう言った夜のこと。

マイケル・バーナードの写真を画像検索し、ソファで寝ているアイちゃんを横目にディアビットが詐欺だと確信した夜のこと。

もったいぶったように、冨永がどこかのウェブサイトにあった、あどけない少年三人の写真を真瑠子に見せ、

——ねえねえ、この子の顔、俺にちょっと似てるよな？

と、一人を指差しながら言ったこと。

やがて冨永は、その写真をサトシ・ナカモトと自分の幼少期のものだと偽って説得の材料に使うようになったこと。

アイちゃんがとうとうマイケルの写真をストックフォトで見つけて、はらはらした時のこと。

その時、アイちゃんの前で冨永と話すのを避けたくて電話する振りをしたこと……。

最初に支度金としてもらった金で冨永には助けられた。あの金があったからこそ、保証人の丹川谷や、実家に迷惑をかけずに済んだ。

ディアビットが一年ほどの計画だということは、用意してもらった新大阪のマンション事務所に暮らし始めて二ヶ月ほど経った頃に冨永が真瑠子に言った。

最初、冨永の話の意味がわからなかった。ディアビットの普及計画に一年を費やすのだと勘違いしていたが、まさかディアビットそのものが詐欺で、一年で逃げてしまうのだとは思わなかった。

マイケルの写真でそれに気づいた時にはもうビジネスを始めて四ヶ月が経っていた。既に会員は相当な数になっていたし、借金も順調に返済していた。

その時に、真瑠子は決めた。

——見て見ぬ振りをしよう。

だから冨永にもディアビットが詐欺かどうかを正面から聞いたことはない。

そう断言されることを恐れたのだ。

真瑠子は考えた。自分が気づいていてもいなくても、ディアビットでやることは変わらない。ディアビットを活用してビジネスを展開する。自分だって投資しているし、条件は皆とまるで同じだと――。

(気づいたのに目を瞑ったことは悪かったけど)

真瑠子は乾いた下唇を噛んだ。

亜希菜は真瑠子を睨みつける。

「あんたのね、そういうとこよ。しれっと自分の利益優先で嘘をつく。だから真莉と私はあんたが嫌いなのよ。小学校の頃、私が飼ってたビーグル犬が道で車に轢《ひ》かれたこと、覚えてる？」

突然亜希菜は、幼い頃の話を持ち出した。

真瑠子の目を、射るように見る。

「覚えてないみたいね。私はね、小さかったけどよく覚えてるのよ――」

亜希菜は一呼吸おいた。

「あんたがわざとリードを離したことをね。あの時、ちょうど道路の反対側にいた私に向かって犬は駆け出した。そして車に撥《は》ねられたの。かわいそうに……。駆け寄って抱き上げた時は、きれいな顔をしてたけど、連れていった動物病院で診察台に寝かせた時、後頭部から真っ赤な血が流れ出てね……。診てくれた獣医さんが即死だっただろう、って」

亜希菜は涙を浮かべた。

「その後あんたはさ、〝犬が暴れて紐が手から離れた〟って嘘言って泣いてさ。しまいには、すぐに犬を捕まえてくれなかった姉ちゃんが悪い、なんて言い出す始末。よくそんなことが言えたもんだと私は呆れたわよ。絶対に犬は暴れていなかったこと、私は見てた。大人たちにもあんたがやったと訴えたけど、確証もないから相手にされなかった。大人たちはみんなあんたの味方についた」

亜希菜が、ようやく真瑠子から視線を逸らした。

「どうせ都合のいいように記憶塗り替えてるから、自分が犬を死なせたことなんて、これっぽっちも覚えてないんでしょうよ」

真瑠子は目の前の寒椿を見ながら、遠い昔の記憶を辿った。

少しずつ、当時のことが蘇ってくる。

「唯一、おばあちゃんだけが気づいてたんじゃないかと思う。あんたはいっつも小さい嘘ついてたから、よくやいとされてたもんね。そのせいで、おばあちゃんも躾がいきすぎだって大人たちに責められてさ。かわいそうだったわ」

亜希菜は二十年も前の出来事を、まるで昨日のことのように話す。

真瑠子は今も残る手の傷を見つめた。何が理由でやいとされたのか、記憶は定かではない。

ビーグル犬のことは段々と思い出してきた。確かに、姉にばかり懐いて自分に懐かない犬が可愛くなかった。だから持っていたリードを離して、ちょっと姉のことを慌てさせようとしたのだった。

車に撥ねられて死ぬとは想定外だった。

事故だ。

思わぬアクシデントだ。

そう。あの時、アイちゃんが連れ去られたみたいに——。

「そういえば、HTFのコンベンションの時もそうだったわよね。これみよがしに守本の話に涙流してね」

亜希菜は鼻で笑った。

「ふふ。HTFからSBJNに移行する話があった日の夜も、滝瀬や丹川谷さんの前でわざとらしく泣いてた。他の人には本心から泣いてるように見えてたかもしれないけど、私の目はごまかせない。あんたは泣く時、必死に手を握りしめる癖がある。涙を絞り出そうとしているかのようにね」

真瑠子は顔がかっと火照《ほて》るのを感じた。

「ダウンの子が教えてくれたけど、HTFでのあんたの鉄板、瞳おばあちゃんのエピソードも作り話なんでしょ。まあ、あれはよくできた話でいいけどさ」

亜希菜がさも面白そうに話す。

「嘘じゃない」

いろいろな人から聞いてきたスポンサリングの成功談をまとめたら、ああなっただけだ。事実ではないが、真実ではあった。何が悪い。

「『月刊マルチ・レベル・マーケティング』のアンケートに書いてたおばあちゃんの喫茶店再開の夢なんて、取ってつけたような話やし」

「ほっといてよ。あんたに関係ないでしょ」

「そうそう。いつもアホみたいに赤い眼鏡のこと気にしてたもんね。眼鏡ごときでスポンサリングが成功するわけでもないのに。努力不足を棚に上げて他力本願しちゃうとことか、めっちゃ甘い考えだし」

「うるさい。私だって努力したわ！」

「好きな食べ物にミックスジュースとか書いて、私の幼い時の思い出を汚《けが》さないで欲しいわ」

亜希菜が馬鹿にするような表情で真瑠子の顔を覗き込む。

真瑠子は目の前の亜希菜の頬を打った。

「何すんのよ」

亜希菜の細く冷たい手が真瑠子の頬を打ち返した。

「いたっ」

真瑠子は大袈裟に声を上げた。

「真実を突かれてるから腹が立つんでしょ」

亜希菜が頬を手で押さえながら言う。

「黙れ」

「冨永も生来の嘘つきだけど、あんたも同類だものね。嘘をついている自覚が希薄なところが始末におえない」

「あんただって同類でしょ。男に惚れて整形したり、色恋営業したり、嘘ばっかりやん。滝瀬さんとは寝てたやろうけど、守本さんともそうやったんちゃうの。コンベンションの時だって一緒にリムジンで現れて。その前に何してたのよ。京都の事件だって、悪い予兆があったのに、わざとあの女性に滝瀬さんのスケジュール教えたんじゃないの?」

亜希菜の手がもう一度、真瑠子の頬を打った。

「勝手に想像したら? 私は自分の欲望には正直に生きてきた。欲しいものは欲しいと正面から戦ってきた。あんたみたいに自分を騙すようなことはしないわ」

「嘘つけ」

真瑠子は言った。

みんな等しく嘘つきだ。

他人を騙して生きている。

自分を騙して生きている。

真実なんて、どこにあるかわからない。

すべてはごちゃ混ぜになったミックスジュースみたいなものだ。

「言いたいことはそれだけ？」

真瑠子は亜希菜に言い返した。早く話を終わらせたい。

「いや……」

亜希菜は向き直った。

「実はおばあちゃんに、あなたの連絡先を聞こうと思ってたところだったから、ちょうどよかったの」

「はあ？」

これ以上、何を話すことがあるというのだ。

「新しいビジネス、一緒にやってみないかと思ってね。もちろん詐欺じゃないわよ。世界最高のマルチ・レベル・マーケティング」

「またマルチのお引っ越しですか」

真瑠子は突き放すように皮肉を返す。

もうこりごりだ。人を誘う仕事はやりたくない。

この人もまた、守本のように手を替え品を替えてマルチの世界を渡り歩いていくのだろうか。

「馬鹿馬鹿しい」

話を終わらせよう。

「そうそう、竹田くんもね、今度は私の下でやってくれるのよ」

「竹やんが?」

意表を突かれた。

「驚いた?　彼が真瑠ちゃんの名前を出したから私もその気になったの。私さ、一ネットワーカーとして、あなたのことは買ってるつもり。恨みごといっぱい言ったけど、真瑠ちゃんのプレゼン力は素晴らしいと思ってる。その声が魅力的だし、息をするように嘘をつけるところはうらやましいくらい。それって、一種の才能だと思ってるの。滝瀬だってそういうあんたをすごく買ってたのよ」

真瑠子は亜希菜を見据える。

「あっちゃん、脳味噌沸いてんのと違う?　こんだけ人のことけなしといて、よう誘えるな。どの口が言うてんの」

小さな風が吹いた。寒椿の葉が揺れる。

「竹田くんが真瑠ちゃんのこと、天才やって褒めてたわ」

「安い褒め言葉やな」

「真瑠ちゃんて口数、減らへんね」

「あっちゃんこそ。ずっと私に正体明かさんかったこと、感心するわ」

「言って私に何かメリットでもあった?　何もないじゃない。私、無駄なことは嫌いなの。それにそのことを知ってても、知らなくても真瑠ちゃんの行動は一緒だったでしょ」

さっきの真瑠子の言葉をわざと返して、亜希菜は続ける。

「ＨＴＦでゴールドにちゃんと昇格しただろうし、ＳＢＪＮに移籍しただろうし、ディアビットにも乗ったでしょうよ」

亜希菜の言葉が、真瑠子の置き忘れていた欲求を刺激する。

「だってさ、誰にでもできることじゃないのよ、真瑠ちゃん。あなただからできることなのよ」

なんだろうか――。

懐かしさが蘇る。

――真瑠ちゃん、四ヶ月でようここまでできるようになったな。

――丹川谷くんのところからすごい女の子が出てきた、って。大阪のホープですね。

――だから俺ら、鹿水さんについていきます。

丹川谷や竹田たちの言葉が胸に去来する。

「安心して。冨永みたいな詐欺じゃない。もっと言うと、今までのネットワークビジネスの形態でもない。教育や文化、芸術を取り入れたもので、逆に言うとそれはもうマルチではないまったく新しいビジネスなのよ」

その説明が、真瑠子の脳をざわつかせる。

「そんな新しい事業を始めるからには、パートナーは選ばなきゃね」

その言葉が、心の空白を埋める。

「真瑠ちゃん、あなたと一緒にやりたいのよ」

その誘《いざな》いが、真瑠子の存在を確かなものにする。

「真瑠ちゃんならできると思うの。最高の仕事」

心がどうしようもなく動き始め、躍り出す。

「年が明けたらゆっくり話しましょう」

亜希菜がさっきまで吐いた毒を打ち消すような、きれいな笑顔を見せた。

真瑠子は亜希菜の顔を見つめ返した。

夢を叶えるなんてきれいごと。

人を応援して一緒に成功するなんてきれいごと。

仲良く権利収入なんてきれいごと。

事件の後、ＭＬＭのことを自分自身にこう言い聞かせてきた。

だけど今、そんな言葉に、そんな世界にどうしようもなく惹《ひ》かれている自分がいた。

――俺ら、鹿水さんと一緒にビジネスしたいと思ってます。

竹田の言葉にどうしようもなく舞い上がった自分がいた。

――人を応援することが自分の成功に繋がるんです。

丹川谷の言葉で自分に足りないピースがはまった。

――運命は、自分がそれを決断した瞬間に形になるんですよ。

滝瀬の言葉が背中を押してくれた。

かつて真瑠子を捉えて離さなかった言葉たちが頭の中で甘く響く。この心地よさは虚構だとわかってはいる。でも抗《あらが》えない。

自分はすでに中毒者なのだ。

竹田が言ったことを思い出した。

――姉御はマルチの子ってことや。

背を向けて去っていく亜希菜の後ろ姿をぼんやり眺めた。

「やっぱり私はマルチの子なんやろか――」

真瑠子は独りごちる。

視界の隅に見えた寒椿から、花弁が一枚はらりと落ちた。

「……知らんけど」

【参考資料】

『ネットワークビジネス９の罠　ハマる人、ハマらないで成功する人』
（マイク・カキハラ／ビジネス社）

『成功へのコミュニケーションビジネス』
（神保公一／現代書林）

『「なるほど！」とわかる　マンガはじめての嘘の心理学』
（監修：ゆうきゆう／西東社）

「月刊ネットワークビジネス」
（サクセスマーケティング）

「Dr. ヒロの実験室」
（https://youtube.com/c/hiro_labo）

本書は書下しです。

西尾 潤
（にしお・じゅん）

大阪府生まれ。大阪市立工芸高等学校卒業。ヘアメイク・スタイリスト。第二回大藪春彦新人賞を受賞。2019 年、受賞作を含む『愚か者の身分』（徳間書店）でデビュー。

マルチの子

2021年6月30日　初刷

著　者
西尾 潤

発行人
小宮英行

発行所
株式会社 徳間書店

〒141−8202　東京都品川区上大崎3−1−1　目黒セントラルスクエア
電話　編集 03−5403−4349　販売 049−293−5521
振替00140−0−44392

本文印刷
本郷印刷株式会社

カバー印刷
真生印刷株式会社

製本所
ナショナル製本協同組合

©Jun Nishio 2021, Printed in Japan　ISBN978-4-19-865301-9